谨以此书献给迈克尔·布瑞特和克里斯塔·马里诺,感谢他们成就我的事业,感谢他们成为我的挚友!

《纽约时报》超级畅销书　《移动迷宫》作者巅峰之作
探寻智能虚拟世界里的道德与良知

心灵之眼

MORTALITY DOCTRINE: THE EYE OF MINDS

【美】詹姆斯·达什纳（James Dashner）著
王梓涵　译

THE EYE OF MINDS By JAMES DASHNER
Copyright © 2013 BY JAMES DASHNER
This edition arranged with DYSTEL & GODERICH LITERARY MANAGEMENT.
Simplified Chinese edition copyright © 2013 Chongqing Green Culture Co., Ltd., through BIG APPLE AGENCY, INC., LABUAN, MALAYSIA. All rights reserved.

版贸核渝字(2013)第 360 号

图书在版编目(CIP)数据

心灵之眼 /(美)达什纳著；王梓涵译. —重庆：重庆出版社, 2015.1

书名原文：The eye of minds

ISBN 978-7-229-09315-0

Ⅰ.①心… Ⅱ.①达… ②王… Ⅲ.①青少年文学—长篇小说—美国—现代 Ⅳ.①I712.84

中国版本图书馆 CIP 数据核字(2015)第 008598 号

心灵之眼
XINLING ZHI YAN
[美]詹姆斯·达什纳 著　王梓涵 译

出 版 人：罗小卫
责任编辑：张立武
责任校对：胡　琳
封面设计：程　晨
版式设计：重庆出版集团艺术设计有限公司·卢晓鸣

重庆出版集团
重庆出版社　出版

重庆市南岸区南滨路 162 号 1 幢　邮政编码：400061　http://www.cqph.com
重庆出版集团艺术设计有限公司制版
自贡兴华印务有限公司印刷
重庆出版集团图书发行有限公司发行
E-MAIL:fxchu@cqph.com　邮购电话：023-61520646
全国新华书店经销

开本：880mm×1 230mm　1/32　印张：8.875　字数：160 千
2015 年 4 月第 1 版　2015 年 4 月第 1 次印刷
ISBN 978-7-229-09315-0
定价：29.80 元

如有印装质量问题,请向本集团图书发行有限公司调换:023-61520678

版权所有　侵权必究

致谢

　　我的人生所获良多，这要归功于兰登书屋和德拉克特出版社的各位热心善良、尽职尽责的工作人员。这几年来，相继出版了"迷宫行者"（同名电影《移动迷宫》）系列小说，正是他们用心血和汗水以及泪水，还有日以继夜的工作——让这部系列小说如此成功。贝弗利·霍洛沃兹和克里斯塔·马里诺带领他们的团队付出了很多的辛苦，我对你们所有人充满了深深的敬意和感激（这种感激之情根本无法用语言形容）。

　　现在我也为这部新小说的推出而感到欣喜，也为未来几年将与团队所有人一起通力合作而感到荣幸。

　　当然，我们所做的一切都是为了热心而又富有激情、可爱有时又有点儿狂热、令人尊敬的读者们。我真心希望这部新作会让你们爱不释手，像"迷宫行者"系列一样震撼你们的心灵，启迪你们的心智。非常感谢你们对我作品的喜爱。我不知道还能用什么词语来表达我的谢意！感谢你们让我的生命充满喜悦和欢乐！

  特别感谢 J. 斯科特·萨维奇以及朱莉·怀特。还有劳伦·阿布拉莫和 Dystel&D. derich 公司的所有人员，是你们让全世界更多的人可以有机会见到我的作品。感谢你们！

  最后，感谢迈克尔·布瑞特，谨以此书献给你还不足以表达我的谢意！他不仅是最优秀的代理人，也是我的朋友、老板、心理治疗师、专业顾问、人生规划师和啦啦队的队长，而且他为人很幽默。如果没有他，也就没有今天的我。

译者序

  2014年的秋天，好莱坞电影迎来了一个小小的高潮，而这个高潮则与以往有些不大一样。首先大家都知道，这几年的好莱坞大片一向是科幻干不过奇幻，奇幻干不过超级英雄。漫威的雄心勃勃覆盖了包括美剧在内的一切：在《复仇者联盟》面前，就连奇幻鼻祖《魔戒》的新电影《霍比特人》三部曲都黯然失色了许多。但是在2014年的这个秋天，科幻电影小小的爆发了一次——万众期待的诺兰电影《星际穿越》，加上根据詹姆斯·达什纳小说改编的《移动迷宫》让我这个老科幻电影爱好者激动不已。

  尤其是《移动迷宫》这部电影，它的想象力之丰富以及对原著小说的还原度，都处于一个极高的水准。虽然在题材的宏大程度、视觉效果以及导演的知名度上不如《星际穿越》，但这部基于科幻小说改编的电影仍旧体现出了在内涵上的独特深度。这不仅让我想为大家介绍一下《移动迷宫》这部小说的作者——詹姆斯·达什纳。

　　詹姆斯·达什纳出生于 1972 年，是一位美国著名的儿童、青少年作家，作品主要覆盖了奇幻、科幻以及儿童文学。虽然年龄不大，但詹姆斯·达什纳仍旧获得了包括惠特尼奖、ALA 奖以及年轻读者选择奖在内的许多美国儿童文学奖。当然，为他带来荣誉最多的作品还是要属"迷宫行者"系列。不过，在詹姆斯·达什纳的写作生涯里，有一个三部曲系列同样有很多拥趸，那就是"死亡教义"三部曲——它包括了 2013 年出版的《心灵之眼》、2014 年出版的《思维法则》以及 2015 年秋天即将出版的《生命游戏》。而本人作为詹姆斯·达什纳的忠实粉丝，有幸为大家翻译了系列中的第一本《心灵之眼》，也就是本书。

　　提起科幻，也就是科学幻想，顾名思义指的是建立在坚实科学基础上的幻想。这就使其与其他幻想形成了鲜明的差别——既然是建立在科学的基础上，那么虽然是幻想，但也因此便有了许多现实意义。人类撰写科幻小说的历史可以追溯到 200 年前，年仅二十岁的玛丽·雪莱撰写了一部描写人类试图效仿上帝造人，却因此走向悲剧的故事，名为《弗兰肯斯坦》，也被译作《科学怪人》。从此，科幻文学这个深受大众喜爱，同时也饱受争议的文学类型便一发不可收拾，甚至包括《夏洛克·福尔摩斯》的作者柯南·道尔在科幻小说上也都颇有建树——正是他撰写的描写恐龙的科幻小说《失落的世界》启发了斯皮尔伯格，于是才有了著名的《侏罗纪公园》电影。斯皮尔伯格将《侏罗纪公园》第二部电影命名为《失落的世界》，想必也是在向柯南·道尔的小说致敬吧。

对于科幻文学的题材，我想大致可以分为那么几个阶段，在19世纪末那个充满了蒸汽和齿轮的年代，儒勒·凡尔纳和乔治·威尔斯将科幻小说作为一个类型正式确立了下来。在这个时代，科幻小说的题材最为广泛，涉及了外星探险、地心世界、异域风情、时间旅行等等。而在"二战"前后（包括"冷战"时期），太空歌剧兴起以及阿西莫夫的贡献让科幻小说更多地集中在了现实主义上，这恐怕与当时紧张的战争、政治形势有关吧——计算机、核武器、火箭成为了这一时期科幻小说的主题。随着"冷战"的结束，科幻小说的题材又一次发生了变化，外星人、太空题材成为了主流，人类又一次抬起头来，将目光放远，遥望着星辰大海。但是，进入21世纪后，随着《人工智能》《黑客帝国》等电影的热映，人们突然再次将目光收回——科幻文学的题材又一次改变了，注意力聚焦在了人工智能上。这与人类科技的飞速发展有着千丝万缕的联系——智能手机都能与人们对话了，人工智能话题不火才怪！

这也正是本书——"死亡教义"三部曲的主题。

其实"死亡教义"三部曲，或者说笔者翻译的这本《心灵之眼》所描绘的世界，早就在各位读者的幻想中出现过无数次了，甚至对于游戏玩家来说，这算得上是一个天堂般的景象。在《心灵之眼》所描绘的未来世界中，人们不需要什么繁重的工作了，大家都沉迷在一种终极娱乐之中，那就是维特网。什么是维特网呢？这么说吧，大家可以回忆一下《黑客帝国》中的脑后插管的场景，维特网就是一种类似的装置，只是比《黑客帝国》中的还要先进。在本书的描写中，这个被主角戏称为"棺材舱"的装置甚至还包括了维生装置——这简直是玩家们的福音啊,不吃不喝,也不怕老爸老妈责骂了。

  我们的主角常年沉迷于这个虚拟世界中,但是有一天却发现自己陷入了一个巨大阴谋之中。这个阴谋可不是《黑客帝国》那种人类与人工智能发生战争——在今天看来已经很俗套的情节,而是涉及了究竟什么是人类灵魂这个话题,极具深度和内涵。

  其实这个层面的探讨非常有意思,我们可以这样看待维特网这种游戏:玩家躺在"棺材舱"中,身体交给机器,灵魂则进入了虚拟世界。那么问题就来了,玩家的身体是否因此变成了一具没有了灵魂的空壳呢?如果真的如此,那么会不会有什么其他的东西想要借着玩家进入虚拟世界的机会,前来占领玩家的身体?"死亡教义"三部曲讲述的就是这样一个故事,它涉及了《黑客帝国》没有涉及的方面,将"脑后插管"的虚拟世界题材扩展到了一个前所未有的疆域。至于真相如何,笔者在这里还是要把悬念留给读者朋友们,请大家自己去小说中寻找吧。

  这就是《心灵之眼》,《移动迷宫》作者詹姆斯·达什纳的"死亡教义"三部曲的首部小说,一部关于游走在虚拟世界的灵魂的经典作品。作为译者,笔者希望在这个人工智能大踏步前进的时代,它能为广大读者拨开眼前的迷雾,看清我们即将面对的未来。

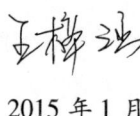

2015 年 1 月

目录

第一章　　棺材舱

第二章　　密会

第三章　　黑暗之地

第四章　　别无选择

第五章　　老男人理发店

第六章　　黑蓝俱乐部

第七章　　虚拟杀手

第八章　　神秘特工

第九章　　恶魔破坏神

第十章　　三个恶魔

第十一章　　传送门

第十二章　　警告

第十三章　　石钟盘

第十四章　　幽灵凯恩

第十五章　　僵尸阵

第十六章　　鳞怪枪手

第十七章　　恶魔庄园

第十八章　　先灵脚下

第十九章　　莎拉之"死"

第二十章　　生死门

第二十一章　神圣之谷

第二十二章　终极NPC

第二十三章　VNS大战NPC

第二十四章　最佳代言人

第二十五章　苏醒

第一章　棺材舱

迈克尔迎着风,对一个叫塔尼娅的女孩说道:

"我知道这下面是平静的水面,不过其实它跟坚硬的水泥地差不了多少。你要是跳下去照样会被摔成肉饼。"

这话虽不假,不过跟一个想要轻生的女孩说这样的话,还真不怎么安慰人。塔尼娅翻过了金门大桥的双层护栏,身后,汽车一辆辆飞驰而过,她的双手颤巍巍地抓紧一根沾着雾水的棍子。迈克尔正想方设法劝她别跳下去,不过不管她想不想跳,她其实更有可能失手一滑掉下去。一切可就都玩完了。他甚至调侃她说,下面弄不好有个正打算钓大鱼的渔民,有可能被她一下子砸晕了。

"别开玩笑了,"女孩颤抖着回答, "这不是游戏,不再是了。"

迈克尔在维特网上——很多人像他一样常去那里休眠。他在那儿见过看起来心怀恐惧的人。这样的人多了去了。不过不管多么害怕,他们的脑子里总是有一种深藏着的潜意识,那就是无论发生了什么,它都不是真的。但是塔尼娅却不一样。她的脸因为恐惧而变得狰狞,看得迈克尔直发抖——感觉自己就要掉入死亡的深渊了，但他可不怎么喜欢死亡。

"你得明白，这只是个游戏，"他不自觉地大声了一点儿，尽量不吓到她。但是一阵冷风刮过，吹散了他的声音。"快过来，我们谈谈。咱们都得到了经验值，我们可以一起探索这个城市，互相了解。好多神秘的线索等着我们。我们还可以到商店里顺点儿东西走。肯定挺好玩儿的。等做完了任务，我就帮你找到传送门，把你传送回家。然后你就能下线休息了。"

"这跟'生命之血'没关系！"塔尼娅冲着他喊。大风吹卷着她的衣服，深色的头发在风中飘扬。"滚开，别烦我。我不想临死前最后看到的是你这张纠结的脸。"

迈克尔想起了"生命之血"终极关——更高的等级，最终的目标。那里更真实，更高级也更紧张刺激。他已经三年没去那儿了，也可能是两年。但是现在他得先劝这个女孩别干傻事，就那么跳下去喂鱼，或许他得把她送回乡下待上一周，让她远离"生命之血"终极关。

"好吧，你听我说……"他很小心地斟字酌句，但是他已经意识到自己可能犯了个错误。跳出角色，用游戏作为诱饵诱使她停下来别做傻事，这已经没什么作用了。关键得切中要害。但是女孩让他自己都开始有点害怕了。她的脸苍白又消沉，就跟这人已经死了一样。

"滚开！"她叫喊着，"你不明白。我被困在这儿了。有没有传送门，我都出不去了！他不会让我传送离开的！"

迈克尔也想朝着女孩喊——她说的这都是什么啊，乱七八糟的。但他心里的阴暗面在说算了吧，跟她说她是个玩不起的输家，让她跳下去就完了——看着她尖叫着掉下去——她的脑子也太一根筋了——简直跟这种人说不清楚。这不就是个游戏嘛，他一直是这样提醒自己的。

但是他自己先不能乱。他还是需要先找到切入点。"好吧，听我说。"他后退了一步，双手高举，像是在安抚着受惊的动物。"我们刚认识——还得再多点儿时间了解。我保证不耍花招。你想要跳，我也不拦你。但是怎么你也得跟我说说你为什么想跳啊。"

女孩泪水涟涟，眼睛又红又肿，"快走吧，求你了。"声音里充满了挫败感，"我不是在这儿瞎胡闹，我是真的完了——一切都完了！"

"完了？好啊，任务都做完了，很好啊。但是别因为我前功尽弃。对吧？"迈克尔想，可能跟她聊聊游戏还好点儿，毕竟她想要结束的理由还是游戏——从虚拟血肉旅馆结账走人，再也不回去。"说正经的，跟我一起回到传送门吧，把自己传送回去，完事。你游戏任务都做完了，你安全了，我也得到点数了。这不挺好吗，多完美的结果啊。"

"我恨你。"女孩啐了他一口。真的，唾沫星都看见了，"我虽然不认识你，但是我恨你。这跟'生命之血'根本没关系！"

"那你告诉我跟什么有关系吧。"他轻声说，尽力保持镇定，"你有一整天的时间跳下去，就给我几分钟就行，跟我说说吧，塔尼娅。"

她手捂着头说："我做不下去了。"她的肩膀因抽泣而抖动着，让迈克尔又开始担心起来，"我做不下去。"

有些人就是这样，真是弱爆了，他这么想，但实在没好意思直说。

"生命之血"是维特网上目前最火爆的游戏。你可以前往南北战争时期激战猛烈的战场，也可以用魔法之剑与恶龙厮杀，还可以驾驶宇宙飞船遨游太空，或者寻觅和探索各种形形色色的村庄农舍。但是这些场景都更新得很快。最后，人们都沉迷其中，一个个都骨瘦如柴，灰头土脸，但还在坚持不懈，不愿回到现实世界。也有一些人，像塔尼娅这样，无法掌控自己。而迈克尔当然有自控力，他玩家等级提升很快，几乎与传奇玩家鳞怪枪手不相上下。

"塔尼娅，求你了，"他说，"跟我聊聊天总没什么坏处吧？再说就算你要退出，不玩了，又何必用这么极端的方法呢？"

女孩抬起头，用狰狞的眼神盯着他，他又被吓得一哆嗦。

"凯恩再也不能纠缠我了，"她说，"他再也不能把我困在这儿，给他当实验品了——还派虚拟杀手来害我。我这就把我的数据芯片毁了。"

这最后的几句话改变了一切。迈克尔惊恐地看着塔尼娅一只手紧握住栏杆，然后用另一只手举起棍子，开始往自己身上狠狠地插去。

迈克尔忘了游戏，忘了点数。现在的情形已经超越了现实的生死。在多年的游戏生涯中，他从未见过有人把自己的数据芯片切断——这就等于把棺材舱里的屏蔽装置毁了，会使头脑中的虚拟世界与现实世界彻底分离。

"别这样！"他大喊着，一只脚已经踩上了大桥的栏杆。"快停下来！"

他跳到了大桥边上的一条小窄道上，冻得浑身发抖。他离女孩不到几米，但不敢轻举妄动，怕吓着她。他伸出手来，向着女孩挪了几步。

"别干傻事儿,"寒风虽然刺骨,但迈克尔尽可能说得很轻柔。

塔尼娅还在不停地朝自己右边的太阳穴戳着,弄得是皮开肉绽,头破血流,手上、脸上满是鲜血。眼神里的镇静却令人毛骨悚然,好像根本没意识到自己在干什么。但迈克尔却很清楚,她这是在入侵电脑代码。

"停下来,就等一下下!"迈克尔大声喊起来,他努力想跟女孩交流,声音里却泄露了自己内心的恐惧。"你能先别拆你的数据芯片,跟我好好谈谈吗?你知道那意味着什么吗?"

"你老缠着我做什么呢?"她轻声嘟囔着。迈克尔几乎看不到她嘴唇在动,不过至少她停下来不再戳自己了。

迈克尔静静地看着她,女孩现在不戳了,却把拇指和食指伸进裂开的皮肉里。"你不就是想要经验值吗?"她一边说着,一边慢慢从皮肤里抠出一块很小的金属片,上面还沾着血。

"我不要经验值了,"迈克尔说,心里满是恐惧和厌恶却不敢表现出来,"我保证。别闹了,塔尼娅。把芯片放回去吧,咱们先谈谈,现在还来得及。"

她把芯片举到眼前,着迷地看着它。"你以前见过这东西吗?"她问道,"可惜这里存储的只是我的技能数据,不然我就能知道谁是凯恩了,还有他的虚拟杀手以及追杀我的计划。不过,我也不差,要不是因为这个魔鬼,我也不会把芯片从我脑子里拿出来。"

"那不是你的脑子,塔尼娅,那只是虚拟的。现在还不迟。"迈克尔长这么大都没这么难受过。

女孩死死地盯着他,吓得他直往后退,"我不会再戴着这个了,我再也受不了他了。我要是死了,他就不能再利用我了,一切都结束了。"

她把芯片放在手上,然后朝着迈克尔一弹,芯片飞过他的肩膀——他看到那金属片在空中翻滚,反射出一道道的光芒,好像在向他眨眼说,嗨,兄弟,你的谈判水平可真够烂的——然后"叮"的一声弹在马路上,滚落到车道上,很可能瞬间就被碾碎了。

要不是亲眼所见,他永远也不会相信竟然会有人蓄意谋划操纵代码,让她在虚拟空间毁掉了自己的芯片——这芯片的作用是在休眠时保护人的大脑。没有了芯片,大脑就不能合理过滤虚拟世界,并因此无法承受虚拟世界的刺激。如果在休眠中人的芯片被毁,那么现实里人也就会死亡。目前为止,除了他以外,可以说没有人见过这样的情况。两个小时以前,他还跟自己的好友在一个叫做德里人丹的小酒馆吃偷来的蓝莓薯片。而这时候,他只希望自己能再回到那儿,吃火鸡配黑麦面包,再加上布莱森无聊的黄段子,还有听莎拉抱怨她刚剪的头发有多难看。

"如果凯恩来找你,"塔尼娅说,"告诉他最终还是我赢了。告诉他我根本不怕他。他可以把人困在这儿,想要谁死谁就得死,但想让我死在他手里,没那么容易。"

迈克尔没法和她沟通了,因为女孩那沾满鲜血的嘴里再也说不出什么话了。他使出吃奶的力气,拼了命地跑上前去,跳过小道,越过栏杆,一把抓住了女孩手里紧紧攥住的棍子。

她尖叫起来,被他这突如其来的举动吓呆了,但是她还是松开了手,从桥上跳了下去。迈克尔用左手抓住栏杆,另一只手去抓女孩,但是他两者都没抓住,因为他的脚碰到了什么东西滑倒了。他挥动着双臂,但能抓住的只有空气。他和女孩同时掉了下去。

他哇哇大叫，不过只要女孩能活下来，他也顾不上自己的狼狈相了。芯片要是不放回去，那女孩就没命了。

迈克尔和塔尼娅直直往下掉，耳边尽是刺耳的风声，下面是海湾灰色的水面，狂风撕扯着他们的衣服。迈克尔感觉自己的心脏就要冲出胸口，从嗓子眼儿里跳出来了。他又开始大叫起来。他似乎能意识到他会撞上水面，一定很疼，然后他会被传送出去，回到现实中醒来，平平安安，舒舒服服地躺在棺材舱里。但维特网是虚拟现实，现实却很可怕。

迈克尔和塔尼娅在下坠过程中找到了彼此，面对着面，胸贴着胸，就像在空中手拉手的跳伞运动员一样。底下的水面波涛汹涌，巨浪翻滚，他们用双臂抱住对方，紧紧贴在一起。迈克尔又想尖叫，但是当看到女孩面无表情的脸时，他又紧紧闭上了嘴。

她的眼睛直直地盯着迈克尔，探寻着他，找到了他。而他的心里好像有什么东西碎了。

他们撞上了水面，比想象的坚硬多了，就像水泥地一样，就像死亡一样。

疼痛很短暂，但也很剧烈。一时间，迈克尔感觉浑身上下、五脏六腑都像被炸开了一样。他还没来得及喊一声就昏过去了。塔尼娅也是这样，因为他只听见了撞击水面时那惊天动地的一声巨响，而后就意识模糊了。

但迈克尔还活着，他回到了维生舱——人们所说的棺材舱——从休眠中回到现实。

但是那女孩就不好说了,他心里突然升起一股不祥的预感。因为他亲眼见到女孩更改了自己的代码,从身体里把芯片拿出来,不屑一顾地把它扔了。芯片扔了,生命也就结束了。他只有眼巴巴地看着,这让他觉得心里五味杂陈。他从来都没有经历过这样的事。

他眨着眼睛,等待分离过程的结束。这次离开维特网让他感觉前所未有的轻松。游戏结束了,他要从舱里出来,呼吸现实世界污浊的空气。

一道蓝光亮起,启动了在他眼前几英尺的棺材舱舱门。棺材舱里涌动着的气流消散而去,接下来就是迈克尔最讨厌的步骤,他做了无数次,数都数不过来——一根根细小的犹如神经线一样的冰状细丝从他颈部、背部和胳膊上抽出来,犹如一条条的小蛇一样在皮肤里游走,最后消失在隐藏的小洞里,他们会在那里被消毒,直到迈克尔下次进入游戏时再用。他父母曾被这些吓得够呛,也纳闷他怎么就一次又一次心甘情愿地让这些东西爬进他的身体,还一点儿都不抱怨,真是让人浑身起鸡皮疙瘩。

他听见啪嗒一声,接着又是机器的当啷一声,然后又听见空气流动的嘶嘶声。棺材舱的门开始向上打开,就像吸血鬼德拉库拉从长眠的棺材里出来一样。迈克尔想起这个就想笑。对于那些想要进入休眠中的人来说,他们有成千上万种事想去做,其中之一就是成为令美女倾慕的邪恶吸血鬼。

他小心翼翼地站了起来——每次被传送以后,他都觉得有点儿晕乎乎的,特别是休眠了几个小时以后——光着身子,浑身是汗,这都是因为衣服会阻碍神经感应装置对人的感官刺激。

迈克尔一脚迈出了棺材舱,还好脚下铺着柔软的地毯——

这让他觉得很接地气，终于回到了现实。他抓起了原来扔在地上的短裤，穿了上去。他觉得T恤短裤不符合他这个高富帅的风格，不过此时他也称不上是高富帅。在"生命之血"游戏里，他跟一个女孩说话，劝她别为了经验值想不开自杀，他非但没成功，还让她真的自杀了，真真切切地自杀了。

塔尼娅——不管她的尸体在哪儿——都是真的死了。她临死之前拔掉了她的芯片，芯片由于有密码保护，所以只有本人才能做到。维特网里假装取出芯片是不可能的，这太危险了。否则，如果有人假装这么做，你肯定会发现，他们会到处寻欢作乐，找刺激，博眼球。不，她输入芯片密码，删除安全屏障，切断虚拟网络和现实世界的联结，毁掉可以传送回来的植入装置，绝对是有目的的。塔尼娅，那么漂亮的女孩，却有着一双充满悲伤的眼睛和满是恐惧的幻觉，她好像被什么纠缠住了，才会这样想不开。

迈克尔知道，这肯定会上新闻头条的，绝对错不了。他们还会报道说自己跟那个女孩一直在一起，还有VNS——维特网安全局——他们可能很快就会来找自己谈的。绝对的。

死了，那女孩真的死了，就像被他睡塌了的床垫一样。

所发生的一切都猛烈地撞击着他的心，好像猛然飞过来一个棒球打在他脸上一样。

迈克尔还没来得及跑到厕所就把胃里所有东西都吐了出来。而后，他瘫倒在地上蜷成了一团。没有眼泪流下来——他不是轻易流泪的人——但是他蜷在那里待了很久。

第二章 密会

迈克尔知道当人们无故受到排挤冷落，或者像掉进深渊一般地害怕无助时，大部分人都会寻求父母或者兄弟姐妹的温暖呵护。要是没有父母或者兄弟姐妹，他们就会去找姑妈姨妈、祖父母，或者远房表亲。

但是迈克尔不这样，他去找了他的两个铁哥们，布莱森和莎拉。没人比他们两个人更了解迈克尔。在他们面前，迈克尔可以完全放松，毫无拘束和戒备。同样，当哥们需要他时，他也会在他们身边。不过他们的交情非常与众不同。

迈克尔从来没见过他们。

在现实中没见过面。他们是维特网上的朋友——他们是在"生命之血"游戏初级时认识的，随着他们等级越来越高，关系也越来越近。他们从认识那天起就一同作战，所向无敌。他们被称为"无敌三煞"，"常胜三雄"。因为这些名号，他们不仅没交到什么朋友，还被人看成狂妄自大，甚至是白痴——但是他们觉得好玩儿就行，别的都无所谓。

浴室的地板很硬，迈克尔不能总躺在那儿，所以他起身径直走向他在这个世界上最喜欢的地方——椅子。

最普通不过的一件家具，但是是他坐过的最舒服的东西，就像坐在人造的云朵里。他得好好思考些事情，还要跟两个好哥们见见。他一屁股坐在椅子上，看向窗外街对面那座灰暗斑驳的公寓大楼，如同经受过暴风骤雨一般。

唯一有点儿人气儿的大楼上挂着的大广告牌子——黑色的背板上只写着"生命之血，深渊之血"几个红色的大字，似乎游戏设计者自信有这几个字就足够了。这个游戏可谓家喻户晓，人人都想玩儿，都想有一天能有资格去玩儿。迈克尔也不例外，也是其中之一。

他想起了鳞怪枪手，维特网上"生命之血"游戏有史以来最棒的玩家。不过最近这小子都没出来——传闻他入迷太深，迷失在最爱的游戏里了。鳞怪枪手是个传奇，一个个玩家都前赴后继地在游戏的每个角落寻找他。可惜到目前为止都一无所获。迈克尔的唯一理想就是达到他的水平，成为世界新一代的鳞怪枪手。他得赶在另一个家伙之前，就是那个——凯恩。

迈克尔戴上了无线耳机——一个贴在耳廓上的小金属片——屏幕和键盘都在他眼前闪现出来，悬浮在半空。网上显示布莱森已经上线了，莎拉留言说稍后回来。

迈克尔的手指开始在闪烁的红色键盘上敲打，就像跳舞一般。

老迈：喂，布莱森，别玩儿了，跟我说话。我今天遇到了大事儿。

他的朋友立即就回话了。布莱森上网或者休眠的时间比迈克尔还长——打字也神速，就像打了鸡血一样

小布：呦，出大事儿了？又让"生命之血"的警察逮着了？记着点儿，他们每13分钟来一趟！

老迈：我不是告诉过你吗，我去阻止一个丫头从桥上跳下

去。别瞎扯。

　　小布：怎么回事？她真跳了？

　　老迈：在这儿谈不方便，我们还是在休眠中碰面吧。

　　小布：兄弟，别介啊。我们几个小时前刚休眠过——明天见面行吗？

　　老迈：一个小时后还回到德利见面。让莎拉也去那儿。我去洗个澡，身上臭死了。

　　小布：还好我们不在现实中见面。我最讨厌闻腋臭味了。

　　老迈：说到这个——我们是得见个面，见见真人。你也不能总脱离现实活着。

　　小布：但是为什么呢，现实多无聊啊。

　　老迈：因为你是人。人得面对面交流，跟真人握手。

　　小布：我宁愿在火星上给你个拥抱。

　　老迈：谁跟你拥抱。一个小时后见，叫上莎拉。

　　小布：好的。快去洗澡吧，好好搓搓。

　　老迈：我就是说身上有点儿味儿，又不是真的那么脏。算了，一会儿见吧。

　　小布：我先撤了。

　　迈克尔摘下耳机，屏幕和键盘都消失了，就像被风吹走了一样。然后，又看了一眼"生命之血"的广告牌——红色和黑色的字体交替闪烁，就像是一种嘲弄——脑子里又闪现出鳞怪枪手和凯恩的名字……他走向了浴室。

维特网很好玩儿。它是那么真实,有时候迈克尔希望这就是现实而不是高科技虚拟世界。汗流浃背的酷热,仰面摔倒的疼痛,被女孩扇嘴巴的火辣,他都能通过模拟感应装置真实地感受到,当然还有另外一个选择——轻度感应,但是要想玩儿就玩最真实的,感受度降低了,还玩儿它干吗呢?

感应装置在人们休眠中也设置了痛苦和不适感,这种体验也很真实。还有吃的也不错,特别是当你钱不多时,要是你擅于篡改代码,也能得到好吃的东西。闭上眼睛,接入原始数据,操作几项指令,这就行了——瞧瞧,免费的美食大餐就来了。

在德利小酒馆,迈克尔和布莱森还有莎拉一起坐在老地方,抢着吃眼前的一大盘烤干酪辣味玉米片。而现实中,是感应装置在给他们静脉输入营养液。当然,人不能仅依靠感应装置的营养液生存——维持一个月是不可能的,但是一时半会儿的输点儿也挺好的——最大的好处就是你不管在休眠中吃多少都不会发胖。

尽管有美食相伴,但是他们的谈话却有点儿压抑。

"布莱森告诉我了,我就又马上看新闻了,"莎拉说。在维特网里,她的样貌还是很低调保守的——相貌标致,棕色长发,小麦色的皮肤,几乎没有化妆。"最近一两个星期有几个芯片编码重译的。让我紧张兮兮的。传闻说这个凯恩不知用了什么手段,把人困在休眠中,不让他们醒过来。所以有些人就自杀了。你能相信吗?这是网络恐怖分子啊。"

布莱恩点了点头。他看上去就像个受伤退役的橄榄球运动员——又高又壮,但是又看着有点儿笨重。他总是说自己在现实中是个万人迷,需要躲开那些缠着他的女人,所以就在维特网上消磨时间。"紧张兮兮?"他重复了一下,"我们的好哥们眼睁睁地看着一个女孩钻开自己的脑袋,把芯片抽出来给扔了,然后从桥上跳下去了。我看这不只是紧张兮兮吧。"

"好吧,我再换个更严重点儿的词儿,"她回答,"问题是发生了这么大的事,有人得为此负责。以前哪有人见过有人入侵自己系统自寻短见呢?维特网的安全系统以前从没发生过这样的问题。"

"除非被维特网安全系统隐藏了,"布莱森加上一句。

"谁还会像那个女孩那样做呢?"迈克尔嘟囔着,似乎只是自言自语,而不是提出疑问。他知道自己几斤几两,也知道在休眠中自杀是非常少见的,他指的是真的自杀。"有些人是没完没了又心急火燎地进入休眠,也不考虑后果——但是也没人自杀啊。我觉得我还没这本事能想出并且做出这种自杀的事。最近一个星期里已经有好几个自杀的了吗?"

"那个叫凯恩的玩家是什么来头?"布莱森问道,"我听说那个家伙可不简单,但是怎么才能把人困在休眠里呢?真有那么邪乎吗?"

不知不觉地,他们周围的人都渐渐安静下来了,那个人的名字飘进了每个人的耳朵里。人们都看向布莱森,迈克尔知道这是为什么。凯恩现在臭名昭著,人们都闻之色变。几个月以来,大到各种游戏,小到个人聊天室,凯恩无所不入,恐吓威胁受害者,并且攻击他们。迈克尔直到遇见塔尼娅才知道有这么回事,这个凯恩就如同幽灵一样,出没在虚拟世界,无论你走到哪儿,他都阴魂不散。他和布莱森可不一样,小布只不过虚张声势骗人玩儿罢了。

迈克尔无心理睬小酒馆里那些人，继续跟哥们说话："她一直在说都是凯恩害的。她被凯恩缠住了，她再也不干了。是搞暗杀吗？类似模拟杀手这样的任务？听我说，她要拿芯片之前，我就从她眼神里看出来她不是闹着玩儿的。她肯定在什么地方碰上凯恩了。"

"我们还不知道那个凯恩的真面目呢，"莎拉说，"我读了关于他的每个新闻，不过都是记者的捕风捉影。没人有关于那个人的第一手资料。没有照片，也没有录音和视频。就好像他不是真实存在的人一样。"

"这就是维特网，"布莱森反驳道，"不需要是真实存在的。这才是精髓所在。"

"不对，"莎拉摇摇头，"他是个玩家，是个实实在在地躺在棺材舱里的人。有这么多的渠道可利用，我们对他的了解不应该这么少。媒体也应该聚焦这个人。维特网安全局至少应该能追踪到这个家伙。"

迈克尔觉得他们还是毫无进展。"同志们，关心关心我好不好。我的精神和心理都受到了极大的创伤，你们应该安慰安慰我才对啊。可你们都干吗呢？"

布莱森真心实意充满关心地说："真的，兄弟，真对不住！不过幸亏碰上这事的人是你，而不是我。我知道与自杀者谈判是这个游戏任务体验的一项，但是谁能想到这次你遇到的是真的呢？要是亲眼看到这种事，我可能一个星期都睡不着觉。"

"这就算安慰啊？"迈克尔半真半假地笑着说。实际上，跟好朋友在一起已经让他觉得好多了，但是还是有点儿不对劲，心里总有一个挥之不去的阴影。

莎拉靠了过来，握着他的胳膊，温柔地说："对于发生的这些事情，我们都一点儿头绪也没有。傻子才会装得跟没事一样。事情已经发生了，我很同情你。"

迈克尔脸红了，不敢看她，而是看着地板。还好，布莱森打破了这种尴尬的气氛。

"我得上趟厕所。"他站起来说。人在休眠里也得上厕所，现实中的那个人就在棺材舱里解决。一切都是为了真实。

"真是万人迷啊，"莎拉叹了口气说，同时松开了迈克尔的胳膊，坐回了自己的座位，"太让人迷了。"

他们又聊了一个多小时，临走的时候照例约定尽快在现实中见面。布莱森说要是月底之前不见面，他就一天切断一根手指，直到见面为止。当然，是迈克尔的手指，不是他自己的。这把大家都逗乐了。

他们三个在传送门口道别，迈克尔传送回来苏醒，一系列程序之后，他从棺材舱走了出来。他又像往常一样，走向了那把椅子，目光自然而然地落在了窗外那块"生命之血"的广告牌上，还带着几分艳羡和向往。他刚要坐下来，又觉得自己已经精疲力竭，全身酸疼，一坐下就不想起来了。他又不喜欢坐着睡觉——一觉醒来就不定哪里抽筋了。

他叹了口气，强迫自己不要去想那个在他眼前自杀的女孩塔尼娅，他上了床，倒头就睡着了，一夜无梦。

  转天早上,他费了半天劲才从床上起来,就像一个破茧出来的蚕宝宝一样。经过二十分钟的自我斗争,最后理智还是战胜了愚蠢,他决定去学校上课,不请病假了。他一个学期已经翘了七次课了,再翘就完蛋了。

  可是到了夜里他感觉身上更疼了,就像和塔尼娅一起掉进海里那时候一样,胃里还是有奇怪的翻滚感觉。不管怎么样,他还是走到了餐桌,盘子里放着保姆海尔加给他做的培根和鸡蛋。他有保姆,还有很酷的维特网超级装备,还有漂亮的公寓——这得好好感谢他那有钱的父母。他们经常去旅行,有时他甚至都忘了他们什么时候走的,或者什么时候回来的。所以父母就送东西补偿他。每天游走在学校、维特网和保姆海尔加之间,他都没有时间想他的父母。

  "早上好,迈克尔。"海尔加用她那轻柔却有力的德国口音说,"我看你睡得不错,是吧?"

  他学着打呼噜声,海尔加笑了。这就是他为什么喜欢海尔加,你不想回答她,就学几声打呼噜声,她也不生气,也不会在背后翻脸。

  而且她做的饭也很好吃,几乎跟维特网上的一样美味。迈克尔吃光了早餐,然后出门赶地铁。

  大街上熙熙攘攘——满眼全是西服革履或者职业套裙的男男女女，人人手里都捧着大杯咖啡。人群乌央乌央的，迈克尔甚至觉得眼前这些人都是复制出来的。每个人都面无表情，眼神空洞。迈克尔太了解了，他们每天都得吃苦受累地干着无聊的工作，或者像他一样得上学，只有下班或者放学回家才能休息，才能上维特网。

  迈克尔走进了人群，左躲右闪避让着身边来来往往的上班族，他沿着大街走，然后向右一拐抄近路走进了一条小巷——狭窄的小巷是条单行路，垃圾成堆。他想不通大家怎么都不把垃圾扔进垃圾桶里呢。但是在忙碌的早上，他宁可抄近道走这条满是垃圾袋和香蕉皮的小巷，也不愿意走大马路跟人挤来挤去的。

  他走在半路，一声尖锐的汽车刹车声让他停下了脚步。身后传来汽车引擎的轰轰声，迈克尔转过身来。那辆车就近在眼前，灰暗陈旧，就像刚被暴风雨肆虐过。他知道这辆车是找他的，而且没什么好事。

  他转身就跑，心里清楚肯定有人在后面追他，想要抓住他。离出小巷还老远呢，他跑不掉了。汽车的声音越来越大，就要逼近他了。尽管在休眠时经历过各种奇怪又吓人的事，但是此时迈克尔还是吓得要命。这可是真的恐怖事件，他不禁想到了自己的结局——他像只蚂蚁一样被碾死了，横尸陋巷。

  他能感觉到汽车一步一步向他靠近，但是他不敢回头看。

车越来越近了,他怎么也不可能跑过汽车。于是他不往前跑了,而是跳进了垃圾堆里,然后从垃圾堆滚下来,打算往反方向跑。汽车急刹车停了下来。车后门突然打开,走出来一个衣着光鲜的男人,头上还戴着个黑色的滑雪面罩。那人透过面罩的缝隙打量着迈克尔。迈克尔都吓呆了,愣愣地站在那儿。那个男人走过去,把迈克尔打倒在地。

迈克尔张嘴想喊,但是嘴巴被一只冰冷的手捂住了,没法出声。他吓得浑身哆嗦,使劲要挣脱他。但是那个男人太壮了,把迈克尔紧紧按住,胳膊反握在身后。

"别动,"那个男人说,"没人要伤害你,没工夫跟你在这儿耗,赶紧给我上车。"

迈克尔的脸被按在墙上,"哦,是吗?你能保证我的人身安全?傻子才信。"

"小子,闭上你的嘴,少耍小聪明。我们不能让人发现你。现在快上车。"

那个男人拽着迈克尔,把他塞进车里。

"屁股进去,"那男人说,"坐进去。"

迈克尔最后一点儿要逃离的希望破灭了。那男人的手像钳子一样地抓着他。迈克尔没辙了,只能听从那个男人的。刚才撕扯了半天了,现在他也没劲儿了,只能让那个男人带着坐进了车里,挤在另外两个戴着面罩的男人中间。车门"砰"的一声关上,汽车扬长而去,发动机的轰响还回荡在狭窄的小巷。

　　汽车冲出小巷，驶上了主干道，迈克尔绞尽脑汁地想着——这些人是谁啊，要带我去哪儿？又一阵恐慌感席卷全身，他又开始行动了。他用胳膊肘朝左边的男人裆部狠狠捣了一下，然后使劲儿踢车门，这让那个男人更疼了，骂得别提多难听，要是布莱森听了都会脸红。迈克尔抓着门把手。而把他带上车的那个男人猛地向后拽他，用胳膊紧紧地勒住他的脖子，直到迈克尔喘不上气来。

　　"你这小子别闹了，"那个男人超乎冷静地说，"别像小孩似的胡闹，冷静点儿。我们不会伤害你的。"

　　"你现在就是在伤害我。"迈克尔边咳边说。

　　那个男人松开了手，"你老实点儿我们就不动手了，行吗？"

　　"好吧。"迈克尔嘟囔着，他还能怎么样呢？给他点儿时间再考虑考虑？

　　那男人看起来放松了些，"很好。现在坐回去，把嘴闭上。"他命令道。

　　"等一下，还不行，你得先向我的朋友道个歉——这是你应该做的事。"

　　迈克尔看向他左边的那个男人，耸耸肩说："对不起了。希望你没有断子绝孙。"

　　那男人没有回应，但是透过面罩能看见他眼睛里的怒火。迈克尔被那男人的怒气吓到了，不敢再看他。激愤劲儿一过，他也没力气了,四个戴着黑色面罩的人劫持着他,在城市穿梭。

事情看来不太妙啊。

汽车一直行进着,车里静默无声。迈克尔的心里还是像打鼓一样怦怦乱跳。他也尝过害怕的滋味儿。他在维特网里经历过无数次恐怖的事件,都觉得很真实。但是这次可是来真的。这恐惧可比在网上强烈多了。他怀疑自己没准16岁就得因为心脏病发猝死了。

更讽刺的是,他看向车外时,眼光都会落在那些写着红色大字"生命之血"的海报上。虽然他知道被戴面罩的人绑架通常下场都很惨,不过他还是有一点点的侥幸心理,觉得自己有可能会逃过这一劫。那广告牌只是在提醒他,想去"生命之血"终极关是不可能了。

最终,他们来到了城市的郊外,汽车驶进了猎鹰队比赛场馆的大型停车场。停车场都是空的,他们把车停在了最前排。那里有个大牌子,上面写着"预留车位,请勿违规停靠,违者拖走"。

车里响起哔哔声,随后车外响起什么东西裂开的声音,然后又是机器的嗡嗡声。紧接着汽车开始向下沉,迈克尔心脏怦怦直跳。随着汽车下沉,光线渐渐退却,取而代之的是室内的灯光。

最后,随着轻微的晃动,汽车停止了下沉。迈克尔看向周围,只见他们身处在一个巨大的地下车库,靠墙停了至少十几辆车。司机放开刹车,把车停在了一旁的空位,熄了火。

"我们到了。"司机说。迈克尔心想,可不是到了嘛,还用你废话。

他们给迈克尔两个选择:他们提着他的脚走,大头朝下,或者自己乖乖地跟着他们走。他选了第二个。他们走在他身边,他心脏又快跳出来了。

四个男人护送着他通过大门,穿过大厅,然后又通过一扇门走进了一间偌大的会议室。看着那张长长的樱桃木桌子,金丝绒面的椅子,还有那灯光耀眼的吧台,迈克尔认为这就是开会的地方。令他感到惊讶的是,等待他们的只有一个人。一个女人。她个子高挑,一头乌黑的长发,还有着一双充满异国情调的大眼睛——迈克尔也说不上来她是哪国人,但是她就是那么美得令人窒息。

"他留下,你们出去吧。"她说。短短的几个字,语气温和,那几个男的却显得很怕她,乖乖地就转身了。

一双动人的眼睛看着迈克尔,"我叫戴安·韦伯,你可以叫我韦伯特工。请坐吧。"她指了指迈克尔旁边的椅子。迈克尔犹豫了一下,强迫自己目不转睛地看着她,心里默数三下,然后坐了下来。

她走了过来,优雅地坐在迈克尔旁边。"很抱歉以这种方式把你请来。我们有十分紧急而且机密的事情要讨论,所以我不想浪费时间……征得你的同意。"

"我本来要上课的。你们怎么也得跟我说一声啊。"不知怎地,她让迈克尔不那么紧张了,这让他很生气。很显然,她很擅于控制别人,擅于用她的美色融化男人的心,"你到底想让我怎么样?"

她莞尔一笑,"你是个玩家,迈克尔,而且有高超的编程技术。"

"这就是你想知道的?"

"不是,我是在说一个事实。你问了我,我就告诉你为什么让你来这儿。我对你的了解比你自己都多,明白了吗?"

迈克尔干咳了两声——他干的那些黑入程序的事被逮到了吗?"就因为我玩游戏就被带到这儿了吗?"他极力控制自己声音,不让自己显得太过激动,"因为我喜欢休眠还编写程序?我干什么了?把你从第一名的位置踢下去了?还是在你的虚拟饭馆偷东西了?"

"让你来这儿是因为我们需要你。"

短短的一句话却很有震撼力。"听着,我妈妈可以证明我正在姐弟恋中。你玩儿过'爱巢'这个游戏吗?像你这么漂亮的女人肯定能在那儿找到——"

那女人的脸上立刻显出怒色。迈克尔立马闭上了嘴,然后道歉认错。

"我的工作是负责维特网的安全系统,"她又恢复了冷静,说道,"维特网里出现了大问题,我们需要你的帮助。我们也非常清楚你的黑客技术,也了解你的朋友。但是,你要是还这么像小孩似的玩闹,我就再找别人了。"

不知怎么回事,她的这几句话说得让迈克尔觉得自己是个十足的傻小子。现在他急切想知道那女人要说什么。"好吧,对不起!被绑架让我有点儿乱了分寸。从现在开始,我会好好的。"

"那就好。"她停下来换了个坐姿。"现在,我要告诉你四个字,如果在没有我们明确指示下,你跟别人说了这四个字,最轻的后果就是终身被秘密监禁,直到被所有人忘个一干二净。"

这倒引起了迈克尔的好奇,但是他还是犹豫了一下,"这么说你们不会杀了我?"

"比死更可怕的事有的是呢,迈克尔。"她双眉紧蹙。

他看着她,心里想求她让他走吧,什么都别告诉自己。但是好奇心又占了上风。"好吧,我不跟别人说……告诉我吧。"

她的嘴唇轻启,微微颤动,好像心中有什么东西在颤抖一般,"死亡教义。"

房间立刻陷入寂静——鸦雀无声——而韦伯特工则直直地盯着他。

就为这么区区几个字他就得牺牲自由了?"我好像没大听清楚?"他问道,"死亡教义?那是什么玩意儿?"

韦伯特工把身子向前倾了倾,表情比刚才更凝重了,"既然你听到了,就得加入我们。"

迈克尔耸了耸肩——这是他感觉最安全无害的举动。

"但我需要你亲口说出来,"她说,"我得听到你的承诺。我们要的是你在维特网上的能力。"

借着心里泛起的些许自豪感,迈克尔又找回了点儿自信,

"我想了解得更具体点儿。"

"这还差不多。"她又坐了回去,房间里萦绕起更加紧张的气氛。"死亡教义,关于它我们目前还知之甚少。只知道它隐藏在维特网里——不在已知的网格范围之内。它可以说是一个文件或者一个程序,不仅可以严重摧毁维特网,更可以摧毁现实中的世界。"

"听起来还挺牛,"迈克尔自言自语地说,说完就后悔了。幸好,她没追究。实际上,一听到维特网的机密部分,他就来了兴致了。他想知道那个东西在哪儿。

"这个东西……据我们所知,可以毁灭人性以及整个世界。迈克尔,你知道 NPC 是什么吗?"

他点点头说:"这个嘛……我当然知道 NPC 是什么,不过为什么——"

"那你说说看。"

迈克尔深吸一口气,极力装酷。她真的不知道吗?"它指的是休眠中的一些程序——我是说在维特网里。它们的原理是利用人工智能和一系列复杂的编码,尽可能地将真人复制。通常,它们是可以被识别的,这样玩家就能知道那不是真人玩家,但它们也不总是能被识别。"

韦伯特工点点头,似乎对他的回答很满意,"的确如此。那你听说过一个自称凯恩的玩家吗?"

听到这个名字,迈克尔心头不由得一动。那个女孩,塔尼娅。她的脸庞顿时又浮现在他眼前,还有她跟他说过的话也在耳边响了起来。凯恩是怎么折磨她的?迈克尔双手紧紧抓着椅子扶手,因为此刻他感觉自己似乎又在从桥上往下掉了。这所有的一切都有什么关联呢?

"我知道凯恩,"他说,"我看到了一个女孩自杀了……她提到了这个人……"

"是的,我们知道。"韦伯特工承认,"这只是让你到这儿来的一小部分原因,毕竟你亲眼目睹了惨案的发生。我们已经可以把凯恩和死亡教义联系在一起了,多个类似案件都和他们有关。人们被困在维特网里,被人驱使编译自己的芯片密码。这确实是我们遇到过的最严重的网络恐怖事件。"

"那我到底为什么来这儿呢?"迈克尔用嘶哑的嗓音问道,似乎有点缺乏自信,"我能帮你们干什么呢?"

她停了一下,然后回答说:"我们找到了一些在棺材舱里昏迷不醒的人。X光扫描显示他们脑部都受到了损伤——看起来像是某种变态试验的受害者,他们完全成了植物人。"她停顿了一下,又说道:"有证据显示这跟'凯恩'有关。也涉及NPC,不管怎样,好像也都和死亡教义脱不了干系,它就隐藏在维特网里。我们必须把凯恩和死亡教义全都找到。你愿意帮我们吗?"

她问得倒轻巧,就好像问他可不可以去趟商店买点儿面包、牛奶一样。迈克尔想逃了。实际上,他现在想做的事一大堆——时光旅行是不错,但是他更想回家,想躺在床上,想躺进棺材舱里,想玩点儿无脑的体育游戏歇歇脑子,想跟布莱森和莎拉一起玩儿,去小酒馆吃点儿玉米片,或者看看书、看看电影,他也想念旅行回来的父母,但就是再也不想听这件事。

但是他却下意识地吐出一个字:"好。"

第三章 黑暗之地

迈克尔惊讶得合不上嘴,韦伯特工却突然腾地一下站了起来,把椅子都掀翻了。

迈克尔吓了一大跳,"我可以反悔吗?"

但是她看都没看他。她在看着地面,手按着耳朵里的什么装置,好像在听着什么。"有情况,"她说,"你被跟踪了。"

迈克尔起身,心里诧异这个女人刚才还吓唬人,怎么现在倒被吓到了。"被跟踪?谁跟踪我?"他问道。

"你不用知道。跟我来。"

她也不等他回应,就二话没说命令打开了门。迈克尔跟上去,他们很快走到了大厅,周围多了几个武装警卫。这次倒是没戴可笑的面罩。

"把他送回家,"韦伯特工命令说,又交代了一句,"记住别让人看见你们。"

一个男的和一个女的走了过来,架着迈克尔的胳膊就要把他带出大厅。

"等一下!"迈克尔大喊起来,对于这突如其来的变化,他还没搞清到底怎么回事,"等等,你还什么都没告诉我呢!"

伴随着高跟鞋的嗒嗒声,韦伯特工一步一步走向迈克尔,"把刚才我跟你说的话告诉你的朋友,布莱森和莎拉。不许告诉其他人。听明白了吗?要是你告诉了别人——即使是你父母——我们也会除掉他们。"

迈克尔一下子怒火中烧,"除掉他们?"

"我要你们三个去挖出真相,迈克尔,"她丝毫没有理会他的怒气,"我建议你们从维特网里最黑暗、最肮脏的地方开始下手。留意观察周围,密切关注那些流言。我要你们把凯恩给我找出来——要想揭开死亡教义的真面目,弄清他有什么阴谋,这是唯一的办法。不惜一切代价,一定要完成。你们可以做到的。我们会给你戴上追踪器,一旦发现他,我们就会跟着你们。帮我们解决这个问题,我们会满足你任何要求。其他两个人也一样。尽快找出真相,我们会好好犒赏你们的。"

他张大了嘴——想说他不知道该怎么做——但是她已经转身走了。

"走吧。"一个警卫说。

迈克尔还没转过身,就被他们反着架走了。

他们没回到车里。那些武装警卫自始至终也没跟迈克尔说一句话,他们护送着迈克尔走过了无数的走廊,最后从一个地铁站旁边的一座废弃的旧楼里出来了,然后警卫们就全撤了。人们来来往往,阳光透过云层照射下来,微风吹来,空气中飘散着糖果的味道。一切一如往常,可是他往日的生活却一去不复返了。

　　他不想去学校。迈克尔在街上闲逛，心里边茫然失措着。他走进了一家咖啡馆，买了最大杯的咖啡。然后就坐火车回家了。到家以后头一件事就是安排跟布莱森和莎拉转天见面。他要告诉他们一些消息，把他们引上钩——他知道要是告诉他们太多，他们准会睡不着觉的。他有种感觉他们得好好养精蓄锐，有大事要干。

　　迈克尔真后悔大晚上的看新闻。

　　他孤独地蜷在椅子上——父母没回家，他还是没想起来他们上次是什么时候回来的，海尔加每天太阳一下山就上床睡觉了。屏幕在他眼前闪烁，显示的都是当天的无聊新闻。凶杀案、银行倒闭、自然灾害。没有一点儿让人眼前一亮的东西，他觉得很失望。以前他都觉得这些新闻里的事离他很远，都发生在别人身上。但是不知怎的，跟韦伯特工谈话以后，他觉得这些事离他越来越近。

　　他正要打算关了屏幕，突然看到一个新闻，他又停了下来。一个上岁数的新闻主播在报道维特网上备受关注的热点——网络恐怖分子凯恩。

　　迈克尔敲了下键盘，升高了音量，紧紧盯着屏幕，好像发生了什么影响终身的大事。

　　"……根据目击者的证词以及被害人临死前的信息显示，这几起自杀案的犯罪嫌疑人是众所周知的凯恩，他非法潜入维特网的几乎所有游戏和社交网页，更被指涉嫌对无数人进行恶意骚扰。自传奇人物鳞怪枪手从人们视线消失之后，沉寂已久的维特网又出现了一个话题人物。到底凯恩意欲何为，目前无人知晓。VNS（维特网安全局）相关负责人给出的官方声明称，他们将利用所有资源查出此人，并且永久性地将其拒之门外。"

她继续报道，迈克尔聚精会神地听着，又入迷又害怕。被虚拟网络绑架的受害人将在虚拟空间受到幽禁和各种折磨，受害人无法将自己传送回现实世界醒来。受害人所在的整个游戏或者网络会被关闭或者删除，只留下一行数据，写着"凯恩在此"。而躺在神经感应舱里的玩家即受害者，将会脑死亡。

迈克尔听说了太多凯恩干的那些罪行。这个人到底有什么目的呢？就是为了找刺激好玩儿吗？

凯恩——

死亡教义——

休眠里被困，身体出现脑死亡——被害者为了逃脱那家伙宁愿自杀。

迈克尔叹了口气。想开点儿吧。

于是，他爬上了床，梦周公去了。奇怪的是他梦见了他的父母，还有很久以前全家人一起去海滩旅行的情景。

迈克尔很庆幸第二天是周六。海尔加不知怎地做的华夫饼特别难吃，上面还加了所有让人发胖的东西——黄油、鲜奶油、糖浆。为了表达歉意还给加了几颗草莓。他们谁也没说话，迈克尔猜想她昨天是不是也跟他一样看了新闻。都有点儿郁郁不振。不过还好，他一会儿就能见着自己的好伙伴了。

吃过早饭两个小时以后，迈克尔的真身舒舒服服地躺在了棺材舱里，而虚拟的他，此时正坐在中央公园的长椅上，这是另一个他最喜欢的见面地点。享受虚拟美食是第一大乐事，第二就是身处大自然，享受自然之美，这在雾霾笼罩、到处是钢筋水泥、高楼林立的老家是很难见到的。

当他到达见面地点的时候，布莱森和莎拉早已等在那里，甚至有点儿等得不耐烦了。

"最好是有好事告诉我们，"布莱森说，"可别耍我们。"

"你干吗这么神秘兮兮的？"莎拉问。

迈克尔把从小巷被劫持到后来发生的事都一字不漏地跟他们说了，他自己倒不觉得害怕了。他担心有人窃听，所以一直很小声地说，但是说到关键的时候，语速太快了，根本就听不清了。

莎拉和布莱森很困惑地看着他。

"呃，大哥，你能再说一遍吗？"布莱森说。

莎拉也点点头说："从头开始。像正常人一样说话。"

"那好吧。"迈克尔深吸了一口气——当然不是真的空气——又说了一遍。"昨天，我赶地铁去上课，正在去地铁站的路上，一辆车在我身后紧追我。几个戴着黑色面罩的神经病从车里窜出来，把我拖进车里。"

布莱森插了一句："等等，兄弟，你没吃坏东西吧？"

"哎呀没有，你听我说啊，"迈克尔翻翻白眼，他也不能怪他们不信，但是不能刚起个头就不让说了吧，他有点儿生气了。

他又吸了一口气，继续说，说到韦伯特工发现迈克尔被跟踪了，就让警卫把他打发走时，他看出来他们两人都相信了他说的都是真的。最后，他说了昨天看到的新闻——大部分内容他们都早就知道了。

他们静静地坐了有一分多钟，偷偷地朝着树旁和草丛里瞟了几眼，看看有没有人监视他们。

布莱森打破了沉默，说："哇哦，他们竟然让三个中学生帮他们解决难题？"

"我也一直想这个问题，"迈克尔说，"韦伯特工说他们也在找着别人。可能他们是在物色一些出色的玩家和编程高手，给他们一个机会找出凯恩的藏身之所。她知道我们会黑网站和编译代码。我说的是真的，没开玩笑。"

"但是那些 VNS 的专业人士都办不到的事，我们怎么能办到呢？"莎拉问道，"那是他们的本职工作啊，说实话，他们把这活儿推给孩子，这让我有点儿害怕。"

布莱森嘲笑地说："老家伙们知道年轻一代脑子更灵活，对于这种事他们永远也比不上咱。我的意思是，我们一直在这里逛荡，比谁都了解这儿。我们能办到因为这不是我们的工作，而是我们的爱好。"

"这不只是编辑程序这么简单，"迈克尔很高兴布莱森说得很有道理，他又补充道，"他们需要的是用户，不是设计者。有谁比我们更合适呢？"

"你确定吗？"莎拉问，"还是你想玩游戏的借口？"

"你不也是吗？"迈克尔反问道。

"说的也是。"她耸耸肩笑了。

"要是我们找到了，就衣食无忧了，是真的吗？"布莱森问，"那女人说的是咱们三个，不只是你自己吧？"

"那是当然，"迈克尔回答，其实他也不太清楚，"我们会成有钱人，为 VNS 工作，还有更多呢。但是咱们可绝对不能跟别人说。"他不能跟他们提韦伯特工威胁他的那些话。没准儿，那些威胁对他的两个朋友不管用。

"不得不承认，这倒是挺有意思的——是个很带劲的挑战。"莎拉说。

迈克尔也同意。游戏不再是游戏——比游戏更重要。他此刻真的很激动，差点儿就要站起来准备行动了。

布莱森看出了他的心思，"别这么没出息，兄弟，我们得从长计议。"

"我知道，"迈克尔回应说，"我冷静得很。"

突然有点儿不对劲儿。他们感觉到周围有一种奇怪的不安感，迈克尔觉得头发都竖起来了。公园里的一切都在向他们缓缓移过来，他们就像困在蜘蛛网上的苍蝇。

莎拉捋了捋耳后的头发。布莱森咧开嘴笑了——一种邪邪的笑——这是在告诉别人他要有所行动了。头上的树枝轻轻摇曳，一只鸟从中飞过，迈克尔看见它的翅膀上下扇动，空气越来越湿重，让人难以呼吸。

突然一束亮光闪过，一切都消失了，取而代之的是无数旋转不止的星星，还有阵阵癫狂的笑声。

迈克尔的身体剧烈地摆动。神经感应系统经常有这种试验，以确保动作真实性，比如坐过山车、跳伞、以光速发射火箭，身体急速下落等等。但是此时此刻，他却感觉就像要被撕成碎片一样。他的五脏六腑都在翻滚，头疼得像要裂开。那些星星始终不停地转着,他都感觉不到自己的眼睛是睁着的还是闭着的。他已经对周围的东西失去意识了,他突然想那棺材舱能不能驾驭这么大的冲击力。

　　突然,这剧烈的晃动停止了。迈克尔的五脏六腑几乎都拧在一起了,他呕吐不止,却什么也没吐出来。慢慢地,他匀了匀呼吸,看看周围。一切都笼罩在黑暗里,只有远处一点点微弱的光线。

　　他身边躺着两个人。他看不见他们——就像两个影子一样——但是他知道那是布莱森和莎拉。还能是谁呢?

　　点点的灯光开始旋转,然后一个个地飞速聚合在一起——在他们眼前形成了一个光球,越来越大,也越来越亮,超出了人的视线,就像一个发光的星体在旋转着。

　　迈克尔和他的朋友们呢——漂浮着、冻结着、沉默着、等待着。迈克尔想说但是出不了声,想动但是没有知觉。他每个细胞都充满了恐惧。这时,从发光的球体里,传来一个声音,那球体随着声音一起跳动,看着太可怕了。

　　"我的名字是凯恩,我能看到一切。"

　　那股麻痹他的力量始终在控制着迈克尔。

　　那令人毛骨悚然的声音还在继续着:"你们真以为我不知道 VNS 想要阻止我吗?我在维特网操控一切,你们能想象得到吗?现在,这是我的地盘,只有最勇敢、最强大、最聪明的人才能为我做事。VNS 以及像你们这样的玩家,都是一些没用的东西。"

迈克尔使尽全力想摆脱那股力量的控制。

"你们根本不知道我的力量有多强大，"凯恩说，"我这是警告所有想阻止我的人。没有下次。"

他停顿了一下，又说："要是你们不听我的，到时有你们好看的。"

旋转着的光球消失了，随后出现了一个像电影屏幕一样巨大的长方形。屏幕越来越宽，越来越高，几乎占据了迈克尔的整个视线，屏幕上还闪现出无数画面。

好像脑子被植入了一个疯子的记忆：

乱石成堆的城市，满目疮痍，人们都挤在贫民窟里。

浓烟滚滚的房间里，火势蔓延，几个面目呆滞的男人，像是等着被活活烧死。

安乐椅上的老妇，慢慢举起了手里的枪。

医院里，满是疾患缠身的病人，大门从外面被铁链锁住。

几个面容枯槁的人往墙上泼汽油，另外几个人点燃了打火机。

恐怖的画面还在继续，一张接着一张，让人难以言表。迈克尔的身体扭动着想要摆脱束缚。这比他做过的任何噩梦都要可怕。

凯恩的声音又一次响起，从四面八方传来。

"你们根本不知道将要发生什么。你们这些无知的孩子。要是你们再不停下来，还有更好看的呢。"

然后一切突然结束了，都消失不见了。迈克尔发现自己又回到了现实，躺在棺材舱里。但是他的嗓子疼得要命，一定是喊得太久了。

第四章 别无选择

迈克尔想上次亲眼看着塔尼娅自杀就已经够受的了，可是这次更惨，他连从棺材舱里爬起来都费劲了。他连裤子也懒得穿，浑身发着抖，一身都是汗地跌跌撞撞爬上了床。身子觉得好像还被控制着，那一幅幅电影画面还在眼前浮现，那是凯恩为他准备的充满了恐怖的未来。

越想他越觉得毛骨悚然。驰骋游戏界多年，如今在维特网上遇到了两次恐怖事件，让他怀念起当初的快活日子。他不在乎VNS给他的好处，也不害怕他们的威胁。看到了有人在他眼前取出芯片自杀，又亲眼见识了凯恩的恐吓，迈克尔觉得应该亲手把凯恩找出来。要是那人能在迈克尔醒着的时候也能控制他怎么办？迈克尔从来没被人弄得全身麻痹，无论在维特网里还是现实中，他都没这么无助过。

他不知道该怎么完成VNS交给他的任务。攻击外星人、从地精手里解救出公主，完成"生命之血"里一个又一个的任务，玩够了就回到现实，做做功课，日子过得挺好的——布莱森和莎拉也经常在休眠里跟他玩儿。他就想这样回到从前的日子，过着无聊的生活。不用再跟凯恩有任何交集。

想到这儿,迈克尔总算是睡着了。

第二天早上,又一个沉闷无聊的星期日,很符合迈克尔现在的心情。海尔加让他早饭自己冲麦片喝,因为她说她头疼。他想告诉她,她哪里知道真正的头疼是什么感觉。她知道前一天他和凯恩"愉快"的见面吗,他想问问她,是做几个小时的家务,扫扫地、擦擦桌子、洗洗衣服好呢,还是跟凯恩见见面好呢?

但是,他喜欢海尔加,他不会这么做的。

所以他关切地问候了海尔加,喝了三碗麦片粥,然后又好好地洗了个热水澡。这下他觉得好多了。遇见网络恐怖分子后的紧张感消失了,就像做了一场噩梦一样。

他花了一整天的时间忘掉一切发生的事——慢跑、午睡、吃了一顿美味的午餐——三明治、薯条和酸黄瓜。他最终又坐在了那把椅子上,不得不跟布莱森和莎拉谈论那个疯子凯恩。当屏幕打开,两个哥们都上线留言了。

看来他们俩都意见一致。只是玩玩游戏而已,但是这个恐吓别人的疯子,连 VNS 这么强大的组织都拿他没辙,(这个嘛,迈克尔觉得可能不一定),他们怎么能对付得了呢?他的兄弟们一致认为这不是个好差事,还是"谢谢再见"吧。凯恩太可怕了,他威胁人的方式也太前卫了。他困住人的那些个层出不穷的花样真是让人匪夷所思。

问题来了,他该不该把他们的决定告诉 VNS 呢?迈克尔认为不妥。他不想跟他们说。但愿他们还被蒙在鼓里。也许他们也找了不少其他的玩家,没准有人会继续调查。迈克尔也没打算去调查——他有点儿害怕去休眠,但是他认为要是 VNS 看到凯恩的警告,不去监视,凯恩就会继续潜藏起来。

他和朋友们谈话快结束的时候,约好一会儿去玩"生命之血",忘了那些烦人的事儿。

但是事情不像想象中的那样,当他躺进棺材舱连接到网络后,他没有进入维特网,眼前只有几个大字:VNS 禁止进入。

MORTALITY DOCTRINE

他们把他的号掐断了。

迈克尔走出棺材舱,走到了电脑椅上,要视频连线。但是没有响应。他走到沙发前按遥控器看电视。也没有信号。他能听见海尔加在屋里走动,心急火燎地要打电话。但是手机信号也断了。迈克尔又回到电脑椅上,想要黑进网络,也没有用。

所有信号都断了。

他只能躺在床上,看着天花板,越来越有气无力。天啊,这是怎么了?就一两天的工夫,他的生活就被 VNS 完全控制了,还被那个女魔头威胁。过去的日子多好啊,除了上学,没有什么可以抱怨的。

认识他的人,一眼就能看穿他在想什么。是的,他目睹了那些可怕的画面,那是对他的警告,要是他站在 VNS 一边的话,那就是他的下场。他敢肯定通过给维特网输入指令,这些都是可以做到的。凯恩说的一点儿都没错——虚拟现实可以让人拥有各种体验，那么肯定也有比死亡更痛苦的体验。一个深不见底的深渊在迈克尔眼前咧开了大嘴。

有人撤销了他的访问权，让他忍无可忍。

他突然想起韦伯特工跟他说过的话。她威胁过他和他的家人，还切断了他的网络，这还只是第一步，肯定还有更糟的。迈克尔决定要把事情弄个水落石出，他不能坐以待毙。

他立刻坐起身，打起精神来。他知道 VNS 还会再给他一次机会——毕竟他直接跟他们要对付的人交过手。他们肯定巴不得找他帮忙呢。凯恩给他看的那些恐怖的画面，已经模糊了——迈克尔的性格中更冷静和理智的一面告诉他，这只不过是维特网中虚拟的景象而已。那些都不是真的，只要他足够小心，就能对付得了凯恩。在维特网里游走多年，没人比他更懂编程和黑入程序，没人比他更快能进入"生命之血"终极关。他几乎跟鳞怪枪手不相上下。凯恩是很牛，不过也只是个玩家罢了。

他已经做好准备，迎接挑战了，即使失败也在所不惜，他怎么能让家人受到威胁呢？

听到迈克尔砰砰的敲门声，住在隔壁的珀金斯太太心脏病都快犯了。她惊慌不已地打开了门，瞪大了眼睛，半边脸上还有没涂完的面霜，一手捂着心脏。

"是你呀，迈克尔，"她大大地松了口气，说，"我的天呀，出什么事了，你把我吓得……"

"快犯心脏病了，我知道。听我说，我需要您帮我一个忙。"

她双手叉着腰说："请人帮忙还这么横啊。"

迈克尔很喜欢珀金斯太太，真的，打心眼里喜欢。她身上有一种婴儿爽身粉的香味和淡淡的薄荷的清香。她是世上最可爱的女士。但是现在，他只想立马推开她，拿起她的电话。

他极力压制这种冲动，说到："真的很抱歉。事情紧急。"

"没关系，孩子。我能帮你做什么？"

他心里一下子高兴起来："您可以帮我给所属地的 VNS 打个电话吗？告诉他们，您的邻居——迈克尔——他回心转意了。告诉他们我会找到他们想要的。"

他马上就又能登录上去了。他从网上留言上得知布莱森和莎拉也遇到了同样的情况，跟他想的一样，事情没那么简单。

星期一上课是最痛苦的事了。到了晚上，他又跟哥们连线了，他们决定第二天下午开始进行调查。

这次他们决定要更加小心，更加隐蔽。他们要使出编程和黑客的看家本事。迈克尔觉得 VNS 选择他和他朋友，肯定是有原因的。

我们会成功的，他一次又一次地对自己说。

第五章 老男人理发店

"当时你们俩都吓疯了,"布莱森说,"我趁机把一个追踪器放进凯恩的那个发光球里了。下次他来的时候我们就知道了。"

"生命之血"游戏里一个人迹罕至的郊野,迈克尔跟布莱森还有莎拉正坐在一间树屋里,这是他们自己秘密建造——创造出来的。这片小树林很隐蔽,迈克尔确信连创作这个游戏的人都不知道这个地方的存在。

"你给我们上传那个追踪软件了吗?"莎拉问他。她很擅于将大家的注意力集中起来。

"当然了。"

"很好。我想如果用我的躲猫猫程序还有迈克尔的间谍程序,就应该可以暂时躲过那个阴险的家伙了。"

"至少也能及时抽身,"迈克尔补充道。他正和莎拉一起合作编写这两个必不可少的程序。

他们闭上眼睛,静下心来,然后开始联网接入周围世界的原始数据。迈克尔打开屏幕,跟同伴们连上线,共享代码,安装程序,确保一直在线,数据畅通。他们都不言语,这次学聪明了，上次他们还都当成游戏呢。迈克尔觉得他们上次真是傻透顶了。

都弄好了，他睁开了眼睛，推了推他们——他们接入代码之后总是有点儿恍恍惚惚的。他跪下身子，向窗外的树林望去，那里一直通向"生命之血"的主线场景。远处雾蒙蒙的，因为程序做得比较简化，视觉效果不那么清楚，但是迈克尔喜欢这样。他们自己编程创造出的小树屋又温馨又隐蔽，感觉又舒服又安全。要是再加上顶小绒帽和一双手工编织的袜子，他就可以当老奶奶了，他想起来就觉得可笑。但是他还是很害怕，越接近他们要找的，就越害怕。

"那么……"布莱森开口了，他的问题不言自明。

"都是老手了，"莎拉说，"咱们就是这么聪明。"

迈克尔甩掉了不安的情绪，准备开始冒险。"那当然，"他转过身，坐了回来，说，"在老唐恩镇商业区外面的那些老家伙们可能知道一些什么，但愿他们记性还行。给他们点儿钱，去赌场玩玩儿，他们肯定会知无不言，言无不尽。"

莎拉点点头，眼睛也盯着迈克尔刚在看的地方。她在陷入沉思的时候从来都不看人的。"我一直在回想着那个理发师的名字，他得有一千岁了吧。"

"我知道那个老古董，"布莱森说，"我们做冥王星任务时，需要得到密码，我们还找过他呢。你还说他需要买一个口气清新剂。他太臭了，我连大气都不敢喘。"

迈克尔笑了，"要是每个玩家都上门找你帮忙，你也会给他们制造点儿麻烦，不会让他们轻易过关的。对了，他的名字叫卡特。"

"我们就去那儿吧，"莎拉说，"把鼻子堵住就行了。"

老唐恩镇是维特网上最火的地方，模拟的是现实中的纽约市。那里的商业区总是挤满了人。起初迈克尔很担心在大庭广众之下露面，但是一到了那里，他就发现他们轻而易举地就混入了人群，甩掉那搜索的目光。特别是他们还有双保险的隐蔽程序，相当好使。

这里有两个大型商场，每个都有上千家店铺、游乐场、饭馆、娱乐中心、酒吧等等，应有尽有，周围是一个延绵几公里的巨型广场。无数绚丽夺目的喷泉点缀其中，还有空中舞星和云霄飞车。迈克尔都看傻眼了。建造这样的地方只有两个目的——让人们享受时光还有把他们的积蓄都源源不断地从他们口袋里掏出来。无论在现实还是休眠里，干什么事都得花钱——还得花不少钱。如果你会修改程序，那花的就更多了。

莎拉不得不揪着布莱森的耳朵把他拉走，他们本来要找一条窄道走，结果这家伙三番五次分心走神。宽阔的广场有一条岔路，通向一个叫"唐恩隐路"的地方。这个地方比较非主流，比如，这里有数码纹身店，长长的鹅卵石路尽头有一家当铺，迈克尔有种穿越回几百年以前的感觉——他甚至看见一匹马从他身边溜达过去。

"他就在这儿。"莎拉指着前面说道。

自打出了广场就没人说话了，迈克尔明白这是为什么。这里人比较少，如果有人跟踪，他们很容易被发现。迈克尔把宝压在了布莱森的追踪器上——要是凯恩闪过了他们的隐蔽程序再一次靠近他们,他们就会知道的。然后他们就找个传送点,回到现实,免得被困在黑暗的深渊里。

卡特的房子有个很贴切的名字——老男人理发店。连傻子都知道,在虚拟世界里,人根本就不需要剪头发,但是这却阻止不了人们蜂拥而来。和现实越相像就越好。80%的休眠者都加入了使头发生长的程序。但是,如果你会编写程序,想要梳个马尾辫的话,输入几个代码就行了。

"我们该做什么?"他们停在了门口,布莱森问道,"直接进去问他问题?"

迈克尔耸耸肩,"我敢打包票他逮着机会就赌。我们给他编个程序,下次扑克大赛的时候能让他下注赢钱,就像我说过的——他肯定知无不言,言无不尽。"

"咱们谁去让他给剪头发?"

莎拉警惕地捂着自己的头发,"反正不是我。我觉得他才不愿意给女孩剪头发呢。"

"把你的头发弄得蓬乱点儿,"迈克尔对布莱森说,"快点儿,别浪费时间了。"

上次迈克尔从卡特嘴里套出话来还是一年前呢——关于在武术比赛上作弊的事——所以他已经忘了那老头儿看起来有多奇怪了。当有人设置好了维特网里的发型,卡特就站起来,开始给他剪头发。布莱森排着个,准备剪头发,迈克尔和朋友耐心地等着。

卡特自己头发倒是不多,就是满是斑点的头皮上有一簇灰色的头发。倒是络腮胡子挺浓密,比头发还多。他又矮又敦实又很老,从他嘴里说出来的每个字,都让迈克尔觉得这老头儿随时都会歇菜。说来奇怪,大部分人喜欢用维特网里的自己去反映现实中的自己。所以迈克尔只能想象在现实中与卡特见面。他确定,跟卡特相处一定会很愉快。

"你们这几个熊孩子站在那儿看什么,就像秃鹰紧盯着要死的兔子一样?"他的手指飞快地上下飞舞,根本不像个上了年纪的人。很显然,他不习惯别人盯着他剪头发。

"我们在这儿是为了把头发贡献出来让你剪。"莎拉依然那么语气坚定地说。

"哦,是吗?"他的声音很刺耳。迈克尔猜他不是嗓子上火了就是得了鼻窦炎。"那我倒要请教请教,这位小妹妹,您来此有何贵干?"

莎拉看着迈克尔,向他使个眼色。迈克尔凑近卡特跟前,低声耳语:"我们想知道关于凯恩的事。传闻说,他现在是个大人物了。"他稍微停顿了一下,心想他应该更礼貌一点儿,又说:"呃,老先生,请您指教。"

"这没影的事儿问别人去吧,"卡特回答——迈克尔闻到了卡特呼出的臭气,急忙向后退了几步,不然当场就吐出来了。

迈克尔本来还想着卡特能说点儿什么,把知道的告诉他,谁知这老头儿什么都不说。卡特手下一刻没停,布莱森开始变得有模有样了。

莎拉又接着探他的口风,"拜托,我们知道休眠里人们的传言,一路追踪到这儿。请您告诉我们凯恩的事,还有他隐藏的秘密。"

"告诉我们去哪儿能找到他也行。"布莱森又加上一句。

卡特大笑起来,"要是你们够聪明,就该知道,在这儿要得到消息得付出什么代价。现在,我知道的就是我头很疼,地上弄得到处都是头发。"

他的最后一句话让迈克尔愣了一下,然后忍不住笑了起来。

卡特瞪了他一眼,"尽情笑吧,小子。反正又不是我在求人,我记得没错的话,求人的是你。"

莎拉责备地看了迈克尔一眼——看来只有女孩出手了,"很抱歉,老先生。真的很抱歉。我们确实一点儿线索也没有,不知道该怎么办——我们从来没干过这种事。"

迈克尔很窘愧——那老头儿虽然年纪大了,但是显然他记得他们。迈克尔卖力地编着谎言,"我们做个交换吧。下周的赌城扑克比赛,你可以全场免费投注。你呢,把知道的信息都告诉我们。"但愿他的父母没注意银行账户里的钱少了。

卡特的眼睛都定住了,迈克尔在他眼里看到了从未见过的光芒。他知道他们赢了。

"还得加上酒水,"老头儿说,"听好了,是无限畅饮。"

"没问题,"迈克尔回答,"现在该说了吧。"

"我说了,你们也许不太满意,但是我知道的就这么多。你们得相信我,我给你们指的路绝对是没错的。"

"好吧,"莎拉说,"你说吧。"

卡特停下来,不剪布莱森的头发了。他擦了擦布莱森披着的遮挡布,然后帮他脱下来。布莱森马上说谢谢,然后走到朋友身边,跟迈克尔一样激动不已地等着理发师开口。

"这几年,我在这儿听到了不少传闻,"老人说,"但是我要告诉你们的是我这八十年来听过的最恐怖的信息。"

这让迈克尔更兴奋了,"是什么?"

"到处都有关于凯恩的新闻,也的确如此,他不是什么好东西。绑架、洗脑……传闻说他还把什么东西藏在一个地方。我不知道是什么东西,也不知道藏在哪儿。只知道那东西可不简单。"

"这些我们已经都知道了,"莎拉指出来,"我们怎么才能找到他或者怎么找到那个地方?我们应该从哪儿开始着手?"

卡特的脸动了动,不知道是哭还是笑。"那个扑克之夜最好够值,小子,我要说的那个地方我没告诉过几个人,知道的人数比我右脚趾头都少。我右脚的一个脚趾在得梅因被一个疯狗咬掉了。"

"我们到底该去哪儿?"迈克尔紧追不舍,几乎失去了耐心。

卡特身子凑向他们,还没说话,臭气就飘过来了。"你们得去黑蓝俱乐部,找罗妮卡。那个老巫婆是唯一一个能告诉你们怎么找到……它的人。"

"找到什么?"三个人异口同声地说。

"能带你们找到凯恩的东西。"卡特又露出那副不知是哭是笑的古怪表情,然后又刺耳地低声说:"密道。"

迈克尔皱起了眉头。其实只是简单的两个字——但是那老头儿说话的语气却让他感到一阵寒气逼人。

第六章 黑蓝俱乐部

迈克尔听说过这个俱乐部。在维特网上，黑蓝俱乐部可以说是无人不知。但是他从来没见过自己身边有谁真正去过那儿，因为那个地方不是那么容易就进去的——除非你是超有钱的大亨、名人或者黑帮老大。当然还有政客，而且政客的地位比那些人还高。

迈克尔他们几个什么都不是，而且更糟的是他们还都未成年。他们可以改编程序，把自己弄得更老一点儿，伪造个假的身份证也轻而易举，就跟海尔加做华夫饼一样快。但是想蒙混进去的人数不胜数，俱乐部的人一眼就能识破。

迈克尔他们三个人站在俱乐部入口的街对面，看着排队进去的人群。迈克尔算了算，他们现在花在名牌衣服和珠宝首饰上的钱比大部分人一年花的都多。在维特网里玩"生命之血"游戏，不是你想变成什么样就能变的。要想得到奢华的东西，那得跟在现实世界一样，买得起才行。或者你懂得拉关系、搞暧昧或者借助别人的力量，才能得到想要的东西。要不然，你就得学会修改程序和黑入系统。

"想好办法了吗？"布莱森问道，"我连杰克的动感摇摆酒吧都混不进去，更何况是这里。"

迈克尔绞尽脑汁地想着，"这个罗妮卡不可能一天24小时都待在里面。我们就等她出来，然后跟着她回家，怎么样？"

莎拉抱怨地说："听着有点儿猥琐啊。另外，你忘了吗，这不是真实的世界。这里也许是她在虚拟世界唯一待着的地方——然后她可能去某个隐蔽的传送点。特别是她要是跟卡特一样有名的话，就会这么做的。而且我怀疑她是个NPC，被安排在这里。管理类的代码通常都会在休眠里假装成人。"

布莱森装腔作势地直叹气，"让我跟她单独待五分钟，她一定会被我迷晕的。咱们俩就去调查，等她缓过神来，消息早就弄到手了。"

"嗯，这个嘛，我暂时就不发表什么意见了。"迈克尔说。

莎拉无可奈何地说："我怎么跟你们俩成了朋友呢？"

迈克尔又把话题引回来，"听着，要我说啊，咱们只有一个机会。"

布莱森和莎拉露出困惑的表情，但是他很清楚他们也在想着同一件事。事到如今，没有别的办法，只好放手一搏，明知违法，也得干了。

他不怀好意地笑着说道，"我们干脆就这么直接闯进去吧。"

迈克尔一直幻想着在维特网里冲进一个虚拟的场所，就像在现实中破门闯入一栋楼一样。这需要周密的计划和聪明的头

脑。当然也跟现实里一样,要是失手被 VNS 逮到了,你就得等着把牢底坐穿。

"大家都装作没事人似的,不要引人怀疑,"他说,"跟着我。"

"大哥,你说这个干啥?"布莱森不满地说,"不说倒好,你那么一说我倒心虚了。"

他们迂回到了俱乐部的后面。绕道走了好几条街——不想让人猜到他们打算去哪儿。走路的时候,大家都很沉默,迈克尔挑起了个话题——目的是让人觉得三个人只是一般的朋友——没事出来溜达溜达。

"不是我说哈,我是真的听腻了你老是聊你家保姆的厨艺,"当他们拐过最后一个路口,离俱乐部只有几十米的时候,布莱森终于忍不住了,"我又没见过她,而且以后也基本不大可能见得着。"

他们继续向前走着,莎拉走在最前面。迈克尔希望这样意味着她对一会儿要做的事还算有自信。"也许我们应该在现实中见个面,就在迈克尔家,"莎拉说,"尝尝海尔加的手艺,看看是不是跟你吹的一样好。"

"海尔加身材很好吧?"布莱森问。

迈克尔打了个哆嗦,"兄弟,她至少有六十岁了,也可能是七十岁。"

"那又如何?你还没告诉我她身材怎么样呢。"

莎拉停住了脚步,这让迈克尔差点儿撞到她身上。现在,只有两栋楼的距离了,俱乐部后面有着一个黑色的小门。即使没有牌子,迈克尔也看得出那通向黑蓝俱乐部。两个彪悍的壮汉,脑袋跟胸部一边大——中间没有脖子,俩人站在外边,盯着人一个一个进去,就像要把那些人都生吃了一样。虽然每个俱乐部门口都有几个壮汉把门,但是这几位简直就是怪物。

"应该不难混进去吧。"布莱森咕哝着。

莎拉转过身小声说:"别直接往里边看。"

迈克尔觉得她有话要说:"你有什么计划?"

"虽然我想不出来这附近用的是什么防火墙。但要问能黑进去吗?那肯定是没问题。不过刚走到这条街的时候,我脑子里突然冒出个新的想法。"她冒险飞快地看了一眼门口的两个壮汉,"我想我们不用硬闯也能进去了。"

看看布莱森的表情就知道,他和自己一样一头雾水。"真的?"迈克尔问,"那怎么才能大摇大摆地从这几位怪兽大叔身边走过去呢?"

莎拉翻了翻白眼,"我是说真的。我们不用黑进俱乐部——只需要黑了门口那两个保镖就行。黑进他们的个人档案。然后我们就能大摇大摆地进去了。"

她又继续解释了几个细节问题,迈克尔想起来他为什么这么喜欢她了——她是他有生以来见过的最机灵的女孩。

只用了四十三分钟。

三个人背对着墙,开始联网检查程序。迈克尔喜欢这个过程——闭上眼睛,全神贯注,将注意力转回到神经感应舱,访问网络的原始数据,特别是留意他周围的数据信息。这不仅需要与人协同完成,还需要个人直觉和丰富的经验,他们三个都是个中高手。这也是他们在一起的另一个原因。

他们分离出了那两个保镖的数据信息,黑了进去,下载了他们的一些个人资料,然后放进他们自己的数据系统里。然后回到维特网的休眠状态。他们这么做就是要吓唬人——不过这比突破防火墙可快多了。俱乐部周围的防火墙可不少呢。迈克尔睁开了眼睛,脑门都冒汗了。他们已经违规操作代码了,而且会越陷越深。即使这么个小小的计划,风险也不小,被逮到了也是吃不了兜着走。

莎拉站了起来,"快点儿吧,在他们发现之前,赶紧混进去。"

迈克尔和布莱森急忙跟上她,他们渐渐走近门口的那两个庞然大物,迈克尔脑子里蹦出个小小的令人欣慰的想法。是VNS让他们这么做的。即使对这种技术上有点儿违法的事,他们也会睁一眼闭一眼。

左边的那个保镖先看到了他们,他看着他们三个中学生优哉游哉地就走过来了。他想告诉他们已经被盯上了,也等着轻轻松松地把他们几个像蚂蚁一样撵走。他把自己的手指弄得咯吱咯吱响,发出一阵低沉粗野的笑声,推了推他的同伴。

"女士优先,"迈克尔吓破了胆,低声对莎拉说,"主意可是你出的。"

"上帝保佑你哈。"布莱森又插了一句。

他们停了下来,离那两个保镖只有几步远。站在右边的那个也加入进来,从上到下打量着他们。

"让我猜猜,"左边的那个说。迈克尔发现他们两人是双胞胎。"你们要给我们棒棒糖,还让我们放你们进去玩儿,是吧?或者是大白兔奶糖?"

他的同伙咯咯直笑,声音像雷劈下来一样。"别耽误我们时间,孩子们。去打打街机,杀几个外星人。要不就到街那边的小爵士酒吧去。赶紧从我们跟前滚开。"

迈克尔吓得不行了。他们做过无数疯狂的事，但是跟现在比，真都不算什么。他的腿都吓软了。然而，莎拉依然那么镇定。

"我们偷了你们的代码，"她说，语气冷静得让迈克尔都有点儿害怕，"为了证明，我现在就发送给你。"她闭上了眼睛，给他发送了几份偷来的资料。然后睁开眼睛，厌恶地看了他们一眼，开始吓唬他们了。

左边的那个人瞪大了眼睛，惊呆了。他的同伙后退了一步，就像被人打了一拳，"他们会把你们扔进监狱的，"他咆哮着说，"我敢打赌，我们说话间，他们就来找你们了。"

"这不用你们操心，"莎拉说，"现在我开始数数，数到五，还不让进，我就把你们文件里的那些见不得人的信息都发出去，发给你们通讯录里所有的人。要是我数到十，还不让进，我们就把你们不想删除的信息一个一个都删了。"

"你吓唬谁呢，"右边的人说，"还是我来数吧，数到二，你们还不走，我就把你打得生活不能自理，或者我也偷几个你们的个人信息。"

"一，"莎拉柔声说，"二，"

左边的那个保镖越来越急躁不安，"你们没那个胆儿动我们的个人信息。"

"三，四，"她转向了迈克尔——他正安安静静地看着这场好戏呢，"把资料都准备好。"

"知道了，"他说，尽力忍着不笑出声来。

莎拉面向那两个巨人，"五——"

"等等！"右边的男人喊起来，"你别！"

"我们放你们进去，"他的同伴说，"管他的呢，不过把你们自己弄老点儿，别给我们惹麻烦。"

"没问题,"莎拉回应说,"进来吧,各位。"

"小子,"布莱森走过其中一个保镖身边时,对他说,"我看完你的资料以后,真希望你断子绝孙。"

黑蓝俱乐部跟迈克尔想象中的一样,就是声音大了点儿,也更劲爆,满眼都是帅哥靓女,真是此处只得网上有,人间哪得几回闻。音乐声震耳欲聋,砰砰的节奏敲得人头痛欲裂开。灯光闪烁,让人头晕目眩。一道红色的炫光闪耀全场,笼罩着舞池中的人群,然后又瞬间转到了天花板上。劲歌热舞,激情四射。在迈克尔看来,这里真是酷毙了。火辣的身材、性感的潮装、修长的大腿……

这可不是我的菜,他咧嘴笑了。他喜欢傻得可爱的女孩,乱乱的头发,裙子上还有薯片渣。

"我们四处都看看,找找那个女人!"他朝着其他俩人喊。他猜这些常来这种地方的人是不是都得下载读唇语的软件——他连自己的说话声都听不见。

布莱森和莎拉懒得回话,直接点了点头。他们开始在人群中穿梭找人。

低音炮咚咚地响,就像铁匠一样,在迈克尔脑子里一锤又一锤地敲打着。他不记得进来之前有没有头疼,反正现在是疼得不行了。在人群中走,难免跟人磕磕碰碰,总是有满身是汗的人撞到他。他感觉自己不由自主地就边走边跳起来,莎拉不太会跳舞,看起来也有点儿不自在。

她做口型,不出声地说:"你可真够萌的。"但是她是翻着白眼说的。

人海涌动、灯光眩晕、魔音穿耳,"砰砰"的节奏一刻不停。迈克尔已经受不了了。但是他们得找到那个叫罗妮卡的女人。可这样的地方怎么找人啊?

迈克尔看了看周围,发现布莱森和莎拉不在他身边了。他有点儿发慌,环视四周,寻找他们,大声喊着他们的名字。他有点儿不知所措——他们是非法混进来的,这就够让他紧张的了——但是他同伴们这么快就不见了,他觉得有点儿不对劲儿。迈克尔停了下来,有人在后面推他,并且一拳打中了他的脖子。透过嘈杂的音乐,他听到了一个女人的笑声。

随后,他倒在了地上。

地板上不像是有机关。因为地面没有塌陷。周围的一切还在继续,只是他变得隐形了——然后他自己往下沉,好像身边跳舞的人都升上了天似的。迈克尔往下看,看到他的腿和躯干正在穿过闪亮的黑色地砖,像鬼一样。

当他的头也穿过地面时,他本能地闭上了眼睛。当他再次睁开眼睛的时候,他眼前出现了一个灯光微暗的房间,还有像样的家具。身边是植绒沙发,还有红木雕刻的几个灯。脚下踩着软软的中式地毯。布莱森和莎拉也站在那里,看着他,好像他聚会迟到了。但是房间里只有他们三个,没有别人。

"呃,刚才发生了什么事?"迈克尔问。虽然穿过地板下沉到这里，让他觉得很害怕，不过见到同伴就觉得好多了。

"不知道被什么东西带到这儿了，"布莱森回答说，"也就是说有人发现我们进来了。"

"有人吗？"莎拉喊道，"是谁把我们带到这儿来的？"

身后有一扇门打开了，地上透出一道光线。一个女人走了进来，迈克尔此时脑子里只有一个字：哇！她不漂亮，不性感，不年轻，但是也不老。他发现他很难猜出她的年龄，也说不出她是好看还是难看。但是她高雅简洁的黑色晚礼裙，灰色秀发和精明的面庞——一切的一切——都透露着一股威严。

迈克尔站起来，祈祷着布莱森别说傻话。

"请坐，"那女人走过来，说道，"不得不说，你们混进来的方式让我对你们另眼相看，不过那两个放你们进来的傻瓜已经被开除了。"她坐在了豪华的真皮座椅上，双腿交叉，"快坐啊。"

迈克尔觉察到他们三个一直在张着嘴呆呆地看着她。他有点儿尴尬，快步走到了她右边的沙发上坐了下来，布莱森和莎拉坐在了左边的沙发上。

"我想你们知道我是谁。"她说。迈克尔看不出来她是生气还是难过。他从来没听过这么冷淡的语调。

"罗妮卡。"莎拉很恭敬地回答。

"是的，我的名字叫罗妮卡。"她冷眼看了他们三个一眼，迈克尔被迷住了。"你们坐在这个房间里只有一个原因。就是因为我很好奇。看你们的年龄和背景，我想不出你们为什么来这儿。我看你们在上面跟跟跄跄的，也不像是在跳舞。"

"你是怎么……"迈克尔连忙打住，免得问出这么蠢的问题。显然，这位女士知道怎么得到他们的资料。她的黑客水平比他强十倍。要是没有超出常人的能力和大笔的财富，怎么能成一个酒吧的老板——更何况是这么奢华的酒吧。

她朝他抬了抬眉毛，答案很明确了。她继续说，"我先把话说清楚。黑蓝酒吧在维特网上赢得这么高的声望，可不是偶然的。"今天你们耍的这些伎俩，有不少人也干过，结果不是进了医院就是精神病院。回答我的问题——说实话，我保证你们毫发无伤。但我可警告你们，我不喜欢撒谎的人。"

迈克尔和莎拉交换了一下眼神。她把他们带进来了——现在该轮到他了。好像布莱森总能轻松地溜掉。

"你们为什么来这儿？"罗妮卡问。

迈克尔清了清嗓子，暗暗发誓决不能让那女人看出来他害怕了，"我们在调查一件事情，有人让我们来这儿。"

"谁让你们来的？"

"唐恩隐路的老理发师。"

"卡特。"

"对，就是他。"迈克尔本来还想调侃笑说卡特有口臭，但是马上住口了。

罗妮卡停了一会儿，又说："我想我已经知道问题的答案了，不过你们在找什么？"

"我们在找凯恩。那个玩家。"他觉得这么回答应该就行了，但是他又接着说，"卡特跟我们提过关于什么'密道'。"

布莱森立马站了起来，双手捂着太阳穴，眼睛紧闭着说："坏了，完了完了。"

迈克尔的心沉到了谷底，肯定没有好事。

"怎么了？"莎拉问。

布莱森放下双手，张开眼睛，看向罗妮卡，"我的跟踪器有反应了，凯恩知道我们在这儿。他来了。"

罗妮卡看着一点儿也不慌张。

"他当然来了。"她说。

第七章 虚拟杀手

他们都看着那个女人,等着听她解释。但迈克尔却想拔腿就跑,只是他知道要是他跑了,他们就真没机会得知真相了。

"他以前来过这儿,"她说,"我向你们保证,我的防火墙牢不可破。那家伙不敢穿过来,因为我曾经保护过……他最宝贵的……一个NPC……让它没有在衰变程序中消失。"

她说得断断续续的,差点儿让迈克尔忘了他们正处于危险中。他知道所有的NPC最终都会走向衰败程序——作为人工智能程序,既复杂又人性化。而一个如此智能的程序,终究不会长存,因为它会在不断地自我修正中走向消亡。研究报告显示,衰败过程中最先消失的是NPC里最核心的部分,原因无法查明——随后就是人工记忆功能短路。这直接导致了它的"外观"也发生不可思议的变化——每个NPC的"外观"都不同,这是识别NPC身份的标志。一旦"外观"改变太大以至于让玩家一眼就看出来,程序员就会把它们关闭,杀死它们。

罗妮卡的声音又把他拉回到眼前。

"……要不是我清除了它的代码,彻底地复活了凯恩最重要的NPC,它早就完了。消除它的记忆并不那么容易的,更何况这还是违法的。凯恩欠我一个人情。他花了好几年开发那个特别的程序。我不知道如果现在发生同样的事,会怎么样,要我说,我可能还会像当初那样做。无论是朋友还是敌人,让人欠你的情是最好的。"

"谁知道他是不是个忘恩负义的人,看起来很可能是啊。"迈克尔插话道来,"更别提他把人困在休眠里。他这么残忍无情,我看他肯定不只是在附近转悠,等待机会。"

罗妮卡仔细地打量着迈克尔,"那你们最好给我走人吧。慢走不送了。"

"他们是一伙儿的,她才不会帮咱们呢。"布莱森说。

"一伙儿的?"罗妮卡重复了一遍,好像从来没听过这个词。"他是给了我一大笔钱。可我不会和任何玩家交朋友。和他只不过是有点儿交情而已。我只能说,我对他来说算是一个不可多得的人才,所以他不敢得罪我,毕竟将来可能还用得着我。"

迈克尔并没有感到这增加了多少安全感,他们现在只能祈祷了。莎拉也是这么想的。

"您看,我们也没什么钱,"莎拉说,"可我们还是想从您那儿得到点儿信息,有什么办法吗?"

罗妮卡的脸上露出了一丝笑容,"有很多东西都比钱更有价值。毕竟你们坐在这儿告诉了我不少你们自己的事儿。所以我可以回答你们的问题,只不过作为回报,你们得帮我一个小小的忙。"

太好了,好得简直难以置信。迈克尔还想着她得给他们出多少难题呢。

"什么忙?"他踌躇地问道。

她脸上的笑容依然没有褪去,"哦,我现在不能说。到时候就知道了。"

迈克尔没想到她就这样把他们打发了,多少还是有点儿威胁的语气。不过与此同时他也发现自己其实还挺欣赏她的。

"成交,"布莱森连问都没问其他人就直接答应了。不过迈克尔没心思跟他争辩——毕竟除了接受,他们也确实没有别的选择。

"那你们俩呢?"罗妮卡看了看莎拉,又看了看迈克尔。

他们都点点头。

"但是我们得快点儿,"布莱森说,"我的追踪器砰砰直闪,我想赶紧离开这儿。"

迈克尔也觉得没什么好说的。

"好吧,"罗妮卡看起来对他们的决定很满意,"有什么问题就问吧。"

迈克尔第一个想法其实还是逃跑,但正是他当初的决定让朋友们陷入了眼前这困境,所以现在他必须得站出来,跟罗妮卡谈。已经走到这一步了,怎么也不能轻易放弃,空手而归——他决定直接切入正题,速战速决。虽然他们最想问的是"密道"的问题,不过他还是决定要问得尽量更加详细一些,不放过每个细节。

"凯恩,"他开始问,"你听说过什么跟他有关的事儿吗?我指的是那些隐藏在维特网最深处的东西?"

"听说过。"

迈克尔抑制着自己内心小小的激动,"能说具体点儿吗?"

罗妮卡面无表情地说:"其实也没有什么可说的。当然我还是觉得肯定会有什么大事要发生了。"她冷静得让迈克尔发疯——他看不出来她是不是还隐瞒了什么。

"卡特说过什么'密道'。"

她点点头说:"是的,'密道'。首字母是'P'。我还真好奇这些事情他是怎么知道的。"

"'密道'是什么?"莎拉问。

罗妮卡回答得直截了当,没有丝毫犹豫,让迈克尔相信她说的都是真的。"这是唯一通向神圣之谷的路,神圣之谷深藏在休眠深处——就像凯恩和'密道'一样。神圣之谷,首字母分别是'H'和'R'。凯恩在那里干他自己的事儿。要想到哪儿几乎是不可能的——据说那周围有好几层严密的安全措施。不过,如你们所见,车到山前必有路。"

"密道。"迈克尔重复道。

罗妮卡点点头,"对,密道。"

迈克尔注意到布莱森直跺脚。

"他离咱越来越近了吗?"迈克尔问他。

"他实际上就在这外面,兄弟。"布莱森看着天花板,透着焦虑不安的眼神,"我们得走了。"

"你们不会有事的,"罗妮卡说。但是从他们到这儿以后,迈克尔第一次听出来她的话音里透着没有底气。"我只能告诉你们从哪儿开始。我从来没去过那个密道,我也不感兴趣。"

迈克尔太高兴了,终于得到点儿重要信息了。他倾身向前,问道:"那好,我们应该往哪儿走?"

"你们玩过《恶魔破坏神》吗?"

这是一款很无聊的战争游戏,只有上岁数的人才玩。迈克尔摇摇头说："没想过要玩。"

"那游戏太烂了，"布莱森插话说，"难怪得从这儿开始——没人会注意到它。肯定又无聊又失望。"

罗妮卡的表情显得更紧张了。她很不安，从她的声音里就能听出来，"在战场的激战区域有一个战壕，那个战壕的代码有缺陷。如果你们能从那个有缺陷的代码黑进去，就可以发现一个传送门，那个传送门通向密道。我知道的就这么多了。"她站了起来，"现在，我们的交易完成了，请不要忘了你们的承诺，总有一天，我会找你们兑现的。"

"出什么事了？"迈克尔也站了起来，问她。

那女人眯起了眼睛，"也许我太过低估我们所处的危险了。"

正当她说着，迈克尔听到了有生以来最恐怖的声音。

这是一种既怪异又恐怖的声音，尖锐刺耳中仿佛夹杂着一股狂啸。迈克尔双手紧捂着耳朵，眼睛紧闭。心里只盼着这声音赶紧停下来。

这声音却整整持续了一分多钟，不断撕扯着他全身每一个细胞。最后，停了下来。

迈克尔睁开眼睛，暂时放下了捂着耳朵的手。莎拉和布莱森都脸色苍白，就像一瞬间得了一场大病一样，全都快要吐出来了。就连罗妮卡也不再像刚才那么镇定自若。

"刚才那是什么？"布莱森气喘吁吁地说。

"不是凯恩,"罗妮卡回答说,"他……派了别的什么东西过来。"

一阵低沉的隆隆声响起,那声音从四面八方传来,整个房间都在晃动,而后又陷入了沉寂。他们四个人都愣在了原地。迈克尔吓得不知所措,他又不好意思承认,只好等着罗妮卡告诉他们该怎么办。

尖锐刺耳的声音又划破空气,呼啸而来。迈克尔跌坐在沙发上,紧紧捂着耳朵。这次声音很快就停下来了,他匆忙站起身,腿都不听使唤了。

"快点儿,"他指着罗妮卡刚才走进来的那扇门说,"快点儿出去——"

又一阵可怕的响声袭来,打断了他的话,但是莎拉和布莱森明白了他的意思。他们开始朝着出口移动,但是一个像是树枝断裂的声音响起,把迈克尔绊倒了。然后一个巨大的像手一样的黑影向他笼罩过来——足有正常人手的两倍大,它推倒了墙,掀起了无数大块儿的木片,飞扬在空中。迈克尔拼命躲闪想逃出这巨大的黑影。那黑影的手指越来越长,越来越大,还闪着微黄的亮光。

迈克尔被地毯绊倒了,双膝跪倒在地上,双臂弯曲挡在头上,用来保护自己。他听见从另一面墙传来的指甲或者爪子刮过木板的咔嚓声,还有一阵发怒的呼吸声。

罗妮卡立即行动起来,"快点儿,跟着我。"

迈克尔一刻都没犹豫,立即跟了上去。罗妮卡跑向大门,但是什么东西在重重敲打着门的另一面,一下又一下。门框都在颤动。罗妮卡改变了方向,突然摔倒在角落里。迈克尔想伸手去帮她,却发现她悬在了墙边暗格的隔板上。她沿着长长的暗格爬,迈克尔也跟在她后面,摸黑爬着。布莱森和莎拉也跟着迈克尔挤了进去，推着他往前点儿。

"把门关上，"罗妮卡小声说，"快点儿。"

布莱森照着她说的做，把暗门关上了。

空间正好容得下他们四个人，他们都背靠着墙，并排坐了下来——迈克尔的头顶蹭到了天花板。他们都还没来得及说话，罗妮卡眨了眨眼睛，眼前出现了一个屏幕，悬浮在她膝盖上，然后又飘到了墙上，四个人都看到了屏幕上显示的他们刚刚逃出来的那间屋子的画面。

就像刚才迈克尔看到的一样，一只奇怪的手把墙撕开了个大洞，一个东西从洞里冒了出来。一个黑暗模糊的像狼一样的庞然大物挤开木板墙，跳了出来，落在了地上，头是灰色的，一双眼睛闪着黄光。随后又有三个暗影模糊的怪物冲了出来，向屋子的四个角落各自跑去。房间四周昏暗不清，迈克尔看到那些怪物融入到黑暗里，就像消失在暗影里一般，只有两个耀眼的黄光闪烁，心里越来越恐惧。

没有传送门，他们没办法传送回去并在现实中苏醒，迈克尔不知道该怎么办了。这些怪物是什么？他在休眠里还从来没见过这样的东西。他们在等什么呢？

罗妮卡转过头，面向他们三个，迈克尔和他的朋友们等着她开口。她说过凯恩派了"别的什么东西"到黑蓝酒吧，所以迈克尔希望她知道那个——或者那些到底是什么东西。

"那些是？"最终，布莱森忍不住小声说。

罗妮卡用犀利的眼神瞪了他一眼，然后给出了一个毋庸置疑的回答。

"那些是虚拟杀手。我们有大麻烦了。"

迈克尔以前从没听说过虚拟杀手，直到上次塔尼娅提起这个词，现在他感觉距离那时像过了好几个世纪一样——如今又听到这个词，让他浑身都起了鸡皮疙瘩。"它们是什么？"

"凯恩创造出来的——这件事最近才被曝光。"罗妮卡看着屏幕——房间里还是一点儿动静没有，只有黑暗的影子和发光的黄色眼睛。"他们是维特网的一种反物质。更确切地说是一种反程序。如果他们咬了你，并且抓住你不放，他们就会把你的虚拟生命吸到一个未知的地方，一个黑暗的深渊。你要是传送回到棺材舱，回到现实，维特网里的一切就都毁了，一切都得重头再来。而且现实中，你的脑子会受到损伤。你曾经提到过的几个人可能就是这种情况。"

迈克尔的心抖得更厉害了。一声低沉的咆哮声从暗门那边传来，他吓得直哆嗦，但是屏幕上却什么都没有显示。这咆哮声与现实世界里任何动物的声音都不一样。有点儿数字音效的声音在里面。迈克尔咬牙挺着，以为会不断有可怕的吼叫声继续袭来，不过结果它们并没有再吼叫。

"它们为什么还不攻击我们？"莎拉耳语说，"它们明明知道我们躲在这儿了。"

"我对这可没什么意见。"布莱森自言自语地说。

罗妮卡用很小的声音说话，迈克尔得凑近点儿才能听到，"我猜想凯恩想把我们困住。现在我们被逼到绝境了，凯恩得逞了。也许他正亲自赶过来呢，他要冲破我的防火墙。"

"我们怎么才能击退这些家伙呢?"布莱森问,"你知道怎么对付它们吗?"

最后几个字无比艰难地从他嘴里说出来,因为那刺耳的吼声又来了。

吼声停下来,罗妮卡说话了:"我不知道。"声音里透着绝望的语气。

接下来只好由迈克尔负责了。"听我说,罗妮卡。他们很明显是冲着我们来的。但是我们不能坐以待毙——我们等来的只能是凯恩,他最终会找到我们的。我们冲出去,你在这儿待着。"

"不行,"她说,"我不会离开的,我要跟你们在一起,直到大家都安全了。"

她的仗义让他有点儿意外。"好吧,但你我都清楚,情况只会越来越危险。特别是凯恩要是真的来了,那就糟了。"

"它们要是向我们扑过来,你告诉我们怎么抵挡啊?"布莱森问。

"别被他们咬到就行了。"莎拉回答。

罗妮卡指了指屏幕,"我们只要搞定门外的楼梯。现在不知怎么回事,凯恩阻止了我与保镖的联系。但是,要是我们到了上面,进入俱乐部的中心区域,我的保镖就会围拢过来,他们人数很多,足够对付那些虚拟杀手。"

"好,那咱们冲出去吧,"迈克尔说,"紧跟着上楼梯。肯定行。"但实际上,他内心同样被吓得半死,大气都不敢喘。

"我们需要团结一致,"莎拉补充道,"不离不弃。"

迈克尔手脚并用,准备好爬出暗室。"布莱森,你离门最近,你先出去。"

"你才是头儿啊。"他叨叨说。

迈克尔知道布莱森是开玩笑,不过他说得没错。不应该是布莱森打头。迈克尔从莎拉身边挤过去,又越过布莱森,爬到了门口,说:"不行——是我给大家惹来的麻烦,我第一个出去。"

"但是你要是死了,我会很难过的。"布莱森哀怨地说。

迈克尔很高兴,至少他的哥们儿搞笑的本事还没丢。"你得学会适应没有我的人生哈。"

大家一个个排在迈克尔身后,然后看着他慢慢地推开了暗室的小门。房间里闪动着烛光一般的微光,乍一看让人觉得唯美而又温馨。室内也同样一片安静平和,但是迈克尔知道这都是假象——暴戾就躲在那些阴暗的角落里伺机而动。

他紧紧盯着对面的那堵墙,但什么也分辨不出来——除了黑暗中那几双发光的黄色眼睛,眼里尽是一片黑暗。迈克尔想集中精力看看到底有多少怪物在那儿,但奇怪的事情突然发生了——只要迈克尔直视那些黄色的眼睛时,那些眼睛就消失不见了。而当他转过头去时,在余光中那些黄光就又再次出现。并且这么半天,它们都静止不动,也许是在等着凯恩给它们下进一步的命令。

迈克尔移开视线,往前移动了一点儿,他从暗室里出来,沿着墙边,跪着朝大门爬过去。家具下面的地毯被移走了,迈克尔只能跪在地砖上一步一步地爬,磨得膝盖生疼。那刺耳的吼声又响起来了。迈克尔看到墙上裂开的洞口处开始有黄光在闪烁——离他们只有二十英尺不到的距离。迈克尔马上停住了。

布莱森一不小心撞上了他,"继续走啊!"他虽然是小声说话,可是声音大得几乎跟平时一样。

迈克尔瞥了他同伴一眼,"我们要是走得太快,就会被攻击了。"

"我们要是不快点儿,一样得死翘翘。"

房间里安静了一会儿,然后咆哮声又响了起来。这让迈克尔打了一个激灵。因为他根本听不出来这声音是从哪儿来的。他深吸了一口气,只能继续往前走。

离大门只有十英尺了,迈克尔起身靠到了沙发上,准备跑过去。正当他要这么做的时候,突然发现右侧有动静。他转头去看,只见黑暗笼罩住了大门,然后又汇聚成他原先看到过的狼的形状。黄色的眼睛在熊熊燃烧,犹如一簇簇跳跃的火苗。迈克尔直接看向凝视着他的那双发着黄光的眼睛,黄光又消失了,而后爆发出震耳欲聋的叫声。迈克尔艰难地举起双手,捂住耳朵,声音停下来了,取而代之的是一种奇怪的轰鸣声,就像学校里老旧的计算机寿终正寝前发出的嗡嗡声。

现在,毫无疑问,他们刚才的猜测是对的。这些怪物只是监视他们,不让他们离开。凯恩就要来了。

而迈克尔可没打算继续待在这里等着凯恩出现。

迈克尔移开他的视线,那怪物的眼睛又亮了起来。然后他慢慢地从沙发上站起来,倚着身后的墙慢慢挪动。出于本能,

他举起双手,想要去安抚这个怪兽,但是他很快便想起来这对于反程序的东西来说是毫无作用的。

"我去开门,"他轻声对同伴们说,"你们赶快跑。"他说完之后,才意识到,这就意味着他得最后一个离开。也就是说,他很有可能会被攻击。

"就这么办吧。"布莱森回答。

迈克尔点点头,"现在,跑!"

他跑到大门,看到虚拟杀手正扭过头没注意时,立马抓住门把手。直觉告诉他,凯恩通过那些黄眼睛监视他们,看到迈克尔他们几个没有被吓得缩在墙角,老老实实等他来,而是拼命想逃出去,凯恩一定很震惊。迈克尔的手握住冰冷的金属门把手,然后转动门把,门打开了。大门刚开,布莱森就箭一般地冲出去了。可怕、尖利的吼叫声,响彻空中。莎拉也紧跟着跑出去了,接着是罗妮卡,迈克尔注意到角落里突然有了动静。

他紧随其后。他拽住门把手,要把身后的门关上。就在怪物们即将冲到他眼前的时候,说时迟那时快,门砰地被他关上了。门后面一阵的嘈杂撞击和刮擦声,是那些怪物用力拉扯着大门,要破门而出的声音。

他拼命往前狂奔,布莱森这时已经冲到楼梯一半了。

"快跑,快!"迈克尔大声喊。

迈克尔突然感觉右肩膀上有什么东西,又重又尖利。他被猛扑到地上,压得喘不上气。他大口喘着粗气,弓着背仰面朝上,对着把他按倒在地的庞然大物拳打脚踢起来。那双发着黄光的眼睛就这么俯视着他,但是,除此之外,一切都是黑暗和阴影,虚虚实实,时真时幻。迈克尔听到台阶上响起了脚步声,听到了莎拉在喊着他的名字。其他的阴影也跳了过来,发出骇人的吼声。同时又传来了人的尖叫声。这看起来都是布好了的陷阱。

虚拟杀手开始用重拳猛打迈克尔，一连四五下。杀手的样子似乎也由狼犬变成了人形。有那么一瞬间，迈克尔仿佛看到了自己在棺材舱里真实的身体正在颤抖，在人工气流、液态凝胶和神经导线的共同作用下，那怪物的每一记重拳他都能真切地体会到。他真后悔不该买这款最具真实效果的棺材舱。

体内的肾上腺素在急剧上升。他铆足力气双腿狠踢虚拟杀手的腰部。杀手被踢开了，重重地撞在了门和楼梯之间的墙壁上。

那怪物蓄势待发，准备再次攻击，迈克尔吓得直往后退，直到退到墙角，再无退路。那怪物跳了起来，眼睛里向他发出刺目的黄光。迈克尔闪到了左边，躲开攻击，跳到了正对着楼梯的地方。他听到那怪物从背后猛冲过来，于是又快速闪开，他扭头看了一眼，那怪物看起来有点儿晕了，摇摇晃晃想要站稳。

迈克尔急红了眼了。别的虚拟杀手在攻击他的两个同伴还有罗妮卡，他们都在拼命反抗。他看见莎拉摆脱了攻击她的怪物，瞄准时机，趁它不备冲着它的脸就是一脚，把它踢下了楼梯。布莱森就快走到楼梯尽头的大门了，对着攻击他的怪物又抓又打。罗妮卡形势最危急，离迈克尔只有几步之遥。杀手把她按在地上，手脚都被钳制住了。把她压在下面的怪物张开了血盆大口，就像要把她的脑袋整个吞下去一样。

迈克尔想跑过去救她，这时，一个怪物从后面扑向了他。迈克尔被打飞到了右边，左边的肩膀被撕开了一道很深的伤口。迈克尔的头重重地撞到了墙上，然后摔倒在地，不省人事。他还没缓过劲来，杀手就扑了过来，把他打翻在地，牢牢地压住胳膊。

迈克尔还是看不清它的原形，那黑漆漆的狼一样的头靠近他直到眼前，然后又发出了金属般的咆哮声。

迈克尔动不了了。他身子使不上劲儿，只有脑子在不停地转。他想把注意力集中到程序编码上，看看能不能用上别的游戏里的什么武器或者技能。但是连想的工夫都没有。虚拟杀手张开了大口，越来越大，迈克尔看见那东西竟然没有牙，也没有舌头——什么都没有，只有一片黑暗笼罩着他。就像是一个黑洞，展现在他眼前，即将把他吞噬。他听到了身后传来罗妮卡的尖叫声，布莱森和莎拉对抗敌人时的喘息声，也听到了他们身体被打倒在地上和墙上的重击声。迈克尔想要挣脱开自己的胳膊，想要用腿把怪物踹开，但是心有余而力不足。那怪物的嘴越张越大，离他越来越近，眼看就要近在咫尺了。

身后传来尖厉的破碎声，像是玻璃碎裂的声音。紧接着又传来一声，清脆响亮，盖过了罗妮卡的尖叫声。迈克尔眼前只有漆黑一片。

布莱森喊起来，声音听起来快要窒息了："它的眼睛！抠它该死的眼睛！"

迈克尔头疼欲裂，快要不行了。脑子里疼得嗡嗡响，就像是耳朵里挤满了蜜蜂一样。他都感觉不到自己的眼睛是睁着的还是闭着的，也感觉不到那怪物的爪子在按着他的胳膊和腿。他感觉到了坚硬的地板，整个人仿佛都快被压扁了。他开始漂浮起来，漂浮在黑暗虚无的世界，四周漆黑一片，什么都没有，有的只是无尽的疼痛。嗡嗡的声音越来越大，他几乎什么都听不见了。罗妮卡的尖叫声好像从遥远的地方传来。莎拉也在喊着什么，但是传到迈克尔耳朵里的只是混乱不清的杂音。

他脑子开始神游。不知道为什么，他看到了公寓外面"生命之血"的广告，看到了他旅行很久还没回来的父母。他看到了自己小的时候，还有棒球、冰淇淋和操场。

迈克尔意识到他自己脑子完全混乱了，神志不清了。被包围在黑暗中，他闭上了眼睛，集中精神，脑子全神贯注只想一件事。布莱森告诉他该怎么做了——跟它的眼睛有关——莎拉就在附近，也许正在救他。

他得想想办法。

他得反击。

不然就没命了。

迈克尔使出浑身力气，大叫一声，猛地抽回了被那怪物压着的胳膊。他的胳膊和手都能动了，开始挥着胳膊，漫无目的地摸索着，想要找到那虚拟杀手的脑袋，他手指摸到了发光的黄眼睛。迈克尔感觉到那怪物还想再次按住他，但是他滚了一滚，躲开了，没被抓到。他的手感觉到了两个热乎乎的圆球形的东西。他马上用手指紧紧捏住，那就是虚拟杀手的眼睛。

力气在一点点消失，迈克尔有点儿捏不住了，他开始弯曲手指，用力抠住那怪物的眼睛，紧紧握在手心里。那眼睛握起来很硬，像玻璃一样平滑，然后像黏胶一样消失了。迈克尔握着拳头，他的视野又清楚了，看到了有黏着的液体顺着指缝流下来。那怪物发出了痛楚的哀嚎，使劲儿翻腾，拼命地挣扎，想要挣脱迈克尔的控制。

突然，它的眼睛爆裂开来。

就像两个鸡蛋在迈克尔手里爆开了一样。就在那一瞬间，

他感到手掌仿佛被一股电流烧焦了,并且从手心一直窜到胳膊和胸口。电流穿过他全身,迈克尔疼得大叫起来。他用力把怪物从自己身上推开,那怪物重重地摔倒在地上。迈克尔眼前又重见了光亮,但突然觉得一阵恶心想吐,像是胸口被人打了一拳。

屋子的颜色看起来不一样了,比以前更暗。他的头疼得要命,这种疼痛的感觉前所未有。只是脑子还是一片混乱,意识还是模模糊糊的。虚拟杀手就倒在迈克尔的脚下,轮廓清晰可辨了。那东西看起来缩小不少,就像只瞎了眼的黑狗一样蜷缩在地上。

"咱要是早知道就好了。"布莱森说。

迈克尔视线从那怪物身上移开,看向他的朋友们。他就这么只动了一下,就扯得全身骨头都疼。

布莱森和莎拉两个人蹲在了罗妮卡旁边,另外一个杀手就在眼前。其他两个杀手也已经被干掉了——一个死在了楼梯下面,还有一个在楼梯中间。迈克尔的两个同伴都喘着粗气,他一眼看到他们的手都被烧脱了皮了。他低头看看自己的手,也是一样。看到被烧伤的手,他又疼起来了。

罗妮卡。她怎么不动呢?

迈克尔向前走了一步,正要问他们怎么回事,突然看见罗妮卡的前额上闪着蓝光,他突然停下来了。空气中传来一声爆裂的声音,迈克尔站在那里,一动不动,惊呆了,他看见罗妮卡的身体完全变样了。

蓝光在她眉间闪烁,越来越亮,越来越闪,以至于皮肤都看不到了。接着,光线开始扩大,向外发散,从头发,到了眉梢,又到了眼睛、鼻子、脸颊。蓝绿色的一群蝴蝶——发光的翅膀——随着闪烁的光线不断扩大,她的脸变成了成群的蝴蝶。

翅膀扇动，发出电流一样的声音。

就像被感染了什么可怕的皮肤病一样，罗妮卡的整个头部都变形了，不久，她的皮肤都闪动着蓝绿色的亮光。那亮光渐渐往下漫延，顺着脖子，延伸到肩膀，到了胸口，形成了一只奇怪的蝴蝶。迈克尔站在那里，无所适从，不知所措。

终于，莎拉开口了，透过罗妮卡身体消失时发出的噼啪的电流声，莎拉的声音听起来怪怪的，"我们出手晚了。她的虚拟生命被吸走了。她曾经警告过我们的。"

"刚才你差一点儿就被吸走了。"布莱森也插口说。他递了个眼神给迈克尔，意思是说好险啊，差一点儿就玩完了，真是千钧一发。

迈克尔没有作声，注意力转向了罗妮卡。她半截身子都被吞噬了，罩在她头上的一群蝴蝶开始飞离了她，刚飞没多远，突然闪现出耀眼的亮光，然后就消失得无影无踪了。不久，她的整个头部都不见了。

这一系列奇异的景象让人看得目瞪口呆，如梦幻一般。迈克尔头痛难忍，最终他意识到事不宜迟，他们不能再浪费时间在这儿坐以待毙。他看向他的同伴们，他们也都一言不发地站起身来，跑上了楼梯。

他们走出了酒吧，找到了传送门，传送回去准备苏醒。迈克尔跨出了棺材舱，感觉头就像炸开了锅一样。

第八章 神秘特工

迈克尔痛苦不堪地躺在床上。海尔加比平常更体贴周到了，给他送来了热茶、汤还有香蕉——这些都是好消化的东西——每次他一按铃，海尔加就把这些放在他的床头柜上。他的父母的旅行又延长了，家里只剩下他和海尔加了，房子里很安静。他闭着眼睛，不听音乐，也不看电视。这说明他真有点儿不对劲儿了，连新闻网也不上了。

他的头受伤了，同时还恶心想吐，持续不停地恶心。他觉得至少得一个小时吐一两次。所以他让海尔加给他送那些吃的。他痛苦地躺着，有大把的时间可以思考，回想在黑蓝酒吧的地下室到底发生了什么事。

虚拟杀手。他们对罗妮卡做了什么？自己还有多久就会被那些怪物干掉？他在网络上的元神不会已经被吸走一部分了吧？还有多快他就要成为下一个被凯恩害死的植物人？有没有永久性的身体损伤？他闭着眼睛，感觉头骨都跳起来了。他害怕自己会慢慢变傻——这样他就会忘了维特网上学到的所有的东西，也忘了在维特网里体验到的一切。

他知道这些想法很荒唐，他想保持积极的心态。但愿他们能及时阻止住事态的恶化，他的头疼也能渐渐消失。他无法想象自己一辈子的时间都在体验这些遭遇。

但是，出人意料的是，头疼非但没有让他停下来，反而让他更恨凯恩，让他更坚定信念继续走下去。他们一定要找到VNS正在寻找的地方，否则绝不罢休。威胁他也好，不威胁也好，他都奉陪到底。就像迈克尔以前玩过的那些游戏一样，不是你死就是我亡。

只是这次不同，是来真的了——他的头疼始终在提醒着他这一点。

他在床上躺了一天半才下床。

距离跟罗妮卡的那次会面已经两天了。迈克尔的头觉得好多了。他能起床走走，洗澡，还能看看阳光明媚的早晨，而不再疼得蜷缩成一团了。他的体力和精神都恢复了些，迈克尔坐在电脑椅上，呼叫布莱森和莎拉进行私人通话。十分钟后，他们都上线了。

小布：是时候了。该死的头疼好了吧？让海尔加亲亲就好多了吧？哦，没事，不用给我看照片。

莎拉拉：布莱森，你想说什么随便说吧，谁让你救了我们呢。让你得瑟几天，回头我再好好管教你。

小布：哼，想都别想。

老迈：我原来很担心脑袋会有永久性的损伤。现在也是，不过好在现在好多了。我能说，也能打字，不会口齿不清，脑子短路。

莎拉拉：这很好。

小布：那咱什么时候开工？去找密道？

莎拉拉：宜早不宜迟。

迈克尔松了一口气——他们还接着干，可能也害怕——跟自己一样——但是没有退出。要是找原因的话，肯定是凯恩和他派来的那几只狗，激起了他们的斗志。

迈克尔和同伴们又聊了聊学校的事，还有他们的日程安排。他们很快做出了决定，请几天"病假"对大家来说，不会带来什么损害，至少比 VNS 和凯恩带来的损害要小很多。他们又想起了罗妮卡，迈克尔心里突然产生了一种愧疚感。也许她现在已经脑死亡了，像其他被发现的受害者一样。也许她才是那些虚拟杀手的目标。但是这些都是怎么联系到一起的呢？

莎拉建议花一天时间好好研究一下《恶魔破坏神》游戏的玩家报告，罗妮卡说过在那个游戏里可以找到密道的入口。也许那里会有一些线索，帮助他们找到代码的弱点。然后再好好睡一觉。第二天一大早，他们就要开始行动了。

下午，迈克尔家的门铃响了。迈克尔正埋头研究《恶魔破坏神》呢。他知道这是一款基于历史的战争游戏——这就是为什么许多上岁数的人喜欢玩这款游戏的原因之一。他这个年龄的人都不怎么关心陈年往事，但是为了通关，迈克尔觉得他必须得了解一些关于战争的细节。就在刚才，他花了一个小时读了有关2022年格陵兰战争的资料，几个国家为了新发现的大量金矿打得头破血流。每个国家都想要，这是当然的，他们都宣称金矿的所在地是属于他们本国的，而且还各有自己的理由。这些战争的史实比他想象中的更有意思。

战争中的各方都采取游击战术，使用的都是比较原始的武器，因为参与战争的国家太多，如果使用核武器或者重型导弹会太过危险。大规模的杀伤性武器可以消灭敌人，但是也很有可能误伤到同盟战友。这是一场令人厌恶的战争，持续了整整两年，无数生命白白牺牲，最终大家都退出了战争。

《恶魔破坏神》游戏中，玩家的角色是雇佣兵，参加格陵兰战争，被某个国家雇佣——通常不止被一国雇佣——搜索出既定目标，然后消灭他们。这就是迈克尔和同伴们在游戏里的任务。把他们派到激战区，每人只配给一把枪，但愿能活着找到罗妮卡提到的那个战壕，并且祈祷他们的黑客技术能派上用场。

迈克尔没理会门铃声——游戏的研究报告比他想象的更精彩，更有吸引力，他自己也纳闷为什么从来都没试着玩玩这款游戏。他想海尔加会去开门的，但是门铃声又一次响起的时候，他才想起海尔加去她姐姐家了。

迈克尔不情愿地摘下耳机关上屏幕，走到门口。他开了门，奇怪，外面没有人。他顿时感觉背后凉飕飕的——自从卷进这个重大事件以来，就总是有出人意料的事情发生。他四下张望，看看楼道，又看看楼梯，什么都没有。他正要关上门，并且是牢牢地锁上时，突然发现门上贴着一张纸条。

一张小纸条上手写着短短的一行字：

在上次碰面的那条小巷里见——马上。

他想都没想就准备赶过去。他知道这也有可能是个陷阱，不过可能性很小。凯恩在现实世界里应该还没有那么危险——为什么有这样的感觉，迈克尔也说不上——毕竟还会有谁知道那天他被 VNS 带走的地点呢？肯定就是韦伯特工了——他唯一可以肯定的是自己一定是把她惹毛了。

二十分钟后，他到了约定的地点。迈克尔从大路拐了个弯，走进了狭长冷清的小巷。小巷空无一人，连辆车都没有——路中间放着几个大号的垃圾桶，直觉告诉迈克尔约他的人就在那儿。天气炎热，但是一阵微风吹来，吹干了他脖子上的汗水。小块儿的垃圾碎片被风吹起，飘荡在空中。小巷阴沉昏暗又没有人气儿。

迈克尔走到了第一个垃圾桶，开始心跳加速，他迟疑了一下，偷偷往侧面看了一眼。他看见了一个穿着西装三件套的秃头男人，又矮又小，顿时松了一口气。那个男人看起来不那么吓人，他留着络腮胡子，显得毫发没有的脑袋更秃更亮了，而且他的手还插在口袋里。

"你是——？"迈克尔开口问，但是被那个男人打断了。

"对，我就是，迈克尔，走过来点儿，别让别人看见你。"他扭扭头，示意他应该走向哪儿，然后后退了几步，脸色阴沉，就像主持葬礼的一样。

迈克尔走到他跟前，心里暗笑，但是表面上不敢表露出来。这男的个子真矮。简直跟漫画里的矮子似的。"你要见我，有什么事吗?"

"回报进展。"那男人回答。他躲避着迈克尔的目光,左顾右盼,就像四周有埋伏一样。这让迈克尔感觉很不安。"发生了什么事?你们弄到了什么消息?你们打算怎么做?诸如此类。"

"那个,我们——"

那男人又一次打断了他的话,"赶紧的,别拖拖拉拉的。不能让别人看见我们在一起。我还有好多事要处理呢。"

"好……吧",迈克尔说,心想这男的真是挺古怪的。"我觉得我们还在跟进中,方向是正确的。但是我们已经遭到凯恩两次攻击了。"

"被凯恩攻击?"小个男人往前走了一步,第一次直视着迈克尔问,"你们确定攻击你们的人是——凯恩本人?"

迈克尔不知道该说什么了,自己忽然有些不太确定。"那个,是吧,我觉得是。呃,我觉得不完全确定第二次攻击是不是他。攻击我们的是虚拟杀手,罗妮卡认为他们是凯恩派来的。"

"罗妮卡?罗妮卡是谁?"

"你们真不知道吗?"

"我说过,我们要听你说。告诉我们详细情况。"

迈克尔迟疑了一下,接着说:"我怎么能知道你的身份是不是真的?"他忽然停住了,"你都没告诉我你是谁。"

这个狡猾的男人显然生气了。"我是斯科特特工,你知道这个就足够了。我的上司是韦伯特工,我们快没时间了。"

迈克尔没有说话。那男人翻了翻白眼,按了一下他的耳机。一个 VNS 的身份标识徽章浮现在他们眼前。有点儿尴尬的是,迈克尔得弯腰俯视才能看到,他装模作样地看着,好像知道那东西是什么。迈克尔点点头，心想但愿那男人不是在蒙他。

"好了，"斯科特说，"现在可以说了吧。"

迈克尔如实相告。关于被困在一个虚无的空间，他的所见所闻——凯恩可怕的警告，还有卡特，罗妮卡，还有黑蓝俱乐部，虚拟杀手，密道，神圣之谷，还有他们计划进入《恶魔破坏神》游戏寻找密道——所有的事情都说了。

他说完了，斯科特特工一手摸着满是胡子的下巴，一手托着额头，看着地板。看起来就像是世界上最袖珍版本的夏洛克·福尔摩斯。迈克尔耐心地等着，极力抑制着想笑的冲动。

终于，特工的注意力又转回到了迈克尔身上，"继续跟进。但是不要以为只有凯恩一人追踪你们，想要阻止你们，明白吗？把每一个遇到的人都看成是你们的敌人。"

"这样可就更有意思了"，迈克尔咕哝着说，但是心里满不是这么想。

"你听明白了没有？"那男人又问了他一遍，语速极慢。

迈克尔想提醒他看清楚谁才是高个儿的。不过，他没那么做，只是点了点头。

"迈克尔！我要你口头上明白地确认。"

"好吧，我明白了。"

"很好。"斯科特特工这才满意了。他又四下看了看空旷的巷子，然后倾身凑到迈克尔身边，说："我们始终跟着你们，追踪器还在你们身上呢。即使你们设置了隐身代码，我们也能找到你们，所以，别担心。我们会知道你们在哪儿的，你们一旦突破了传说中的神圣之谷，我们就会派兵到那儿。如果死亡教义，被藏起来的话，一定是藏在那里。所以你们要抓紧行动，也要保证安全。"

"是，长官。"此刻突然觉得这男人也没这么矮了。

"很好,非常好。那我就先走了。"

"呃,长官?"迈克尔欲言又止地问道,"要是我们在到达神圣之谷前遇到麻烦,你们会帮助我们吗?毕竟,你们一直监视着我们。"

斯科特特工摇摇头,好像听到了可笑得不能再可笑的问题。"这可行不通。我们不能轻易插手,就像事先知道似的。我们有很多团队都在忙着这件事。我们只希望你们能顺利完成目标,否则,我们无法提供帮助。"

"那要是我们被杀了呢?"迈克尔问,"或者我们在网络里的自己就像罗妮卡一样被消除了呢?"

那小个男人自见面以来第一次笑了,"提高警觉。再说一遍,抓紧行动。凯恩狡猾得很,正要有所行动。我只能说这么多了。"

说完,他就转身,顺着迈克尔刚才过来的方向走了。

迈克尔在垃圾桶旁边一直站着,直到看着那个特工消失在街角。心想真是奇怪的小男人,然后忍不住笑了,终于不用再憋着了——也可能是压力的释放。他都不记得上次开怀大笑是什么时候了——快乐的时光总是那么难得啊。

他朝着回家的方向走去,但刚走到小巷的半路,突然一股刺骨的疼痛袭来。疼痛剧烈无比,他抱着头跪在了地上。迈克尔只能依稀听到自己疼痛的呻吟声回荡在荒无人烟的巷子里。

比受到虚拟杀手攻击那次还要疼。心脏突突直跳。他闭着眼睛，往巷子的一边爬，直到摸到了墙。迈克尔背靠着墙坐了下来，揉着自己的太阳穴。慢慢地，他试着睁开眼睛，但是阳光太刺眼，强烈的光线照得他睁不开眼睛。他觉得身处的地方有点儿不对。他眯着眼睛看，想找出哪儿不对劲儿。

眼前的小巷在颤动着，泛起了波浪，就像流淌着灰色的石油。身侧的垃圾桶打着转飘浮在空中。周围有无数人影在眼前闪现又消失不见了。临街的楼都歪了，倾斜的角度简直不可思议，完全违反物理原则。天空变成了可怕的紫色，上面还有深红色的云，就像淤血的肿块和疤痕。迈克尔惊恐万分，紧紧闭上了眼睛，蜷缩在街角，祈求着这一切快些结束。

过了一会儿，一切真的结束了。头疼的感觉也完全消失了。就这么……结束了，就像从未发生过一样。

他松了口气，但是又保持戒备，他睁开眼睛，看到一切又恢复原貌。他颤颤悠悠地站了起来，四下看了看小巷的周围。也没有什么异常。

迈克尔只好继续刚才的行动。沿着小巷往家走，头脑中闪现出一个可怕的想法。虚拟杀手刚才又对他下手了，并且用了极其恐怖的手段。

迈克尔回到了家，第一件事就是径直走向他的房间，打开电脑。他在回家路上突然有了一个想法——在告诉同伴们刚才发生了什么事之前，他需要查出来罗妮卡遭到虚拟杀手的攻击后，在现实生活中到底怎么样了。

他用了将近两个多小时把所有的片段都汇总在一起，结果很不乐观。

罗妮卡显然不是那女人的真名。她能在维特网上经营一个像黑蓝这么有影响力的酒吧，以她的地位，在现实中，她应该会用尽一切办法不让人找到她。但是经过一番调查和信息挖掘，回溯事件的事发时间，与现实中的新闻事件相比对，迈克尔终于理清了一个比较完整的脉络。

在康涅狄格州，有一个名叫威尔海玛·哈利斯的女人，她在纽约一家游戏软件开发公司工作，负责监管防火墙安全工作。这个公司迈克尔从未听说过。根据她的工作职责描述，以及她的生活方式，可以得出一个结论，那就是这个女人几乎一直都在休眠中，在现实生活中，她没有什么朋友，也没有家人。警察发现这个女人在当地的市中心流浪街头——时间恰好在迈克尔亲眼见到罗妮卡被虚拟杀手毁灭以后——他们走近那个女人，形容她"目光呆滞"，而且充满敌意。然后她就陷入昏迷了，至今未醒。

警察正在寻找她的朋友或者家人，前来认领。因为她的棺材舱发生了短路，维特网上已经完全没有她的资料，根本无迹可寻——就如同从来没休眠过一样。他们还说她的生命体征微弱，恐怕支撑不了多久了。

然后有一些线索。她有一只狗，项圈上有一个标识，上面写着一个名字：罗妮卡。

一定是她。

迈克尔关了电脑，躺在了床上。他看着天花板，回想着那天在酒吧发生的事情。罗妮卡，她的皮肤、头发还有衣服都转变成了虚拟的灰烬，一瞬间化为虚无。她肯定是被虚拟杀手清除了。迈克尔思考着她的真身怎么样了。

昏迷……生命体征微弱——支撑不了多久。

他们毁掉了罗妮卡，同样也对迈克尔下了手，只不过最后没有得逞。他可能身体的一部分受到了伤害。

想起了小巷里那股撕心裂肺的疼痛，那令人胆战心惊的疯狂景象，他决定先不告诉同伴们。明天是个重要的日子，他们有重要的计划。也许在路上可以告诉他们这件事。

迈克尔晚上辗转反侧，夜不能寐，折腾了好久才踏实睡着。睡着之前，他迷迷糊糊地想起海尔加肯定是决定今晚留在她姐姐家了，她到现在还没回来呢。

第九章 恶魔破坏神

闹钟还没响,迈克尔就起床了,提前了十分钟。虽然恐惧时刻萦绕在脑海中——因为不知道休眠中会遇到什么危险而焦虑——内心还是充满了兴奋和激动。游戏始终是他生命中的至爱,现在他就要冒着天大的危险去执行任务了。这可真的是游戏里的至尊游戏了——估计连最伟大的玩家鳞怪枪手都会对他仰慕不已。脑子里冒出个念头,将来的某一天,当他回首往事,是不是会觉得现在这么兴奋,有点儿太傻太天真了呢。不过,这个念头迈克尔想想也就过去了,没太当回事。

父母和海尔加都没在家,让迈克尔觉得有点儿孤单,他想出去,离开这儿。于是他很快洗了个澡,然后吃了两碗麦片粥,接着走回了自己的房间,躺进了棺材舱里。清晨的阳光透过窗户照射进来,他看向窗外的街头,看到了那幅巨大的"生命之血 深渊之血"的广告牌时,心中泛起了片刻的忧伤。他得控制住自己,不大声把那几个字念出来。迈克尔知道,他还没有放弃,"深渊之血"一直是他生命的最终目标。

找到了凯恩和"死亡教义",就等于是得到了去"深渊之血"的通行证。

迈克尔进入了休眠，在游戏补给站见到了布莱森和莎拉，那是一个在常玩游戏的玩家中很受欢迎的游戏中心。大家可以在这儿闲逛、吃点儿东西，也可以用信用卡升级物品和装备，从各种武器到太空飞船什么都可以。最重要的是，这里是交换作弊器、秘籍以及建立联盟的地方。

他们三个都在这儿认识不少人，所以他们得在一个不太为人知晓的传送点见面，那里比较偏僻，就在一个大型树木和喷泉展示区的后面。在进入《恶魔破坏神》游戏之前，莎拉传送了一个简单的易容软件。他们不能让人看出他们的行为异常——要是别人看见他们进入这个游戏一定会觉得奇怪。同龄人根本不会玩儿这个游戏。这就是一款"老头乐"游戏。

他们往游戏区入口走去，迈克尔终于鼓起勇气把他跟一个穿西装的小矮个见面的事，以及之后不久就开始剧烈头疼的事告诉了他们。把这些都跟他们倾诉出去以后，他觉得如释重负。他差一点就决定把这一切都埋在心里了——特别是看见奇异的幻觉的事。但是他们是他最好的朋友，这样做太不厚道了，而且还是他把他们拉进来的。

迈克尔跟他们倾诉完了，也告诉了他们他现在感觉很好，希望这个话题就此结束。

"你个大骗子，"布莱森说，"我要是说我跟莎拉在现实中结婚了，你能信吗？"

"我要澄清一下，"莎拉回应说，"我们可没结婚。"

一群全副武装、身穿骑士铠甲的人从他们身边经过。迈克尔耸耸肩说:"我跟你们说这件事,就是为了要确保大家都有良好的心态。"

"哼,"莎拉用责备的语气说,"如果下次再有这样刺激的事儿,最好马上告诉我们,别拖到第二天。不然的话,小心我打破你的脑袋,让你知道知道什么叫疼。"她笑着挽住他的胳膊,"你得相信我们,迈克尔。"

他唯一能做的就是点点头。

布莱森摇着头说:"我真不敢相信在罗妮卡身上发生的事。真的。你确定那就是她吗?"

"确定无疑,"迈克尔回答,"虚拟杀手差点儿在我身上得手。根据罗妮卡的情况来看,那些怪物的目的就是清除咱们的记忆,记得吗?不只是网络里的自己,还有现实中的真身。"

布莱森突然停下来看着他们,"那我们岂不是又要往火坑里跳吗?要是虚拟杀手又出现了呢?"

莎拉和迈克尔都同时耸耸肩,然后继续往前走。布莱森跟了上去,不过还是继续摇着头,好像他们做错了决定,但是他又不得不听从那两个人似的。

"你想回去吗?"迈克尔问他,装作满不在乎,"说话啊,兄弟。我给你买个奶嘴,回家喝奶去吧。"

布莱森马上接话,"不用,我找你们借一个就行了。"

这时,他们拐了个弯,看到了《恶魔破坏神》的牌子。

迈克尔特别喜欢维特网所呈现的这种将古典的意境与最高端先进的科技相结合的视觉感触。走在游戏补给站的这个区域，就像走在海边的木板桥上一样。这里的游戏厅、饭馆还有老式的社交俱乐部都由木板地纵横连接。大多数游戏厅都是真实的游戏——只不过入口处都是人工建造的，人们从这里进入完全不同的神奇世界。

《恶魔破坏神》入口的牌子很大，边上还有一圈闪闪发亮的灯泡，发出嘶嘶的声音。牌子上的字是深绿色的——迈克尔猜想"格陵兰岛（绿岛）嘛"，就用绿色——"恶魔"两个字后面还闪着红光。牌子的右侧画着一位身披铠甲，全副武装的士兵，一手举枪朝天，看起来有点儿夸张了。

他们就站在这块儿巨幕下面，大家仰着头看，将画面尽收眼底。

"格陵兰，"布莱森说，"我都活到17岁了，还从没玩过这个游戏呢。肯定是有故事的地方啊。"

莎拉面向同伴们，说："那里大部分都被冰雪覆盖，到处是冰川什么的，我们就等着被冻掉屁股吧。"

"没准还有更糟的呢，"布莱森咕哝着说。接着露出一脸坏笑，好像他刚说了一个这辈子他讲过的最经典的笑话。迈克尔一时间没听明白他说的什么意思。

"那就……注意保暖吧。"莎拉翻着白眼说。迈克尔终于领会到他是什么意思了。

他指了指大门,那木门看着快要散架一般,估计有好些年头没刷漆维修了。确切地说,那门就是特意被设计成这种年久失修的样子,目的是为了营造气氛。"好了,我们研究过地图,也制订了一个计划,现在就开始行动吧。"

"要是死了就得从头开始,"莎拉说,"所以我们当中要是有一个人死了,另外两个就也得故意死掉。我们得一起过关,不能走散。"

迈克尔不置可否,"我不知道。只要找到通往密道的传送门就行,这是最关键的———一旦进入了激战区,我们就不能错过这个机会。我们人都齐了才能进入传送门。要是有人死了,其他的人就等着。"

"没错,"布莱森牛气冲天地嘲笑说,"你们俩就跟紧点吧,我时刻等着你们呢,现在出发吧。"也不等别人回应,他就径直冲向了大门,打开门走了进去。

大厅果然还是那种老式的,地上铺着猩红色的地毯,墙上挂着其他游戏的海报,边上还嵌着灯泡,灯光顺时针闪烁着。大厅中间还有一个小卖部,空气中弥漫着爆米花的香味儿。迈克尔看到一个十几岁的女孩儿,黑色的头发,涂着亮红的眼影,站在登记处,使劲儿嚼着口香糖,恨不得把它嚼碎了。

右边是售票处,售票处后面有一个女人,双臂合拢抱在丰硕的胸前,皱着眉头盯着新来的人。那个女人只能用一个词来形容,那就是丰满。宽大的肩膀,厚厚的下巴,大大的脑袋。

她没有化妆,灰色的头发乱糟糟的,没个型。在迈克尔看来她就是个十足的瞧热闹的看客。

"呃,我有点儿被雷到了,"布莱森小声耳语,"你们谁能受累买下票吗?我看那女汉子简直就是孙二娘转世啊。"

莎拉出其不意地笑了,"我去吧,乖乖等着,小泰迪。"

"我跟你去,"迈克尔小声说,"我想我爱上她了。"

"你们想买什么?"他们走到柜台,那女人粗声粗气地问,"爆米花在那边呢。"她点点头示意小卖部在那边,但是其他部位动都没动。

"我们来这儿不是买爆米花的。"莎拉酷酷地说。

"切,你以为自己是谁啊,那你们来这儿干吗?"那女人一张嘴就爆粗口,说话没一句好听的。

莎拉看着迈克尔,一半是揶揄,一半是困惑。

"喂,喂!"那女人吵吵着,"我问你呢,没问你男朋友。"

莎拉猛地转头面对着那女人说:"我们当然是来玩游戏的。这不是明摆着吗?《恶魔破坏神》,不知道吗?门口挂着的大牌子,没看见吗?怎么着也得听说过吧?"

迈克尔脸都绿了,心想莎拉这回做得有点儿太过火了吧。

那买票的女人放声大笑,声如洪钟,闭上眼听就是个男人。"接着说啊,丫头。老娘今天心情可不好,别把我惹急了。"

迈克尔想要缓和一下。"这位女士,我们真的是想玩游戏。我们今天特意跟学校请假,就是为了玩玩这个游戏。我正在研究格陵兰战争。"

那女人放开了抱着的双臂,双手撑着柜台,探身向前,"你没蒙我吧?"迈克尔瞬间闻到了她身上的香水味,像一股猫尿味儿。

他故意做出一脸茫然的表情,"呃……没有啊。您怎么这么想呢？我们就是想买三张票，进去玩一会儿游戏。"

她的表情也缓和了一些，"你们是真不知道吗？不是脑子进水了吧？"

迈克尔摇摇头作为回答。

"小不点儿，你们不能玩这游戏，二十五岁以下禁止进入，赶紧滚吧。"

他们又回到了大门外，三个人都错愕地站在那里，迷惑不解。

"这是什么世界啊？"布莱森看着那斑驳的大门，说道，"我就听说这游戏有多烂。怎么还设置成 A.O. 了呢？"

A.O. 就是只限成年人。迈克尔也搞不懂，"也许人们说的只有老头子才玩，就是这个意思。只有老头子才允许玩。"

"不可能，"莎拉说，"要是这里面有什么限制级的东西才设置成 A.O.，我们肯定会知道的，因为全世界的未成年人都会想方设法破解进去的。他们会设法激起人们的好奇心。他们肯定是刚刚改了设置的。"

又一次，就像在巷子里遭受奇怪的攻击，弄得头疼一样，这回又是有人故意的。"更有可能是某些人不想让我们玩儿。轻而易举地就给我们设置了障碍。"

莎拉嘲笑着说："他们顶多也就能拖延我们一两个小时。等级、规定什么的什么时候能把我们难住过？"

"可不是嘛。"布莱森说。然后发出了阴险的笑声，"我们在《维加斯末日》里的丰功伟绩有谁能忘呢？"

"少来了你。"莎拉说。

"我们开始干吧。"迈克尔说。他们坐在长椅上，俯瞰大海，然后闭上了眼睛，冥想着代码，开始操纵。

两个小时过去了，他们还是一无所获。

迈克尔什么方法都试过了。他还有另外俩人把自己多年积累的游戏编程和篡改代码技术以及所有非法手段全都用上了。但是都没有用。并不是《恶魔破坏神》的防火墙和保护盾不能突破，而是他们根本找不到。就像它根本不存在一样——找不到墙，就没法翻过去。他们找了一遍又一遍，到最后大家都认为再找下去也是白费工夫。迈克尔还从来没遇到过这样的情况。

"这也太奇怪了。"迈克尔望着无尽的大海说道。天空乌云密布。"我甚至在想这游戏是不是真的存在。谁知道呢——我想就算我们都是成年人，那女人也会找一些别的理由不让我们进去。我说的有没有道理？"

莎拉看着她的鞋，茫然地说，"也许这游戏太好玩了，深受老头子们欢迎，他们就不想告诉我们，更不想让我们参与进来。它弄不好用的是老式安全技术，那种我们都不知道的。不管怎么说，还是想想下一步该怎么办吧，我想我们没法再用进入黑蓝酒吧时的那些把戏了。"

"要是我们故技重施的话，"布莱森说，"那女人没准会一屁股坐在我们身上，要么我们就传送回家，要么就被她压死。"

迈克尔站了起来。心中燃起了熊熊斗志。无论如何，他都要进入那个游戏。

"哥们，"他说，"我们就用老法子搞定它。"

"真这么做？"布莱森惊讶地问。

"对，真这么做。我们走。"迈克尔抬脚就走，也不知道自己哪儿来的勇气，管他呢。同伴们连忙跟了上去。

迈克尔其实并没有想好什么计划。他只是知道那里肯定有机关，比如那个嚼口香糖的女孩，并且还觉得那卖票的女人八成是一堵石墙。设置游戏的人肯定有别的办法把他们赶出去。但是迈克尔准备好要闯进去了。他已经士气高涨，准备战斗了。

布莱森抓住了他的肩膀，在门口把他身子转了过来。

"怎么了？"迈克尔问，"你要是阻止我，我可就不管了，真的撒手不管了啊。"

"就算咱们都疯了，也得先碰个头不是么？怎么也得有个计划先？"

迈克尔知道他想让自己镇静些，但是他不想镇定。"想想这些年你用花言巧语把我坑了多少次了。现在该轮到我了。听我的就行。那里面肯定很刺激——他们知道人们不只是想黑进去。他们设置了那么厉害的障碍，一旦抓住证据，人们就会被投进监狱。但是我们誓死也要一试，所以，别管那么多了，冲进去吧。"

莎拉眉毛一抬，微笑着看着他，好像很欣赏他的表现。

"我喜欢这样的你。"

"我知道。来吧。"他转过身，打开了门。

他们一进去，迈克尔就看出来，售票口的那个肥硕的女人明白她的麻烦又来了。

她冲着他们摆摆手，"不行，不行，你们别想进去。我看你的眼神就知道你想干什么了，小子。我已经告诉你了——今天让我放你们进去，门都没有。赶紧拍拍屁股给我滚远点。"

迈克尔脚下并没有停，速度丝毫没有减慢。布莱森和莎拉在他身后。他走到了小卖部，发现那个黑发女孩立刻停下了嚼口香糖的动作。他们走过那胖女人身边，她站在那儿看着他们，脸上露出惊呆的表情。

"他们为什么让你在这种地方工作呢？"迈克尔问她。但是她没有回答。

"石墙"从她站着的柜台后面出来了，她胳膊上的赘肉晃来晃去，"站在那儿别动。别动。"她抄近路想拦住他们，但是他们跑得太快了，嗖的一下就从她身边过去了，拦都拦不住。

迈克尔不知道这个地方的布局。但是除了他们进来的地方，大厅里就只有一个门，那肯定就是《恶魔破坏神》游戏的入口了。入口很暗，边上有个转门。他们径直冲向了那儿。

突然，一个洪亮的声音响彻大厅。一个低沉的，带有浓浓的南方口音声音说： "你不会希望自己漂亮的脸蛋被打成筛子吧？"

迈克尔停下了脚步,听到了两声金属的撞击声——那是霰弹枪扣上扳机的声音。他立刻转身,发现了声音的来源,顿时惊得喘不上气,就像嗓子眼被棉花堵住了一样。那个嚼着口香糖,目空一切,与世隔离的女孩儿,此刻正站在小卖部上边,一手举着一把短筒霰弹枪,枪口正对着迈克尔和他的同伴们。

"莱科,是我的名字。"那女孩说,"你们这几个小混混,想就这么从我眼皮底下溜进去,没门,休想,做梦。现在马上给我从这儿滚出去,否则我就开枪了。"

迈克尔愣在了当场,眼睛紧盯着拿着枪的这个叫莱科的人。

"你心里肯定觉得我不过是个游乐场里逗人乐的小丑吧?"莱科问道,同时把手里的枪向上举了举。"收拾掉你们确实挺麻烦的,还得留下一堆烂肉。不过你们别以为我就会放过你们。要是你们偷偷溜进去了,我这个月的薪水可就得被扣得一分钱不剩了。现在,赶紧给我滚!"

那女孩咆哮着的时候,迈克尔已经下定了决心,绝不撤退。拿枪威胁?那就放马过来吧,谁怕谁。大不了从棺材舱里醒来,然后再杀回来。反正这女孩也不大想会轻易放过他们的样子。

"好吧,"他大声说,"我们这就出去。"

他双手举过头,慢慢走向她,他知道机会只有一次,但愿那俩人别挨枪子儿挂了。

"老实点儿,站在那儿别动,"莱科说,"再走一步,我可就不客气了,让你们传送回去之前吃点儿苦头,怎么样?"

迈克尔又慢慢朝着女孩走了一大步。现在离她只有几步之遥了。"你看,我发誓,我们绝对没有恶意。就是有几个问题想问。"

"我说了,老实点儿。"她把两把枪同时对准了他。他放心点儿了,布莱森和莎拉不会一枪就中弹了,不过他更希望那女孩儿继续说下去，把枪对准他们身后那个蠢女人。

他又走了一步。接着又走了一步。举着手，睁着大大的无辜的双眼，步伐沉稳，不急不慢。现在他离她更近了。

"停下！"莱科尖叫着，"停下，不许再上前了！"

迈克尔站住了。"好吧，好吧。"他把双手放了下来，假装要转身走向门口。"对不住了，我们——"

他转身来了个回旋踢，同时双臂一撩，握住两把枪的枪筒，在女孩开枪的同时，把枪口推向了天花板。一声震耳欲聋的枪声，在空中回响着——天花板和墙上布满了弹孔，玻璃也碎了，木屑横飞。迈克尔扑向了莱科，俩人都倒在了小货摊的边上，摔倒在地上。她挣扎着想要摆脱，但是迈克尔在她上边，而且块头比她大多了。他把两把枪从她手上夺下来，然后用其中一把对准了她。

"服了吧，"他喘着大气说，"看你还有什么招儿。"

莱科在他身下挣扎着，但是白费力气，"你这个混蛋，竟然把枪口对着一个弱女子。你老爸对你老妈也是这么暴力吗？"

"闭嘴，该死的。什么弱女子，刚才不是要干掉我们吗？"他用枪轻轻抵着她的鼻子，然后站了起来。

"啊！"她大叫着。迈克尔从未看过一个女孩儿脸上有这么凶的表情。

"这太危险了。"莎拉冷淡地说。他看向莎拉和布莱森，布莱森还站在原地，好像要跑似的。

"管用了，不是吗？"迈克尔突然意识到什么，"喂，那个胖女人跑哪儿去了？"

布莱森指了指售票口，"她跑到那儿，然后就在柜台底下不见了。"

迈克尔立刻意识到出岔子了。他爬过了货摊，走到同伴身边，把一把枪递给了布莱森，"咱们离开这儿吧。"

突然，那胖女人，也就是"石墙"从柜台后面出现了，她双臂环胸站在那里，和第一次见到她时一样。"今天遇到我算你们挑错日子了。你们以为我就让你们这么大摇大摆地进去吗？还想玩这限制级游戏？哼，就凭你们几个？"

突然，周围传来嘶嘶声。迈克尔环视一圈想找出声音是从哪儿来的，很快发现了墙上和房顶上出现了好几个洞。他还没来得及提醒同伴们，就有又粗又长的黑色绳子从洞里窜了出来，在空中爬行，就像无数条蛇在飞舞。

他转身想跑，但是绳子无处不在。一条缠住了他的脚踝，越缠越紧，就像绳子活了一样。

他弯腰想把绳子拽下来，那绳子猛地把他吊起来，甩了出去。

迈克尔被那绳子绑着甩来甩去，就像马戏团里被耍的猴子一样。身体扭成一团，胃都要快飞出来了。并且他还没法辨清方向。但不管怎样，他手里毕竟还握着枪。迈克尔在房间里转着圈飞，蓄势准备在飞向上边的时候发力。灯光闪烁，大厅里五颜六色都拧在了一起，直到最后融合成了一个光源。他的头又开始疼了起来，好像那些恐怖的画面重新开始上演似的。

他双手握着枪，弯起身子，确定双脚没有挡道，然后瞄准目标，开了枪。

枪的后坐力把他向后甩了出去，地板迎面向他飞过来，直面拍在他的脸上。虽然疼得要命,但是他感觉到缠住他脚踝的绳子松开了 ——他正中目标。

其他几条绳子忽然靠拢过来,在空中蜿蜒曲行。足足有十几条,迈克尔扫视了一眼屋子,想看看他的伙伴们怎么样了。他发现布莱森被钉在了墙上,一条黑绳子缠着他的大腿,另一条则勒着他的胳膊让他无法挣脱。莎拉躲过了突如其来的袭击,不过手里攥住了其中一条绳子的一头,她使劲儿拽着它,不让它碰到她的脸,就像躲避眼镜蛇的攻击一样。

一条绳子盯住了迈克尔,扑了过来,蹿上他的腿,开始缠住他的膝盖。他一把抓住绳子,猛地把它拽下来,跳过去躲开了。紧接着又拍下去另外一条冲着他脑袋蹦过来的绳子。这时莎拉已经失去了战斗力——黑色的绳子缠住了她的脖子,把她一点点拖向钉着布莱森的那堵墙,布莱森紧闭着双眼,已经不再挣扎了。迈克尔害怕同伴们受伤,正要朝着他们的方向跑过去,却被两侧攻击过来的绳子截住了。他俯身就地打了个滚,躲了过去,然后顺势一脚把绳子踢飞。

一种精疲力竭而又绝望透顶的感觉向他袭来,压得他喘不过气来。他们到底该怎么摆脱这困境?他枪里只有一发子弹了,布莱森被抛向空中,滑过地面,落在了售票柜台下面,那胖女人就在布莱森眼前,像个雕塑一样站着,静静地看着这一切发生。迈克尔看着她忽然恍然大悟——她就像石头一样一动不动,异常的安静。尤其是她的目光呆滞,直直地看着远处的某个地方。迈克尔从来没见过这样的情况。

一条绳子紧紧地绕上他的手腕,把他拉了回去。他抓住绳子,想把它拽离自己的身体,但是这绳子缠得太结实,一下子把他提起来,拖向他的同伴们。迈克尔挣扎着想出来,发现他的两个伙伴此刻都被定在墙上,被好几条绳子五花大绑着。自己手里的枪也差点滑出手，好在被他及时抓住。他知道，枪里这最后一发子弹是他唯一的机会了。

另一条绳子要缠住他的左脚踝，被他一脚踢开。又一条从右侧冲过来，直扑他手里的枪，不过也被他用枪托打跑了，还差点儿条件反射地朝它补一枪。这使得他现在两手都没有束缚，于是迈克尔手里紧握着枪，瞄准缠着他手腕的那条绳子下半截就是一枪。子弹出膛的后坐力又把他向后震倒在地上，差点儿失去知觉。但是现在那绳子也因此卸了劲儿，他扯开那绳子，翻身爬起来，扔掉手中的枪——反正现在它也没用了，然后迈克尔把绳子扔出去老远。而就在那绳子缠住他的时候——他才最终明白，搞清了那老女人一直在干什么。为什么她那么一动不动，眼神专注——她是在控制那些绳子。

他只有一次机会搞定她。

那胖女人就站在十米开外的售票口后面。售票口前面就是布莱森掉下的那把枪，正召唤着他。在迈克尔和那把枪之间，有好几条黑色的绳子在空中飞舞，就像藤蔓成了精一样，编织成了一个大蜘蛛网，等着他上钩。迈克尔向前冲了过去。

那些绳子立刻同时向他攻击，从四脚朝天一起扑过来。他张开双臂，上蹿下跳，左躲右闪，腾转挪移，像打开了满血外挂一样。一条绳子把他绊倒，让他摔了个四脚朝天。两条绳子立刻朝着他的上半身冲过来，他翻身躲开，一把抓住一条绳子扔出去。然后连踢带踹，连拍带打。随后就这么站了起来，接着往前跑。他距离目标越来越近了。那些绳子也都追了过来。

他凭直觉横冲直撞，勇猛向前。此刻的他一定看上去很可笑，像个歇斯底里的舞者。他跳来跳去地朝着那把枪一点一点靠近。一只胳膊却忽然被一条绳子紧紧地缠住了，动弹不得。接着那绳子便把他平空抛了出去，迈克尔连忙用另一只手抓住绳子，把被缠住的那只胳膊挣脱出来。还好他运气不错，那绳子把他扔出去的方向完全正确。他被狠狠拍在了地上，向前滑去，脑袋撞到了售票口柜台下面。那把枪就在他的眼前。

迈克尔一把抓起枪，双手握住。不过他还没来得及站起来，那些绳子又飞过来了，攻向他的腿，手腕还有上身，紧紧包围住他。他刚想挥动手臂要打掉那些冲他胳膊过来的绳子，其他的绳子就把他提起来扔了出去。

在他被提到半空的时候，迈克尔正好看见了那个胖女人，她还是那样僵直不动。迈克尔拥有了一个瞬间的机会——那些绳子都汇集到了他的胳膊上，要把枪从他手里夺走。他瞄准了那女人的胸口射击。但他还没来得及扣动扳机，一切就都停止了。

那些绳子全都退了回去。迈克尔也被摔在地上，听着它们退去时游走的声音在大厅里回响。它们游回到洞里，发出一种金属的嘶嘶声。他松了一口气，翻身爬起来去找同伴们。他们现在也都没事了。他又回头看了一眼那胖女人，只见她重重地向前倒在了柜台上。

"这是……"迈克尔话到嘴边又不知道说什么好。

"是我入侵了她的大脑，"布莱森站在后面，声音因为疲惫而有些虚弱，"她是个 NPC——现在我把她关闭了。我以前从来没做到过——抓到她的弱点还算走运。差点儿小命就没了。"

迈克尔心想，怪不得她的眼睛闭上了呢，他如释重负地想要笑出来。

"我们赶紧进去吧。"莎拉说。

迈克尔知道她的意思,是时候进入游戏了。

第十章 三个恶魔

过了一会儿,迈克尔终于不再喘粗气了。他深吸一口气,走向了布莱森和莎拉。

无需多言,他们就知道该做什么。三个人转身便走向了大厅后面的游戏入口。

不过身后突然又传来那个熟悉的声音,迈克尔转身一看——莱科又站在了小货摊上面。

"你们几个鲁莽的家伙!"她大声喊道,"你们以为知道自己要找什么,其实你们什么都不知道!"

她的话让迈克尔产生了一种不祥的感觉。他知道休眠是怎么运行的,他开始怀疑是不是还有什么深层的含义,有可能让他们陷入麻烦。她是不是在说传送门,或者是什么更厉害的东西?比如凯恩?

"别扯淡了,你妈喊你回去吃饭呢。"布莱森说。

他们转身跑进入口,迈克尔再也不希望见到那个女孩了。

入口通道又暗又冷,迈克尔开始瑟瑟发抖。虽然这里没有光源,但是他们也勉强看得见路,一直往前走,通道便越走越长。渐渐地他们发现没有人跟着他们,就开始放慢了脚步,大家越走越深,温度骤降,迈克尔都能清晰看见自己呼出的哈气了。

他猜他们就这么沉默着走了大概有一千米。

"这是我见过的最邪门的游戏入口了。"布莱森打破了沉默。

"你觉得这是个陷阱,是吧?"迈克尔问,"也许他们放我们进入了另一个游戏,因为我们没有入口可以进去。"

"可是法律不允许啊。"布莱森说。

"所以要黑进去嘛。"迈克尔说。

布莱森耸耸肩说:"说的也是。"

"抬头看那边儿,"莎拉指着前边说,"那些墙上有变化了,很明显越来越亮了。"

他们又开始跑起来,很快他们就到了莎拉刚才指的那个地方,墙上都结了冰,看起来闪闪发光。于是,这让迈克尔视野更清楚了,一切看起来都不一样了。

"我勒个去的。"布莱森低头看看自己说。

他们的衣服不知怎地都变成了臃肿厚重的滑雪服,上面还有好多口袋,所有的行头都被一条条的带子给固定住了。迈克尔发现自己肩膀上绑了个东西,然后明白了他们每个人都背了一个大背包。迈克尔仔细检查了一遍他的新装备，才发觉真是够重的。

他拽了拽背包带，开始检查身上的各种带子。他有五个手榴弹，一个水壶，一把刀子，还有一些绳子。"哇哦，猜到了没，我们还真进入游戏了。"

"看样子我们在冰川上。"莎拉说。金矿脉——人们竞相争夺的宝藏——就埋藏在格陵兰最大的冰川之一——雅各布冰川的下面。战场就在一路向下的冻土带上，满是坑坑洼洼的沼泽和黏黏糊糊的泥坑。

"那里最好给我们备着货真价实的武器，"布莱森低头看着向下的隧道说，"不知道今天能不能受得了拿着刀赤膊上阵，也不知道是玩玩还是真刀真枪地实战。"

迈克尔拔出他的刀端详着——坚实而又锋利。"是啊，我也不知道。"

"我们三个可不是等闲之辈，"他们继续往前走着，莎拉说，"也许我们可以从别的游戏偷点儿东西过来。但愿我们不会因为这个被送进监狱。"

迈克尔摆摆手，拒绝了这个建议。"我们做的一切都是VNS授意的。我们按命令行事，他们不能把我们扔进牢里。"虽然他嘴上这么说，其实心里也是拿不准。

"哦，是吗？"莎拉回应，"你确定吗？所有这些都是最高机密吗？等你有一天可怜巴巴地找他们帮忙时，他们就有另外一番说辞了，他们会说从没见过你，也没听说过你。"

迈克尔确信他的伙伴们在他脸上看到了焦虑，"那我们更得找到凯恩了。"

他们都不再说什么了。并且脚底下越走越快，大家沿着冰冷的隧道向下跑。身上的装备确实太沉，迈克尔开始感到一阵疲乏——他发觉自己的速度开始慢了下来。接着,隧道又有个上坡,都快没力气往上爬了。

"这倒霉的隧道到底有多长啊?"布莱森问。

没人回答。也没人知道。

最后,他们终于到了目的地——眼前出现了一扇金属大门,门上面有两条大铁栓,铁栓中间插着一根铁棍,把门紧紧锁住。墙边并排摆着几个木质的长椅,还有一个敞着门的大柜子,里面满是机关枪和弹药。迈克尔顿时屏住呼吸,好半天才缓了过来。

"我猜要是一旦在里面挂了,就得回到这儿重来。"莎拉说。

"没准就是。"布莱森一边翻腾着柜子,一边说,"不过,你猜怎么着,我可不打算在里面挂掉。"

"我也是。"迈克尔说,"咱们走吧。"

他和莎拉都跟着布莱森走,每个人都拿了把突击步枪,还有几梭子弹。迈克尔给枪上了子弹,检查一下自己的装备和重量——他用过好几次这种类型的武器了。也许他们根本用不着冒险侵入别的游戏。

"我只是担心那里太冷,"莎拉说,"也许这就是这个游戏被评为限制级的原因之一。大部分未成年人都会跑到那儿,一门心思就想着杀人。我们得确保时不时地热热身,不至于被冻僵了。"

布莱森摇摇头,"没那么简单。我估计那里的形势会比我们想象的更糟。很多方面肯定更恶劣。得到 A. O. 级别可没那么容易的。"

迈克尔也完全同意。他们见过无数不是 A. O. 级别的游戏,大多数都给人如临其境般的恐怖感。"至少我们都悉心研究过了。没有别的办法,只有开始行动。先找到通往密道的大门。"

"做好被冻掉下巴的准备哈。"布莱森说着,冲了过去,把拴着门的铁棍从铁栓上拔下来。他把铁棍扔到了地上,那铁棍哐啷啷滚到了莎拉的脚下停住了。

"你天生就是个当兵的料。"莎拉说。

布莱森朝她挤挤眼,然后猛地一下把门拉开了。一股凛冽的寒风席卷而来,寒风中还夹杂着冰碴,在隧道中肆虐。迈克尔长这么大都没感觉这么冷过。

布莱森嘴里莫名其妙地呼喊着什么,然后踏进了格陵兰世界。迈克尔和莎拉在后面紧紧跟随。

天空湛蓝,迈克尔意识到这不是真的下雪——空中飞舞的是狂风从地上席卷起来的冰霜和雪花。至少不用跟暴风雪较劲了。布莱森打开门的时候,他还真以为是暴风雪呢。

狂风撕扯着迈克尔。这风太过猛烈,似乎要把他衣服从身上给扒下来。他走出隧道,跟跟跄跄跌倒在厚厚的积雪上。他的双手——他摔倒的时候,手撑在地上了——像火烧一样的疼,然后冻得失去了知觉。迈克尔知道要是没有手套的话,他可能十分钟都撑不下去。怎么把这个问题忽略了呢。附近看来也没有手套，于是迈克尔和其他两人，停了下来，开始操纵代码，各自弄来了温暖的帽子和手套。戴上以后迈克尔就觉得好多了，但还是冻得要命。他想这个程序比一般的程序更难攻破——弄个手套这么小的事情就这么费劲的话——不知道突破凯恩的防火墙是不是比这个还难。

　　迈克尔调整了一下肩上的背包，拿好枪做好防御姿态——戴上手套虽然更难扣住扳机，不过费点儿劲还是能做到的。他环视四周，发现到处都是白色的战场，却不见一人。只是远处，有浓烟升起，还有黑色的烟雾。

　　莎拉倾身向前，大声说："看来那个方向有战斗。"她指着烟雾上升的地方，说，"地图上显示，我们应该从起点处往正北方向走。根据太阳所在的位置……"

　　"没错，"迈克尔大声回复说，"那就走吧。"

　　布莱森站在几米远的地方，看着他们，好像早就知道他们得做什么。迈克尔指了指莎拉刚才示意的方向，布莱森点了点头。他们径直朝着战场走去。

　　迈克尔觉得这样顶风冒雪地艰难跋涉，比任何战斗都艰苦。每走一步都消耗很大的体力，因为不仅要顶着风走，而且每一步都深陷在厚厚的积雪中，得有一到两英寸深呢。他紧紧握着枪，渴望着尽快靠近战场，看看前线发生了什么。做好心理准备吧，他悲观地想。

等大家终于爬上了顶峰时，可怕的一幕展现在他们眼前。看到那一幕，他们三个都跌坐到了地上。迈克尔举起枪，枪口对着前方，用两肘作为支撑，这样用枪的瞄准点可以看得更清楚。

巨大的山谷绵延千里，山谷中布满了星星点点的战壕，埋进雪中。中间裂开了一条凹凸不平的小路。每个战壕里都放着黑色的某种东西，可能是为了保持干燥。再往战壕深处看就看不见了。但是总是时不时地有人探个脑袋出来，或者是有士兵从战壕出来。在山谷另一边，战壕之间长长的窄道另一端，有一些帐篷搭起来了，但是搞不明白他们这是干什么。

最让迈克尔不安的就是血。眼见之处都有片片鲜血，溅洒在皑皑白雪之中。大部分集中在两方战壕的中间地带。看来这里进行了数不清的战役，大部分都是白刃战，肉搏上阵，残酷无比。他刚好看见一个男人刺穿了另一个人的胸口，还跳到那人身上往死里扎。十几步以外，一个女人从后面出手，划开了一个士兵的喉咙。另外一群人都互相扭打起来，拳打脚踢。真真是令人惊骇的惨状。

没人注意到山顶上有人来了。

迈克尔放下了枪，看了看左边的布莱森，又看了看右边的莎拉。"这是什么鬼地方？至少得有一百年没这样打过仗了。就像原始的人猿泰山抢夺洞穴一样。研究报告上是说这战争是残酷的混战，但怎么会是这样，真是疯了。"

"而且这些战壕的位置非常不合理，"布莱森说，"还有这军装——光我看到的就有四种，还有穿着一样军装的人打在了一起。同一个地方怎么还既有战壕又有帐篷呢？"

莎拉匍匐前行了几步，这样他们三个人都能同时看到彼此了。"开始明白为什么这个游戏是 A. O. 级的了。我觉得《恶魔破坏神》在真正的格陵兰战争中根本没干什么。也可能是设定的问题，也就是这样了。"

"那你觉得这是在干什么呢？"布莱森问，"我的意思是，为什么我们接到的任务是要玩这个游戏呢？人们来这儿不会就是互相厮打，打完了再来吧？"

"没准就是这样，"迈克尔回答。他又想起来了那些帐篷，"也许打赢了会有奖励。奖励一些我们这些天真无邪的孩子不能做不能看的东西。"他笑着说，"胜者才有权分的战利品——我老爸经常这么说。"

"恶魔破坏神，"布莱森茫然地说，"对啊，下面那些人不就是恶魔么……"

端着手里的枪，他们迈开大步走下长长的斜坡，向着互相残杀的混战进发。看着皑皑白雪下掩映的片片猩红鲜血，让迈克尔觉得更加触目惊心。战斗中的叫喊声在呼啸的狂风中回荡，如同那厮杀的景象一样可怕。野兽般的吼声，撕心裂肺的惨叫声，嗜血厮杀的咆哮声，响成一片。但不知怎的，迈克尔没听到什么枪炮声。

"等一下，"他说，脑海中突然出现一个可怕的念头，"这玩意儿能用吗？"他把枪口举向天，开枪射击。却只听见咔嗒一声。什么破玩意儿，他把枪扔在了地上。

布莱森也试了试他的枪，也摇了摇头，也是哑火儿。"TMD，这不是玩我们吗!？就是个变相的野蛮人游戏。这些人干脆回到欧洲中世纪黑暗时期不就得了?"

"我还用再多此一举,再开一枪吗?"莎拉问。她也开枪了,当然,也是没什么用。她干脆把枪顺着肩膀扔出去了,继续大步流星走向战场。"我们得编点儿正经像样的程序了。"

迈克尔不敢跟同伴们坦白,其实他真是怕得要死。他们花了大笔钱装备棺材舱,让它在维特网里能模拟完全跟现实一样的真实体验——这肯定是人生的一大享受和乐趣。但要是被刺死、被暴打或者被掐死可就没那么享受了。迈克尔在休眠里干了好多事,但是下面等着他的却是最残酷的,也是纯粹的残忍暴行。用编代码的方法加进来几个特殊技能或者厉害武器并不见得管用。看看那么费力地编代码才搞来几副不怎么像样的帽子手套就知道了。

山谷中到处都是零零散散的战斗,都是大多数都集中在中间地带,战壕周围。他们越往山下走,响声就越大,也越清晰。那些人真是太残暴了,迈克尔真想转身就跑。听到人们受伤的惨叫声,他就更不忍心看。耳边充斥着有人们被掐着脖子快要窒息的捯气声,像疯子一样的尖叫声,还有人歇斯底里的狂笑声。尤其那笑声最是让人难以忍受。

他们很快就会被那些士兵发现的。

"咱们可不像是有备而来的,"莎拉说,"那些游戏介绍显然都是一堆废话。我们是一起上呢,还是各自分开行动?"

布莱森拔出了刀,用戴着手套的手紧握着。虽然隔着手套,但是迈克尔能想象到他哥们的手紧攥着,关节都泛白了。

"我们最好在一起,"布莱森说,"要找出来哪个战壕是传送门,得费些工夫。不过我猜那些玩家已经厮杀了很久了。我们得联合起来才能保住小命。"

"这想法听着还不错,"迈克尔回复说,听着声音都发颤了。他也拔出了自己的刀,想回忆起自己有没有相似的游戏经历,他得拿着刀跟别人打,非赢即死。通常都得佩带更精尖的武器。"我觉得咱们得掂来点儿比这刀更像样的武器吧。"

"那只会让咱们更引人注意,"莎拉表示反对,"他们会联合起来攻击我们的。"她指向了左边那个最近的战壕,"我们围成一圈走。沿着外围,绕着圈走。这样就不会漏掉任何一个战壕。"

迈克尔和布莱森都赞同——他们调整路线,走向第一个战壕。

"哎呀,我的妈呀。"布莱森看了一眼右侧。

迈克尔顺着布莱森的视线看去,只见三个士兵正全速向他们冲过来。两男一女。他们看见了迈克尔,开始大叫着并且挥舞着手里带血的战刀。那女人手里还有一根长长的铁棍子。迈克尔一见那棍子底部还带着一大块儿带血的破布,就开始反胃。

布莱森是对的。那些人就是恶魔。

"狠狠地打吧,"莎拉镇定地说, "还有记住——死了也没事。"

后面那句就不用记了。迈克尔心想。

他和伙伴们撂下了背包，做好了战斗的准备，手里紧握着刀。那些士兵离他们只有五六米了，迈克尔想起来皮带上绑着的手榴弹。他猜那些手榴弹肯定也是个摆设没有用，但是现在检查也来不及了。那些进攻的士兵近在眼前了，能清楚地看到他们眼里露出的凶狠目光。那三个人口里还叫嚷着什么，迈克尔猜想可能是用另一种语言，说着一些诅咒污秽的词语。

还有几步之遥，进攻的人分散开了，好像事先就决定好了谁攻击谁似的。那个女人朝着迈克尔过来，这可不是好事。她看起来比那两个男的加一块儿都凶狠——黑色的头发散乱着，上面还沾满了汗水。脸上有好几道血迹，牙也被打掉了好几颗。还有那根大铁棍子，太可怕了，底部还拖着那一大块儿战利品。迈克尔的心哇凉哇凉的，沉到了谷底。

那刺耳的尖叫声让迈克尔想起了虚拟杀手，她举起了棍子就朝迈克尔的脑袋砸去。他低头闪开了，但是眼睛还盯着她另一只手上的长刀，此刻正划向他的脸。同时那棍子打向他的肩膀。迈克尔用小臂挡住迎面而来的长刀，然后弯腰倒地打了个滚，想离那个女人远点儿。他用余光看到那女人翻了几个空翻，稳稳地落在地上，就像杂技演员一样。这是他这辈子遇到的最难忘的一场厮杀。这是用生命在战斗啊。

攻击他的女人咧嘴一笑，暂时没有出手，等着欣赏迈克尔脸上害怕的表情。但是经历了那么多大风大浪，他一点儿都没被吓到。要是这女人想打败他，他就会让她尝尝苦头，打得她一瘸一拐地落荒而逃。

他举起了他的刀，"我们没必要打，"他说，"我就是想看看这儿周围。"这话真是可笑，他自己都不信。

她皱着眉头，一脸不解，然后开口说话了。迈克尔根本不知道她说的什么——连她说的是什么语言也听不出来——她看上去很气愤。

他向后退了几步,装作吓得要命的样子,转身想跑,然后再冲上去,想攻其不备。但是那女人没有后退,反而嘴咧得更大,笑意更浓了,似乎很高兴有人朝她进攻。迈克尔晃着刀要刺向她,然后一跃而起,两腿直直踢向那女人的胸口。她想躲开,但是太晚了,被重重地踢到了。她闷哼一声,踉跄着退了几步,然后倒下了。

迈克尔也跌落在冰冷的雪地上,但是立刻又站起来了。他跑向那女人,此刻她正手撑着地要起来。迈克尔俯身弯腰扑向她,俩人对打了几个回合才停下来,迈克尔占了上风。她的刀被打落了,但是铁棍子还拿在手上。她一棍子打向了迈克尔,迈克尔丢下了刀,两手攥住了棍子,想从那女人手里把棍子夺过来,但是那女人实在太壮了,劲儿太大了。双方你争我抢,谁也抢不到手。最后,迈克尔使劲儿往下压着棍子,用棍子撞上了那女人的嘴。

牙都被撞掉了,牙齿撞掉的声音吓了迈克尔一激灵,差点儿没拿住棍子。那女人惨叫着,放开了棍子,两手捂着脸。她哭嚎着使劲挣扎,想把迈克尔从她身上弄下去,但是迈克尔用大腿压着她的上半身,就像骑马一样,绝不起来。棍子现在在迈克尔手上,他抡起棍子就往下打。重重地一击,那女人静止不动了,也没声了。

见她不动了,迈克尔才站起来,拾起自己扔在地上的刀,一手握着棍子,一手拿着刀,看看是不是有必要再战。但是那女人还是没动静。

他也保持着同样的姿势不动,呼吸愈加急促,冰冷的空气在心里灼烧着。这时突然有人从背后突袭,重重地撞上他,他脑袋后仰，两个人都飞出去，一齐倒在地上。迈克尔感觉到几乎喘不上气。那个袭击他的人把他按在地上，跨坐在迈克尔身上，用大腿夹住他的胳膊，使他无法动弹。那男人的脸就在迈克尔眼前，满脸通红，脸上布满了刀口，蓝色的眼睛，冒出熊熊怒火，像是要把他身上烧出个洞来。他比那女人个头大了一倍，拿着把刀架在迈克尔的脖子上。

迈克尔不理会莎拉刚才说的话，他想用代码从别的游戏里弄来一件武器。他闭上眼睛，在陷入茫茫的程序之海，疯狂地想着自己想要的东西。但是，一切都太晚了。

那男人说着跟那女人一样的奇怪语言，然后冷冷地在迈克尔喉咙上划了一刀。他脖子感觉凉飕飕的，然后有感觉热乎乎的血从身体里流出来。

几秒钟以后，他"死"了。

第十一章 传送门

像《恶魔破坏神》这样的独立游戏，如果你在游戏里"死"了，你会感到有二三十秒的不适阶段，迈克尔一直很讨厌这个。因为在你重生复活之前，会进入一种令人不安的虚无空间。这样设定有其目的所在，是为了给人们更真实的死亡体验——给人们一瞬的时间回想发生了什么事，也许现实中就是这样的。确实也该思考一下，要是真的死了会怎样？我的人生是不是真的就这么结束了？

这次，迈克尔还没等到最后就已经怒不可遏了。他们才刚刚开始，他就挂了。他连一个该死的战壕还没来得及看呢！这么多的战壕呢，他们究竟该怎么找啊？他不停地用手指敲打着，静静地躺在那里。最终，一道光闪现在他眼前，光线不断扩大，笼罩住他，把他带回了维特网的世界。

迈克尔猛然睁开眼睛，发现他正在一扇通向冰雪世界的大门前，他刚才被杀死的地方。门栓又被插回到门上了。他松了一口气，庆幸他们没把他送回到游戏入口的大厅。他不敢保证还能不能再冲过那道石墙，能不能再对付得了那个叫莱科的愤怒女孩儿。

一想起临死前的那两次战斗，他还是心有余悸——不知道最后那一次算不算得上是真正的战斗——迈克尔叹了口气，站了起来。这里只有他自己，所以他猜想布莱森和莎拉要么就是还活着，要么就是死了以后又回去了。

迈克尔依旧是从头到脚都装备齐全，身边还有鼓鼓的背包。他又一次检查了柜子里的枪——都是没用的——他又犯傻检查了一下手榴弹——也用不了——他把重重的门栓拿了下来，重新进入了寒风刺骨的冰天雪地里。他一边走着，一边冥思苦想，在这残酷的战争中，怎么编代码才能帮助自己生存下去。

迈克尔看见远处有两个人，步履艰难地爬着长长的雪山。他确定那俩人正是他的同伴——棕色的长发在滑雪帽下迎风飘扬，那是莎拉，布莱森就更好认了，那趾高气扬的步伐姿态，大老远就能看出是他来。他知道赶是赶不上他们了，所以他决定换条路走。与其傻了吧唧地径直走下山进入战场——谁让第一次进来，没有经验呢——不如迂回到右边，利用雪山作为掩护，找个更有利的位置悄悄地溜进战场。他走了几十米，发现布莱森和莎拉也做了同样的决定，只不过他们是往左边走。

很好，迈克尔心想。没准在遇到疯狂原始人和歇斯底里的疯女人，再次被他们割喉之前，他们至少还能查看几个战壕。

狂风吹打着他的衣服，脸被冰雪划得生疼。嘴唇感觉像火烧一样，要是他再敢舔一下，就得裂开了。他真想大战一场，好让自己血液沸腾起来。

他听到了战场的声音——依然是那撕心裂肺的惨叫声还有鬼哭狼嚎的呼号声——越往山顶走,声音越洪亮。他弯腰蹲下,开始慢慢向前爬,还好戴着厚厚的手套。

他走到了山顶,埋伏下来,然后观察周围的情况。在他左前方,布莱森和莎拉正一路小跑,一个人跑一小段,然后停下来,看看没有情况,另一个人再跟上。看起来,他们都没有受伤,正一点点向着靠外面的战壕接近。那里集中着的士兵要少一点儿。大部分的战斗还是集中在中间的长长的走廊地带,就是那个战壕遍地,满是鲜血的地方。

兵刃相接的铿锵声,野兽一般的吼叫声,撕心裂肺的惨叫声,都随风飘进迈克尔的耳朵里。他真不敢相信竟然有人自愿地投入到这嗜血残杀的战场。离他最近的一幕,是一个男人刺死了另一个人,然后发出了震耳欲聋的长长嘶吼声。迈克尔看过无数恐怖电影,在游戏里经历了无数惊险的场面,看到此时此景,他还是不忍直视。这地方简直就是地狱。

打起精神,集中精力,他告诫自己。尽量避免被人发现,把注意力放在搜索战壕上。

迈克尔在冰冷坚硬的雪地上匍匐前进着,眼睛不错神地俯视着山谷中的战况。他担心背包会让他暴露,于是最终还是把它拿了下来扔掉,早知道一开始就不背着了,他心想着。不过估计过一段时间他就该着急了,没了背包,拿什么填饱肚子,冷了又拿什么取暖?

迈克尔独自走下了山谷,到目前为止,还没被人发现。他前面有几排战壕,大部分都还在激战中,但是他没办法看清里面到底有多少人。于是他停下来躲在一个小雪堆后面,想办法伺机而动。被刀割破喉咙的情景还历历在目,记忆犹新,那痛苦始终挥之不去。

他闭上了眼睛，集中精神思索着周围的代码。那些代码瞬间即逝，没法看清。浩瀚无穷的数字和字母，在眼前盘旋，如同被暴风卷起一般。过了几分钟，他终于抓住了一列程序代码，这个程序他以前在一个叫《德尔玛地下城》的游戏里用过。它可以给你的刀附上魔法属性，具有隐形的功能。这样的话，行进的时候，就不会被人发现了。

有总比没有强啊。

他要在休眠里大干一场了，迈克尔给自己鼓劲儿。他不断提醒着自己没什么大不了的，最坏的结果也不过是再死一回，还能回来呗，又不是真的就没命了。疼是疼，怕是怕，心里没准还会留下阴影。但是，至少他还能活着。

他闭上眼睛，深呼吸，再睁开眼睛。把附上魔法的刀从腰间抽出来，右手牢牢握住。

他站起身来，跑向最近的战壕。

迈克尔的心咚咚直跳，冷风直往肺里灌，但是他强迫自己不想这些，尽全力往前跑。有几个士兵注意到了他，但是他们都在迈克尔要去的那个战壕的尽头。没人向他靠近——他们都还在互相扭打拼杀。

战壕就在脚下了。他急停下来，低头看，快速扫视里面的情况——大概四五米深。里面是空的，只有一把木制的长椅，中间还有一条泥泞的小路。墙上铺着黑色的防水油布——顶部用旧轮胎、还有锅碗瓢盆固定住。里面一个士兵也没有。

迈克尔没看见传送门，他转身想走，去看看下一个战壕，但是又停住了。谁知道传送门长什么样儿呢——代码的弱点哪有那么容易就被发现呢？他一下子呆住了，他们面对的竟是如此异常艰巨的任务。这么多战壕，从上到下，前前后后，里里外外，查一辈子也查不完。而且他们甚至都不知道究竟要找的是什么。

正在叹气的工夫，迈克尔发现了一个梯子，他顺着爬了下去，开始搜索。

战壕墙上的防水油布很容易拉开。迈克尔拉开油布，弯腰钻进去，然后从战壕一头走到另一头，感觉头上脚下都是厚厚的冰。不过一路走来见到的也都是这些——厚厚的冰和坚实的雪。没有什么异常和可疑的情况。他每隔一会儿就闭上眼睛搜寻异常的代码或者奇异的什么东西，但是都没什么。

他掀开边上的油布出来，巡视了一下战壕里，还是没人，然后开始继续搜寻另一面墙。

还是什么都没有。

他继续往里走，检查有没有怪异的代码。然后又检查了长椅，又搜索了一遍代码。

依然没有发现什么。

迈克尔顺着梯子爬上来，出了战壕。不敢想他在里面浪费了多少时间。他们三个只能一个一个地找，不然没有别的办法弄清楚哪个战壕里有传送门。他又无奈地叹了口气。他心想什么都不干才是真的浪费时间。

他这么对自己说。但始终无法忽视心里那种无望的感觉，也许他们永远也找不到他们想要找到的东西了。这里少说还有一百多个战壕得查呢。

没人向他跑过来——至少现在还没有。他环视四周的战场，也没有同伴的身影。

迈克尔朝着下一个战壕走去。

那里面也没有人。

迈克尔又弯腰进去，开始搜查。他掀开油布进去，走过一侧的墙，又去另一侧，时不时地检查代码。但是看起来都没问题。这里也没发现什么。

他爬了出来，垂头丧气。但是还是要继续查找下一个。他关上了防护代码，惊讶地发现一个女人站在那里，等着他。她穿着跟迈克尔一样的雪地迷彩服，看起来光鲜亮丽，像是刚从隧道里走出来。她脸蛋儿本来挺标致的，可惜张口就开骂，把形象毁了。

"米奇告诉我，在这儿杀人比较容易。"她说，"小子，没经过家里大人同意，就偷偷跑进来玩儿了吧？这可不是小孩子能玩儿的。不过对我来说，也不错，一个菜鸟送上门来了。"她说话时表情缓和了一些，但是说完又成了一副泼妇模样。

"菜鸟？"迈克尔说，"你从哪儿看出来我是菜鸟了？"他不经意地退了一步，站在了战壕边上。他想装作受惊害怕的样子，但是尽量装得逼真一点儿。

"你是第几次来这儿了?"她问道。这次又是由晴到阴,瞬间变脸。

"第一次,"他萌萌地说,"但是我也杀了人了。感觉还不错,是吧?"

她摇摇头,"我会让你更享受的。"

迈克尔眨眨眼睛对她说:"那就来吧"

他想激她先出手,结果成功了。她朝他扑上来,恼羞成怒,脸都红得发紫了。

她一拳向迈克尔打过去,刚要打上就缩回来了,迈克尔掉了下去。他知道从战壕边上滑下去掉进战壕是很危险的,但是他宁愿这样做,也不愿挨上她那一拳。他捏紧刀柄,发出了一束隐形的能量电光,击中她的胸口,把她向前击飞出去老远。

她飞越过迈克尔,尖叫着摔落到地上。还没来得及站起来,迈克尔就跑了,奔向下一个战壕。要是运气好的话,就让她摔断腿别追来了。

下一个战壕里,有一个男人躺在长椅上正睡着。除此之外也是空的。迈克尔欣喜若狂。一开始,他考虑快速行动,不惊动那个家伙。但是想想又不妥。要是迈克尔在油布底下的时候那男人醒了,他就成了活靶子了。他不能冒这个险。

迈克尔站在那个熟睡的男人身边,看着他的胸口上下起伏。不想靠得太近,迈克尔悄悄地拔出刀,对准那个男人,然后朝着他的脖子射出了一记电光。看着那男人突然惊醒，用手捂着脖子，鲜血直冒，迈克尔忍住不让自己吐出来。那男人一下子就瘫倒在椅子上。今天已经是第二次了，迈克尔不得不安慰自己他没有真的杀人，只不过看着跟真的一样。

那男人鲜血不断地流着，最后消失不见了。

他很快又彻底地搜查了一下，结果迈克尔又一次空手而归。已经三局不中了。这么半天只搞定了三个，还有几百个等着呢。他又唉声叹气起来。

"怎么了，不开心吗？"

他抬头看去，一男一女两个人正站在他上面，紧挨着战壕边上。那个女人正拿着个手榴弹，两手倒着玩儿。

"呃，不是，我就是在这儿喘口气儿。"谢天谢地，他的衣服现在看上去脏兮兮的，血迹斑斑。他觉得好多了，好像缓过来了。

"看来就是个傻小子。"那男的对女的说。"看样子你是要借用别的游戏里的代码吧？毫无疑问，你是个菜鸟。"

迈克尔眯起了眼睛，"你什么意思？"

"因为你还没拔腿儿跑啊。你肯定认为这个手榴弹不会爆炸。"

迈克尔想要回应，但是还没来得及张口，那女人就拉开了手榴弹的拉环，然后扔了出去。那手榴弹砰的一声落在了泥坑里，正好在迈克尔脚边，溅起了一地泥点儿。迈克尔鄙视地看着那两个士兵。他们转头就跑了。

手榴弹爆炸了，迈克尔感觉到了。瞬间就被炸得粉身碎骨，那种疼痛剧烈而又短促，他甚至都来不及叫喊。然后他又进入了黑暗的空间，他们称之为"死亡"。

他又从最初的地方醒来,就是那个冰雪覆盖的隧道。布莱森正坐在那里,看见迈克尔出现在他眼前,丝毫没有露出惊讶的表情。

"真够衰的,又被杀死了,"布莱森说,"真是伤得不轻啊,"他顿了一下,接着说,"浑身上下没一个地方不疼的。"

"可不,我也是啊。"迈克尔站起来,活动活动筋骨,他还能感觉到"死亡"时的那种痛苦。跟真的受伤的感觉是一样的——棺材舱模拟人体神经的物理反应,让你不会这么快就忘记休眠中所感受到的体验。

"莎拉怎么样了?"他问道。

布莱森耸了耸肩,"不知道,我们分开了。"

"你们检查了几个战壕?"

布莱森戴着手套的手竖起了两个手指。"但是里面什么也没有。"

"天呐,"迈克尔呻吟着,"这得找到猴年马月了。"

"是啊,不过总会找到的。"布莱森站起来,走到他身边,说,"觉得好玩吗?"

迈克尔盯着他好半天,说:"不好玩,我恨死这个游戏了,一分钟都不想再待下去,"最后,他举起了刀,说:"我上次临死前从《德尔玛地下城》里弄了点儿东西过来。"

"是吗,"布莱森茫然地回答,摆出一副愁眉苦脸的苦相,"太诡异了,这些老家伙怎么这么喜欢杀人——就像野兽一样。

我也得给自己弄点儿东西救命了。"

迈克尔点点头,"一起去找那个破传送门吧。"

他们走了进去。

接下来的几天,对迈克尔来说简直就是地狱。

在那个冰冷刺骨的战场上,他"死"了 27 次,死法各式各样。一些"死法"痛苦至极。但是,不管怎么样,他还是继续回来战斗。他那把附魔的刀救了好他几回,他还用了几个别的特殊技能,比如,《峡谷跳跃》游戏里的特殊跳跃能力,《疯狂赛跑》里的加速技能。但是这些都太过单一,也不好用。充其量也只能延缓被"杀"的命运而已,逃是逃不了。

但是,他还是得继续前进。

奇怪的事情就这么发生了,傍晚时分,传来了一阵号角声,战斗立刻停止了。那些还像狮子一样互相厮杀的人们,突然一下子就成了哥们儿了,互相勾肩搭背地——大部分是互相搀扶着,一瘸一拐地——走向一张张巨大的饭桌,时不时还有说有笑的。

迈克尔和同伴们也加入了他们,跟他们一起吃饭,然后一起走向一个地方,那里为他们亮起了灯光和准备好了温暖的睡袋。第一个晚上,他们想偷偷潜入战壕去搜查,但是遇到了一个临时的防火墙,他们累得要死,根本没精力黑进去。在冰天雪地里设置的安全程序,肯定也不一般。

第二天早上,一切又开始了。杀死一个又一个,然后再被别人杀掉。反反复复经历痛苦。回来又多杀几个人，然后又被杀死。迈克尔有生以来第一次理解到，为什么那些真正的士兵从真正的战场回来以后，通常都要经历一段艰难的日子，才能从战场上经历的刺激和遭受的创伤中恢复过来。如果人有灵魂的话，迈克尔已经快灵魂出窍，精神分裂了。

唯一让他感到安慰的就是他跟同伴们一直在一起。他们都没有怨言——也许是没时间抱怨——但是不管怎样，他们始终在一起，团结一心。

第三天，临近黄昏时，莎拉找到了传送门。

第十二章 警告

迈克尔又一次被手榴弹炸"死"了。如果他在《恶魔破坏神》里学到点儿什么的话，那就是不管身体被炸烂多少次，每次都痛不欲生。

莎拉在隧道里等着他重生回来。她坐在地上，背靠着墙，屈膝抱着腿，看上去精疲力竭。迈克尔坐在她对面，莎拉打算告诉迈克尔一件事。

"我找到它了。"她轻声说。声音毫无生气，一点儿也没有兴高采烈。迈克尔心里也感觉空落落的，他知道这是为什么。他们付出的代价太大了。他已经不是原来的自己了。

迈克尔终于慢慢感觉有些如释重负，然后问道："在哪儿？"从莎拉看着他的眼神里，迈克尔明白她也觉得终于松了一口气。

"在山谷左侧，靠近中间的地方，那些帐篷周围五个战壕里的一个。里面有五六个人，不知道他们有什么武器。我差一点儿就侦察到传送门的位置了，可惜他们把我'杀'了。"

"我们会成功的，"迈克尔告诉她，"我们等会儿布莱森。然后一起商量一个计划。也许我们甚至根本不用跳进战壕，跟那帮中世纪的野蛮人打架。"

她笑了。笑容虽然不怎么明显，但还是给了他很大的鼓舞。"至少我们知道那东西在哪儿了。我有预感咱们很快就会回到那儿，不会太久的。咱一个战壕一个战壕地跑，琢磨着下次有什么更好的'死法'。"

"等过了这关，我就来次太空旅行，用激光武器杀外星人。"

莎拉和迈克尔互相地对视着，相顾无言。共同感受着彼此所经历的那些痛苦。忽然，他的头就像爆炸一样地疼了起来。

他瘫倒在地上，蜷成一团，几乎意识不到莎拉就在他的身边扶着他的肩膀，大声对他喊着，问他究竟出了什么事。迈克尔一个字也说不出来。他紧捂着头，不停地前后摇晃着脑袋，犹如蚀骨一样地疼痛。他还清晰地记得在回家路上的那条小巷里发生的一幕，所以他没有睁开眼睛。

这全是因为那幻象，那诡异而又恐怖的幻象。他不知道在现实中苏醒以后，是不是脑子也会产生和维特网里一样的感受。不过迈克尔不想找出答案。所以他紧闭着眼睛，等待着疼痛消失。

终于，和以往一样，那疼痛瞬间就消失了。不需要慢慢地恢复，疼痛一下子就没有了。刚才还痛苦不堪，下一秒却安然无恙。

不过，他觉得他听到了一个声音……

莎拉说，这情况持续了三分钟——对迈克尔来说，可是比一个小时都长。她用胳膊扶住了他的肩膀，帮他站起来。他倚靠着墙，盯着屋顶看。这一周过得可真精彩啊。

"你没事了吧?"莎拉问。

迈克尔转头看向她。"嗯。这疼痛说来就来，说走就走。现在一点儿感觉也没有了。"但他全身都失去了力气，心里上下翻腾的——他有好几天没这样过，他还以为不用再忍受这煎熬了呢。

莎拉用手指捋了捋他的头发，喃喃细语地说："那个魔鬼对你做了什么啊?"

他耸了耸肩——他猜想她说的是虚拟杀手，"不知道。我只记得那东西要把我的脑子吸出来。可能已经吸走了——一部分。"

"至少这段时间都没事，不是吗?往好处想，没准发生这种情况的次数会越来越少了呢。也许就此就停了，永远不会再犯。"

这时，布莱森又重新回到游戏了，一副得意洋洋的表情。莎拉把正抚着迈克尔脑袋的手放了下来。

"嘿，我找到了!"布莱森喊着，"我找到传送门了。"

莎拉假意笑道："真了不起啊。"然后又说，"不过，我比你先。小笨笨。"

但是此刻她脸上终于绽开了真正的笑容，迈克尔心里也终于不觉得那么空虚了。

此时他的心里泛起波澜，不禁担忧起来。他希望那只是头疼发作以后的错觉，不过他发誓他真的听到了一个声音，在他脑子里低声耳语。

你干得很好，迈克尔。

布莱森描述的那个战壕,跟莎拉找到的那个完全一样。大家绞尽脑汁想出了一个计划。他们需要去尽量接近那个战壕,还得有充分的时间来勘察那个传送门,并且最后还得破译代码,黑进去。但是跳进坑里,刀兵相见、拳打脚踢的斗争,他们真的是再也不想干了,这辈子也不想再干了。

这倒让迈克尔想起了手榴弹。他被那个玩意儿"炸死"三四回了。所以他知道手榴弹是很管用的。而且如果说他一点儿报复之心也没有,压根就不想复仇,那完全是骗人。

所以他建议用手榴弹,布莱森听了后说:"嗯,听起来不错。但是我们得留个后手,以防那东西又哑火。"

莎拉回答说:"我们就拿一堆手榴弹,朝他们扔。我再设法从《疯狂军火商》里弄点超级无敌电光火过来,然后把它们都点着。"

迈克尔提起了双肩背包,打开背包,把里面的东西都倒了出来,说:"那咱们就开始装货吧。"

大家都装得满满的,然后把背包扛在肩上,戴上帽子和手套出发了,就这么走进寒风刺骨的冰雪世界。

迈克尔、莎拉跟着布莱森往山谷左侧走，小心翼翼地沿着一望无际的山脊而行。他们走到上面的时候，开始弯腰低头，爬到山顶。

突然迈克尔脑子里灵光一闪。"何不等到早上呢，抢在别人前面先到那儿？"其实他真正想说的是，拜托，别再让我冲进那个血腥残酷的战场了。他不知道还要再战到何时，也不知道自己还能坚持多久。

"我也怵头啊，"布莱森说，"但是咱们一个晚上也耽误不起了。那就这样，要么就小心谨慎，要么就大胆突破。"

"好吧，"迈克尔喃喃地说，"但是记住——我们要么一起穿过传送门，要么就一个也不进去。不能单独行动，否则后果难料啊。"

"没问题。"布莱森说，"要是我们都没'死'怎么办？我们都'死'成习惯了，这可不是什么好事。"

"阿门，"迈克尔回答，"我现在最不喜欢的就是'死'。"

迈克尔又看了一眼下面的空地。他们得闯过十几个关卡，跨过十几个战壕。想要不战斗就轻而易举地到达传送门是不可能的。他看看莎拉的表情，看来她也是这么想的。

"好了，"她开始带领他们，"我觉得可以突破过去，但是你们得服从我的领导。要是有人被阻截了，我们都得全上，把他们解决。"

"听明白了，"布莱森说，"紧紧团结在一起。现在我们下去，跟他们做个了断吧。"

迈克尔的心怦怦直跳，就像赛车的引擎一样。"对！"他就说了这么一个字。

"出发。"莎拉站起身来，立刻冲下了冰封的雪山。迈克尔和布莱森赶紧快步跟上。

他们花了一个小时的时间到达了那个战壕,一路拼杀不断。有时候遇到一个男的或者一个女的,单枪匹马——那都不难对付。但是他们遭遇了几次艰苦的战斗——两三个或者四个士兵同时向他们攻击。"死"了N多次的唯一价值就是——增加了迈克尔和他同伴们的经验——也对他们通过代码提升能力有点帮助——多少可以帮他们抵挡一下那些进攻者。

这次他们绝不会死。迈克尔一遍一遍地对自己信誓旦旦地说。他越来越疲惫,体力不支,但是劲头儿却丝毫未减,每次遇到对抗,都能重新燃起斗志。

最后,他们终于发现藏着传送门的战壕距离自己只有咫尺之遥了。他们几个身上都挂了彩,一个个浑身血迹斑斑,鼻青脸肿,衣服也破破烂烂的。布莱森的背包丢了,他们只剩一把刀,但好在此时四周暂时没有敌人。

莎拉屈膝跪地,打开背包,把里面的一堆手榴弹倒在冰冻的雪地上。迈克尔也把他背包里的倒了出去。布莱森跑到战壕的边儿上,观察敌情。"有五六个人!"他大喊着,然后跪在地上帮他们。"赶紧拉开拉环,扔出去!他们拿着枪正坐在那儿抽烟呢。"

迈克尔立刻开始动手。他拿起一个手榴弹,拉开拉环,把它扔进了狭长的深坑。他也没停下来看看怎么样了;又紧跟着拿起另一个,扔出去,扔到了差不多一样的地方。然后又一个一个地扔。布莱森和莎拉也一样飞快地扔手榴弹。短短几秒钟，他们就往战壕里扔了十几个手榴弹。

这时，莎拉闭上了眼睛——眼球在眼皮底下不停地转来转去——因为她正在搜索和操纵代码。一道耀眼的亮光从她的胸口迸发出来，那光太刺眼，迈克尔不得不用手挡在眼前。他偷瞄了一眼，看见那光忽地一下从她身上离开，就像一道燃烧着的彗星一样落进了战壕里。

迈克尔发现一个男人从战壕的远端爬了上来。那男人开口要警告他的战友，但是一阵震耳欲聋的爆炸声从战壕深处爆发出来。火光冲天，照亮了整片天空，金属碎片四处横飞。

"行动吧！"莎拉大声喊着，已经站起来，抬腿要走了。迈克尔刚才看到的那个男人，在最上面，俯身趴在地上，后背裂开了一条深深的大口子，血肉模糊。

迈克尔在莎拉后面跑，布莱森在他旁边。他们跑到了战壕边上，迈克尔沿着边缘跑着，看看有没有还活着的，但是满眼所见的都是"死尸"。他眼睁睁地看着那些"死尸"，一个一个地消失。

三个人正要踩梯子下去，最上面那个男人翻了个身，他没死，不过也快了。他看着那个男的脸色就知道了。

莎拉开始踩着梯子下去，布莱森也下去了。迈克尔紧跟着他们，突然那男人抬起了手，抓住了迈克尔的胳膊，把他转了过来。那男人都这副德行还有那么大力气，着实让人吃了一惊。他含含糊糊地说着什么，嘴唇费力地颤抖着，整个身子都在摇晃。

迈克尔探过身子，靠近一点儿，感觉好像听到了自己的名字。"你说什么？"他问道。

那士兵似乎拼尽了最后一丝力气，奋力张口说话。声音迸发出来，迈克尔清清楚楚地听到了每一个字。
"小心凯恩。他不是你想象的那样。"
之后，那男人就死了，尸体随风消失。

第十三章 石钟盘

"你倒是快点儿下来啊!"莎拉在底下喊。

迈克尔发现自己还在呆呆地看着地上的那片血迹,那个男的刚才就是在那儿消失的。到底怎么回事?上次头疼发作时,听到了一个声音,说他干得很好。而这次这个陌生人跟他说到了凯恩……这到底是什么意思?

迈克尔担心凯恩知道了他们干了什么,还有他们在哪儿。所以那个玩家想让迈克尔更深一步地发现什么吗?

"喂,伙计!"

迈克尔又回过神来,布莱森正抬头看着他。

"你在干什么呢?"他喊道。

"想事呢。"迈克尔回答。他自己都觉得这个回答太傻了。

"不好意思,"他说。人们从四面八方围拢过来——他爬下了湿漉漉的深坑,来到了同伴们的身边。

布莱森摇摇头,"真是不让人省心,到处乱跑。"

"那家伙跟你说什么了吗?"莎拉问。

迈克尔点点头,"是的。但是一会儿再告诉你。我们会有一群不受欢迎的来访者。就像是游走在街上的僵尸,而我们就是食物。"

"在那儿。"布莱森示意他们跟着他。他们艰难地在深坑中间跋涉，走了大概十几米，突然，布莱森指了指一小块墙面，那里的防水油布都被扯碎了。一般来说，透过油布都能看见冰雪，但是这个地方没有，却有一个小点儿。向外发出微微的紫色的光。

那些玩家们渐渐逼近了，叫嚷着，呼号着，声音越来越大。

"就趁现在，机不可失，"莎拉说。她又对迈克尔说："我和布莱森研究一下这个是什么，你给我们守着。"

当迈克尔准备就绪，布莱森把一大块儿油布扯了下来。在那后面的冰雪中被凿出了一个接近两米高的隧道。迈克尔看不清里面到底有什么，但是有那么一瞬间，他看见黑漆漆的隧道突然变成了一团跳动着的紫光。那里到底有什么，根本就看不出来——迈克尔越使劲儿看，视线就越模糊。

"就是那几个偷跑进来的小子！"叫喊声从上面传来。当布莱森和莎拉钻进了隧道，迈克尔抬头看了一眼，一个男的正拿着把长刀站在那儿。

迈克尔丝毫没有犹豫——他转身跟着同伴们走进了那团紫光。

格陵兰战场上的声音立刻就消失了——一扇门在他们身后关闭，隧道里寂静无声。迈克尔回头看，终于看到了发生了什么。他们刚刚逃离的战壕不见了。留下的只有一片奇怪的紫光。

他又转过头来，还好布莱森和莎拉还在。他们还都跟他一样安然无恙，毫发无伤，只是他俩都闭着眼睛，全神贯注，眼球在眼皮底下转来转去，正飞快地弄着代码。

"我要弄到一些地图或者指南，"莎拉依然闭着眼睛说，"你看到了吗？"

布莱森点点头，"它们太难搞了。我还得继续搜查代码，紧盯不放。"

"怎么回事？"迈克尔问，"我该干点儿什么？"

莎拉转向他，"传送门本身并没有被堵上。但是在这儿很容易就迷路了。我说的迷路是指——永远在这里转悠，回不去。我们发现这程序设计里有一系列的标记。如果我们跟着这些标记走，就能到达密道的第一级。"

"很好。"

莎拉还是闭着眼睛，伸出手拍拍迈克尔的肩膀。"我还是觉得我们当中得有一个人睁着眼睛，以防遇到什么突发事件。就你来吧，行吗？我和布莱森继续搜索代码。"

迈克尔耸耸肩，虽然他同伴们也看不见。"当然没问题。睁大了眼睛——再简单不过了。"

"我是个听话的乖宝宝。"布莱森假笑着说。

莎拉转过身，扭头不看着迈克尔，"我们出发，这边走。"

她手脚并用，爬着走，布莱森跟在她后面，然后是迈克尔。他们开始向隧道深处进发。

几分钟过去了，一切还是原样。迈克尔觉得胸口有点儿憋气。他每次一停下来深呼吸几下，就觉得缓上点儿来，又能喘上气了。周围一点儿动静也没有，也很奇怪——似乎也不是没有动静，但是只是一直有嗡嗡声。不一会儿，他猜想那两个人正聚精会神地搜索代码呢，所以一直很安静，但是脑子里突然闪现出一个念头。他大声朝同伴们喊,但是没有一点儿声音从他嘴里传出来。就像有人按了静音键一样——到目前为止,这是自打进入这个匪夷所思的隧道以后,最令人毛骨悚然的一件事了。

他继续向前爬着,盯着布莱森的腿,生怕他下一刻就消失不见了,就剩下他一个人。双手和膝盖都磨破了,胳膊和腿也都抽筋儿了。随着时间的流逝,迈克尔有点晕头转向,恶心得想吐。

他们爬啊爬啊,像一队蚂蚁蹒跚而行。走了差不多有一两公里,迈克尔的身体吃不消了。他心里开始升起一股异样的恐慌,幽闭恐惧症一样的感觉笼罩过来,但他仍强迫自己压抑住这种感觉,每时每刻,每分每秒都想要依靠同伴,相信他们的编码和解码能力。他从来没想过他竟然会感激布莱森的大屁股,就像紫色迷雾中的灯塔,在前面为他指引着方向。

他们又静静地爬了几分钟,突然有东西从上面下来,重重压在了迈克尔身上,都快把他压瘪了。他被压得喘不上气。害怕顷刻间成了恐惧,他大喊着用腿踢着。根本就动不了,他意识开始变得模糊,甚至开始狂乱,无法控制自己。

结束了,一切都结束了。那紫色的隧道,那寂静无声的环境,还有压在他身上的力量。他发现自己正躺在一块儿灰色的坚硬的东西上。迈克尔双手撑地艰难地站了起来。然后一眼不眨地观察着周围的情况,惊奇地看着自己身在何处。

他和小伙伴们都蜷缩在一个巨大的石盘上,四五米宽,似乎是悬在半空。头顶上的苍穹,乌云密布,起起伏伏犹如鬼魅。天空中电闪雷鸣,空气潮湿憋闷,仿佛顷刻间就要暴雨倾盆。

迈克尔不知道他们身处何处——在维特网里,他从来没见过这样的地方。不过虽然诡异,万幸的是他们已经离开那隧道了。

"喂,"布莱森撇撇头,示意迈克尔看他后面。

迈克尔转过身面向石盘的中心。他们刚才来的时候,那里什么都没有——他很确定——但是现在,那里出现了一位老妇人坐在摇椅上,摇椅慢慢地晃着,咯吱咯吱地响。迈克尔觉得她看上去就像是一个慈祥的邻家老奶奶一样。

"你们好啊,年轻的朋友,"她用沙哑的声音说,"过来坐坐吧。"

迈克尔只是盯着那老妇人看,他的同伴们也都没敢动。她停止摇晃椅子,探身向前说:"我对天发誓,你们最好赶紧乖乖地过来,不然后果自负。我就说这么多。听不听随你们便。"

迈克尔不得不承认,他很好奇。他慌忙地走过去,布莱森和莎拉跟在他后面,走到石盘中间,面对那个老妇人。

"坐吧,"她说。她干瘪的嘴唇满是皱纹,好像是没有牙了。她的嗓音也是沙哑的。

他们照她说的做了。迈克尔跷着二郎腿,专心地等着。这感觉真奇怪,他想,不过还好——他大半的时光都沉浸在休眠里,已经见惯了各种怪异的人。但是,他还是提醒自己,如果这是通向密道的一关,那这个老妇人可能跟凯恩有关,弄不好是个大麻烦。

那老妇人直直地凝视着他们三个,只有她那双眼睛看上去没有她的岁数那么老,依然目光犀利,炯炯有神。别的地方都被岁月侵蚀，风华不再了。发黄的皮肤，松弛褶皱，完全耷拉下来，似乎只剩下皮和脆弱的骨头。一头白发已经变得稀疏。苍老的双手交叉放在腿上，就像饱经风霜的树根盘错在身前。

"我们这是在哪儿？"莎拉问，"您是谁？"

那老妇人的眼睛迅速聚焦到她身上。"你问我是谁？你们在哪儿？这是什么地方？为什么来这儿了？怎么来这儿的？从哪儿来？到哪儿去？孩子，你的问题跟竹筒倒豆子似的，噼里啪啦的。但是，答案全部都隐藏在云雾中。"

那老人说话的时候，眼神飘忽迷离，然后望向了远处。迈克尔扫了一眼布莱森。他朝迈克尔抬了抬眉毛，警告他老实待着，闭上嘴。

"你，"那老妇人一只手抬起来，微微颤抖着，弯曲枯槁的手指指向了迈克尔说，"若敢出言不敬，当心你的小命。"

她突然怒目而视，表情骇人。迈克尔此时发现他根本不敢反抗这个女人。没准她会瞬间变成一条龙，把他吃了。毕竟，这是在休眠里，一切皆有可能。

"我的话你能听懂吗？"她眯起了眼睛问他，眼角又挤出了几道皱纹。"你听明白了没有？"

布莱森用胳膊肘杵了他一下，"乖乖地，听话。"

"是的。"迈克尔回答她，声音洪亮又清晰。

那老妇人点了点头，靠回了椅子上，又开始摇晃起来。"你们这几个熊孩子，都不懂好好问候一下我这个老太太，一开口就连珠炮似的问问题。"

"对不起，"莎拉说，"实在抱歉，我们失礼了。我们经历千辛万苦才来到这儿，我们只是想知道接下来该怎么走。我们在找一个叫神圣之谷的地方。"

"哦，我很清楚你们心里在想什么，也知道你们在找什么。

密道只通向一个地方。那个地方也只有一条路可达。那神圣之谷离你们现在待着的这个地方有十万八千里呢,我能告诉你们的就这么多了。"

迈克尔急不可耐了,"那我们怎么才能去呢?"

她又伸出了手指,黄色的指甲直指向他,"你这个小子给我把嘴闭上,不许再开口说话,再敢出言不逊,我就走了。"

布莱森赶紧出手捂住了迈克尔的嘴,防止他再说话。

"他吃了不少苦才到这儿的,"布莱森替迈克尔解释,同时恼怒地瞪了他一眼,"他比我们俩都听话。您放心。他会一直把嘴闭上的。是吧,迈克尔?乖乖地点个头说是。"

迈克尔真想抽他,但是他还是微笑着点了一下头,然后把他哥们捂着他嘴的手拽了下来。

那老妇人收回了手,又交叠着放在腿上。开始讲话。

"他们都叫我锦囊。为什么这么叫我,这不关你们的事。我在这儿看守着密道。偶尔,我们会让闯入者走进去。我觉得已经无需告诉你们这可不是一趟愉快的旅行。一点儿也不愉快。有些自以为聪明的人说我是吓唬他们。不过,密道的唯一目的就是阻止人们走进去。"

她停了一下,又说:"这里与众不同,"她继续说,"跟维特网里的任何地方都不一样。你们要是不篡改、编写代码,也到不了这儿。但是从这儿开始,你们就不能只靠这些小花招了。你们还需要智慧,以及勇气,最重要的是,你们要谨记一点——也许你们听了,会不相信自己的耳朵。"

"是什么?"莎拉问。

锦囊没有马上回答。迈克尔着急得都快跳脚了。

"死了就完了,"她最后还是说了,"就像羊入虎穴一样。你会被传送回现实,再想回来进入密道里,可就如登天一样难了。你是不可能重新回来的。你们历经磨难来到这里——堪称勇气可嘉,表现不俗。但是,现在我们已经把你们从头到脚,从里到外都记录在册了,你们只能进去一次,绝无第二次。"

迈克尔紧张得咽了咽口水,跟同伴们交换了一下焦虑的眼神。这可是来真格的了。即使是玩维特网上最残酷的游戏,也是死了可以再回去重玩的。只不过就是延迟一会儿罢了。这就可以让玩家到那儿随心所欲地玩,体验在现实中无法做到的事。这才是游戏有趣之处——你可以回去,重新再开始而已。

但是,如果这老太太说的是真的,迈克尔和同伴们就只有一次机会了。就算是《恶魔破坏神》那样的难关,他们也是花了好几天,"死"了好几回才过关的。

"你们得像成年人一样谨慎稳重行事,"锦囊说,"我会给你们进入密道的许可。进去之后可就与以往完全不同了——那里的防火墙可是没有更好,只有最好。没那么容易破解。"

迈克尔因为被禁言,憋得都快发疯了。不过,就算让他说话,他也不知道说什么。

还好,布莱森发言了:"好吧,要是我们'死'了,就会被传送回现实了,我们明白了,还有什么要告诉我们的吗?"

锦囊笑了笑,回答说:"离开这个石盘有两个办法。一个办法是从这儿跳下去摔死,然后回到现实醒来。"

迈克尔心想,这算什么馊主意。

"那第二个办法呢?"布莱森问。

那老妇人又笑了,脸上的皱纹又多了不少,"弄清楚现在几点了。"

话音刚落,他们坐着的椅子就迅速下坠了一大截。迈克尔的胃里直翻腾。他伸出手去抓住什么东西好稳住自己。

一道道电光闪过,在天空中劈开了一个个黑洞,忽闪忽现。黑暗的天际,直悬在石盘之上,仿佛压顶而来。

突然,石盘原地旋转起来,转得迈克尔摇摇晃晃,失去了平衡。他四肢张开地趴在石盘上,突然石盘停住了,迈克尔顺势出溜下去,滑向边缘。锦囊的椅子丝毫未动。老太太泰然自若地坐在上面咯咯直笑。

"怎么回事?"莎拉说,"为什么都在动?"

迈克尔爬回了石盘中间的椅子上,坐了上去。

"我已经告诉你们该干什么了,"锦囊说,"现在,搜索代码无济于事,帮不了你们。"

"那我们该怎么办?"迈克尔忘了她命令他不许说话了,"我们到底该怎么猜出时间啊?"

她和迈克尔四目相对——眼神中都充满了怒气。"我要走了,你们这几个麻烦精,送给你们最后几句话。"

"那就赶紧的,"迈克尔也不管什么命令了,反正他破了规矩,那老太太也没说什么。

石盘又开始动了,大家都跟跟跄跄地稳住自己。迈克尔抬头看去,石盘上方那一个个的黑洞还在忽隐忽现,在漆黑的云团周围翻滚涌动，时而展开，时而缩小。

她换了个坐姿，把迈克尔的注意力拉了回来。

"仔细听好，"此刻的她，面无表情，"我可不会再说第二遍。"

"好的，"莎拉说，"我们准备好了。"

不管发生什么情况，依然那么镇定自若，这就是莎拉，迈克尔心想。他向前靠了过去，凝神而听——不想漏掉一个字。那老妇人吐字清楚，但是她说的却有点儿像谜语，让人一时猜不透：

午夜子时，诡秘莫测。

梦萦高塔，如临深谷。

临深履薄，毋宁早归。

夜阑人静，暗月中空。

她又咯咯笑了笑，随即连着摇椅一起，消失无踪。

迈克尔一直在全神贯注地听着她说话，所以根本没注意到她消失了。他闭着眼睛，再回想一遍，却发现他只记住了差不多一半，让他失望至极。

"你们俩记住了吗？"布莱森问。

迈克尔沮丧地看着他，说："呃……可能吧。大部分……都没记住。"

莎拉换了位置，好让彼此都能看见。她刚要说什么，突然石盘又转了起来，翻了个90°角。那些黑洞——迈克尔觉得那些可能是什么传送门之类的——继续翻涌变幻着,时隐时现。

"好吧,我想我记住了。"莎拉说。

布莱森用代码弄来了电脑屏幕和键盘,她一边说,他一边打出来。莎拉记住了大部分内容,三个人来来回回互相比对着各自记住的内容,用了一分多钟的时间,把一致认可的全部内容整理了出来。但是迈克尔却被难住了。

他两手一摊,挫败地说:"这老布袋多一点儿信息都不给咱。"

"这个嘛,"布莱森说,"她说我们得判断出时间。我猜想,要是没什么事的话,她应该在我们落在那块儿大石头做的飞碟上时,就应该告诉我们。"

莎拉叹口气,说,"打起精神来,伙计们。我们能解决的。"

"我知道,"迈克尔说,"你看,我们有这块儿转来转去的石头,我们有不知道通向哪儿的传送门,还有一条关于什么诡秘时刻的谜语。就像布莱森说的那样,锦囊告诉我们要算出时间。这有什么难的,小菜一碟嘛。"

"她还说这石盘是个钟表。"莎拉补充道。

布莱森也插话了:"可能我们得先猜出谜语,找出正确的时间点,然后跳进其中的一个黑洞里。"

"但是那些数字在哪儿啊?"迈克尔问。还没等同伴们回答,他就先往石盘边上爬,好看个清楚。

"当心啊!"莎拉大喊,"这东西可随时会动的。"

话音还没落,那石盘又动起来了,迈克尔又滚了回来。他翻滚了几米,失去方向,转晕乎了。他窘迫地大喊一声,手心向下紧紧按住石盘表面,好让自己不再继续滚下去。石盘停下来,静止不动,迈克尔抬头向上看。

还好,他还安然无恙,还有三四米就掉下去了。要是小命没了,一切可就都完了。迈克尔手脚并用往边上爬,胳膊和腿尽量伸展开,保持重心平衡。眼前一扇传送门打开了,里面深不可测。看着那幽深黑暗的洞口,就像随时要把他一口吞进去一样。

他慢慢地爬着,离边缘只有30厘米了。他趴在地上,探起身子向前看。这时,身前的那扇传送门消失了,那里只有云团涌动。迈克尔闭上眼睛,低下头,然后再睁开眼睛,他看见石盘的最边上刻着什么东西。他又靠近一点仔细看。原来是数字——那上面蚀刻着数字——一个大大的1还有一个2,是12。

他转过头来,朝着另外俩人大声喊:"我找到了午夜12点。"

莎拉立即回应:"赶紧回来,难道想被那东西扔下去玩蹦极吗!"

迈克尔往左边移了移,找到了11点。他刚看了一眼数字,石盘就又摇晃起来,他赶紧伸出胳膊和腿保持平衡。石盘继续转动着,他则是牢牢地趴在原地,直到旋转停了下来,然后飞快地爬回来,回到同伴们身边。

"那边上有数字,"迈克尔说,"跟时钟一样。"

莎拉点点头,"正是这样。布莱森在用大腿做着记号呢。"

迈克尔看向了他的哥们。他此刻正坐在地上,伸出双腿,用脚指着迈克尔刚才指出数字的地方。"哇,你们俩真是太有才了。"

"行嘞,这就简单多了,"布莱森说,"解出谜底吧。"他的电脑屏幕还悬浮在他眼前,他把屏幕转向其他俩人。

迈克尔靠过去,又读了一遍谜语:

午夜子时,诡秘莫测。

梦萦高塔，如临深谷。

临深履薄，毋宁早归。

夜阑人静，暗月中空。

"月亮周期是个线索，"莎拉说，"谁知道月相啊？"

"或者什么时候看起来黯淡又空洞？"布莱森补充说，"是跟新月一样好辨认吗？都是黑的？还是像月食一样？"

石盘又转动了，他们都稳住了自己。

莎拉则陷入沉思，"那塔是什么呢？也许是什么东西的象征，正值新月当空……哎，真是的，我这是在说什么呢，实在是搞不懂啊。"

迈克尔坐在那儿看着他的两个小伙伴。直觉告诉他，他们完全搞错了方向，全错了。什么月亮、高塔、周期的，跟这些应该都没关系。估计不错的话是另有所指，他差不多知道是什么了，但仍还不是太确定。

"迈克尔？"莎拉问，"你不是觉得自己是个天才吗——你怎么想的呢？"

他的眼睛看向她，但是没有说话。此刻他的脑子正在反复思考、推理，就快想出来了。

"喂，"她推了推迈克尔，"你怎么——"

突如其来的两件事打断了她说话。首先，是一声巨响。迈克尔从来没听过这样的声音，听起来就像是上千架超音速飞机发出的音爆声。声音巨大而且仿佛近在咫尺。迈克尔耳朵鼓膜都快被震破了。与此同时，天空中闪现了一道耀眼的光芒，散发出无数白色的火焰，穿透了离他们几米远的石盘。迈克尔头晕耳鸣，眼前一片火光金星。

"现在怎么办？"他听见了布莱森喊话，声音就好像穿过了厚厚的云层飘进了他耳朵里。

迈克尔茫然无措。他曾经被爆炸的冲击力震飞过,因此下意识地弯腰蹲下。正在这时,一阵犹如冰河下沉一般的断裂声响彻空中。他转向声音的来源,发现石盘正在开裂——被白色火焰穿透的地方,出现了像蜘蛛网一样的细小裂纹。那些裂纹不断延伸扩散,蛛网越来越大。迈克尔看见这一幕心惊不已。整个石盘顷刻间就要崩裂粉碎了。

"快站起来!"迈克尔大声喊着,"大家抱在一起!"

正当同伴们都站起来跑向他时,迈克尔豁然清醒了,脑子一下子开窍了。答案出来了,他喜不自禁。

"是 10 点!"他大声叫道,"我们得去 10 点的方向。"

石盘又转起来了,三个人互相牢牢抓紧。石盘边缘断裂开来,碎裂的石块崩飞出去,消失不见。蛛网似的裂纹还在不断地扩大,几乎覆盖了整个石盘的表面。他们没有时间了。

"快点儿!"迈克尔喊着,开始往看起来正确的方向跑去——已经忘了布莱森刚才用腿指着的 12 点的方向在哪儿了,这让他们也不确定方向到底对不对。黑色的传送门还在一闪一闪的,时隐时现。

"不对,"布莱森把迈克尔拉住,"应该是那边!"他指向了另一个方向。

迈克尔很早以前就已深信他哥们对游戏的敏锐直觉,所以他没有反驳。二话不说就转向了布莱森指出的方向。脚下的石盘踩上去就像沙地一样,越走越松软。从右侧传来一声断裂的巨响，迈克尔惊恐地看见一块三米多宽的石块崩裂开来，掉落到了下面无尽的深渊。

"快看！"莎拉大叫着指着左边，那里有一部分也已经消失了。

他们差不多走近了，却看到了数字4。布莱森错了。

"对不起！"他喊着。

石盘又转了，把他们扔倒在地上。他们一个摞着一个地落下来，尽力让自己稳住。迈克尔放下一只手，什么也没有摸到，只有空气，他吓坏了。他的一只胳膊陷进了裂缝里，他使劲儿往外拽，胳膊肘都被粗糙的石头刮伤。布莱森帮了他一把，救他脱了险。迈克尔砸在了莎拉身上，莎拉疼得哼了一声，把他推下来，但是又扶住了。整个石盘都在颤动，他们就像身处地震的中心一样。一阵阵石头断裂的巨响，响彻天空，听着叫人胆战心惊。

迈克尔知道他们得放手一搏了。他立刻站起身来，把两个同伴一手一个拉起。

"跟我来。"

迈克尔拉起他们，全力快跑，冲向对面，跳过一个个裂开的沟壑。在他的左边，又一块大石头从边缘断裂掉落，然后右边也落下去一块儿。而在中间，那老太太刚才坐着的地方，也有一部分爆炸了，炸得石块四处横飞。云团中暗紫色的光穿透黑洞，照射进来。迈克尔还在继续跑着，跳着，紧紧盯着四点方向对面的那个点。

此时，没有看见他们需要的那个传送门。

他们快要跑到那儿了，但石盘突然又开始转动，再一次把他们撂倒。隆隆地断裂声比刚才更大。迈克尔不用回头就知道半块石盘都坠入了万丈深渊。他蹲了下来，他的同伴们也一样，凝视着 10 点钟的那个方向。还是没有传送门。

"快点儿啊！"迈克尔朝着空旷的天空大声叫喊，"快点儿啊，你这该死的——"

一个黑色的矩形闪现出来了，一个平面浮在几步之外。迈克尔知道它不会持续太久，他们这一跳要是跳错了，就再也没有机会了，但时间紧迫，来不及想那么多了。

他站了起来，把布莱森推向了那扇大门。布莱森跑了几步，跳进了漆黑的平面，被黑暗吞噬进去。莎拉紧随其后。她脚下一滑，跌了一下，不过也进去了。

又是一次爆炸，整个世界有如电光火石一般，响声震彻云霄。迈克尔往前飞奔，正蓄势跳起，石盘又开始转了。旋转的冲力带动了他，使他面向了摇摇欲坠的石盘，背对着大门，向后飞。他看到了石盘最后的景象，碎石茫茫，如烟如雾，一片尘埃。此刻，他也不知自己正飞离的方向是不是正确的，更不知自己将会怎样。一切都定格在这一刻。

不过，最终他还是碰到了传送门，天空又陷入了无尽的黑暗。

第十四章 幽灵凯恩

他砰的一声狠狠地落到了一块木板地上,震得他整个脊梁骨都快碎了一般。褪了色的花形图案的壁纸铺满了整个大厅的墙壁,壁纸边缘都破损脱落了。天花板上,孤零零地悬着一个灯泡,发出昏暗的灯光。布莱森正躺在他旁边,头朝下,四肢伸展着,还有莎拉看起来有点晕乎乎的,不过还是勉强站了起来。

"咱就喜欢掐时间是吧?"布莱森嘟囔着。

莎拉伸手把迈克尔拉起来,说:"你是怎么算出来是10点的?"

迈克尔自我感觉相当不错,但是他一动,全身都疼了。他哼哼着,挣扎着起来。"那倒霉的谜语就是在形容那数字长什么样儿的。你想想看。"

布莱森和莎拉交换了一个眼神,迈克尔知道他们俩都心领神会了。

"一个塔,"莎拉说,"还有一个黑暗中空的月亮。"

"就是1和0啊。"布莱森摇摇头,心想自己怎么那么笨,这么简单都没想到。

"不好意思，怪我太聪明了，"迈克尔说，"智慧挡也挡不住。"

莎拉嫣然一笑，不过笑容很快消失了，"你觉得是真的吗？"

"什么？"迈克尔和布莱森异口同声地问。

"拜托，别明知故问。"

"一次过关那件事？"布莱森问。

莎拉点点头，"是啊。那老太太说，要是咱们'死'了，就不能再回到密道了。"

迈克尔差点儿忘了这个"好消息"了。"只能小心点了，千万别'死'了。"

"也许会更糟，"布莱森加上一句，"我有些怀疑她说的是他们会侵入我们的代码——扰乱我们的芯片代码。不过至少我们知道还能安然无恙地回家。"

这话并没有让迈克尔觉得放心点儿，"要是没有完成……任务，或者……甭管叫什么了吧，就会被踢出维特网。生活完全被毁了，把咱们投进监狱，家人被杀，等等等等。我宁可'死'了算了。"

"我们都不能死，"莎拉轻柔地说，"这不再是游戏了。我们自己不能'死'，也不能让同伴'死'。清楚了吗？"

"当然。"迈克尔说。

布莱森竖起了大拇指，"你们俩可罩着我点儿，千万可别让我挂了。"

迈克尔感觉后背的疼痛渐渐减弱了，他现在终于可以好好看看周围情况了。他们身处的大厅很长，两边都一眼望不到尽头，好像永远也走不到头一样。

"他们这是把我们带到哪儿来了？"布莱森问，"我们这还是在密道里吗?"

莎拉闭上眼睛,搜索了一会儿代码,"好像跟石盘上的程序结构是一样的。复杂无比,几乎没法看。有点儿意思。"

迈克尔站起来,靠在了墙上。他静静地等了一会儿,看看有没有什么变化。"感觉好像是在一个旧时的老宅子里。"

布莱森和莎拉也都站起来了,布莱森同时指向了两个方向。

"咱们走哪条路啊?"他问,"我们该探探路了。"

有动静了。

一个低沉又充满痛苦的声音,从迈克尔的右边传来。他身上寒毛直竖起来,他离墙站直,凝神静听。像是个男人痛苦呻吟的声音,而且还没有停下来。迈克尔正要轻唤同伴,突然同一个方向传来了一声厉吼,充满着愤怒的吼叫。接着,整个大厅陷入了寂静。布莱森和莎拉都瞪大了眼睛看着迈克尔。

"我看我们还是走那边吧,"他指着左边说。

他们逃离了那个可怕的声音,虽然迈克尔时不时地回头看,总觉得有可怕的幽灵跟在他们身后,

但是,目前还没有发生什么,连吼叫声也没有。

那条路还在延伸着,他们走了很久,经过了好几个昏暗发光的灯泡,都跟大厅里第一次见到的那个一模一样。渐渐地迈克尔发现了规律——他们都是由亮处走到漆黑无光,再由暗处走到新的亮处。迈克尔几乎能肯定虽然大厅是径直狭长,像箭头一样的,但是他们却是在绕着圈走,走了一圈又一圈。

他们走了二十多分钟都没看见什么变化。

"这房子可真是让人叹为观止啊,"迈克尔说。这地方让他想起了他曾经玩儿过一次的一个游戏——一个塔里到处都是楼梯,弄得跟个迷宫一样。他觉得他们这么走,一定会发现什么的。"我都等不及了,看看主人的卧室是什么样儿的。"他弱弱地说。

莎拉时不时地观察着墙纸。"这是什么房子啊。我一直在看咱们是不是在兜圈子,但是到现在我还没看见墙纸有重复的地方——没有相同的污渍或者破损的地方。另外,这大厅也太大了。"

"更怪异的是连个门都没有。"布莱森说。

"也许这是某种隧道吧。可以把两栋楼连起来,"莎拉说,"挺有道理的——不但没门,也没窗户。"

突然,一声嘶吼划破长空,犹如一阵疾风。

迈克尔停了下来,举起一只手,"那是什么?"后背窜起一股寒意。

布莱森和莎拉看向他,但是黑暗中他根本看不清他们的脸。

"迈克尔。"空气中传来一个虚无缥缈的声音。

迈克尔吓得一愣,砰的一声背靠在墙上。他左看右看,但是,声音似乎同时从各个方向传来,好像墙里、天花板上以及地下有好多人在说话一样。

"迈克尔,干得好。"

一阵微风穿过大厅——吹乱了迈克尔的头发,也吹起了同伴们的衣角,就像是巨兽在呼气一样。

"好吧,"布莱森说,"算我怕了。我不想待在这儿了,我想出去,离开这儿,现在就走。怎么有人跟你说话呢?"

"别这么怂,好不好,"迈克尔低声私语,尽量装得冷静镇定,"咱都进过鬼屋多少次了?连赛车游戏里都有鬼屋。这有什么了。"他真希望如此,"他们知道我名字有什么可怕的?"

"这么说,你是一点儿都不害怕,是吧?"他反问道。

迈克尔咧嘴一笑,转身继续走路。他刚一转身,笑容立即就消失了。想装胆大也装不起来了。是啊,咱们是进过不少像这样恐怖的地方,但是没有一个地方像这里这样只有一条命啊。迈克尔胃里一阵翻滚,咕咕直响,这可不是饿得。

莎拉拍了一下迈克尔的肩膀,他吓得跳了起来。

"看呐,布莱森,"她笑着说,"他一点儿也不害怕呢。"

布莱森揶揄着说:"是呀,你可千万别照镜子。吓成这样,都要尿裤了。"

"我服了你们了,行了吧,"迈克尔怒气冲冲地说,"我要找我妈咪,现在快给我找扇门。"

两个小时过去了,他们还是一扇门都没看见。

阴风飕飕,吹来三次了。时不时地搅乱着不知从何处传来的轻声细语。每当阴风吹来,迈克尔都直起鸡皮疙瘩,但是却极力掩饰,不让同伴们看出来。为什么会有人称赞他呢?反正不管是谁,倒是没有伤害他们。他们沿着似乎永无尽头的走廊一直走下去,迈克尔不再关心那个萦绕在耳边的那个声音,而是害怕他们永远也找不到出去的路了。

这也许是最牛的防火墙了——不会把人杀死或者致残,而是困住你,让你觉得能到达某个地方,而实际上是不可能的。

然后弄个恐怖的幽灵，还能叫出你的名字，把你慢慢地搞疯。"

"我们这是在干吗呢？"布莱森问。迈克尔又一次吓得跳了起来——一直都没人出声，他正紧张不安呢。

莎拉停了下来，瘫坐在地上，"他说得没错。这完全是漫无目的地走。我们就像傻子一样被人耍呢。"她挥手指了指走廊的两端，然后叹了口气，"先喘口气歇会儿吧，然后再搜索一下代码。也许有什么东西漏掉了。"

她闭上了眼睛，头倚靠着墙，迈克尔和布莱森也跟着做了。在她的带动下，他们都闭着眼睛，专注于周围的代码。

迈克尔每查找一些明显的东西都得深吸几口气。他感觉真的是饿了，很难集中精神。他们都得赶紧吃点儿东西了，不然很快就没有力气了。他们躺在棺材舱里的真实躯体也许一切都挺好，但是在这儿的身体可不是。为了达到真实的效果，维特网会使他们的灵体虚弱，让他们最后连爬都费劲儿。

他简直不敢相信他看到的周围的程序代码。如果说《恶魔破坏神》里的代码像满是字母和数字的暴风一样，那么这里的代码就像是打着漩涡的龙卷风，太快了，根本没办法看清，再看下去脑子就该坏了。

"迈克尔。"

迈克尔中断了搜索，抬头看去，期待着幽灵最终能现形。那低语声听起来更近了，也更真实了。然而，还是毫无踪影，熟悉的微风吹起，风速比刚才更慢了。这位不见人影的朋友重复说了多次让他受用的话，然后又消失了。

迈克尔扫了一眼布莱森，想看看他的反应，可一看到他的表情，他却呆住了。他正探身向前，眯着眼睛盯着他对面墙上的一个斑点。他们走了好几个小时了，走了一路，丝毫没看出来墙纸有什么不同啊，迈克尔心想这家伙聚精会神地琢磨什么呢。

"喂,"迈克尔对他说,"你在干什么呢?找到可以黑进去的地方了吗?"

布莱森表情放松了,看向了迈克尔,说:"是的,我想是的。不过,不是真的黑进去,只是找到了点儿线索,知道应该怎么办了。不过,我告诉你——这玩意儿我从来没见过。这地方的程序真是奇葩啊。"

"没错,"迈克尔正点着头,莎拉也表示完全同意,"建造这个地方的人道行比我想象中的高深一千倍。这让我对这个叫凯恩的家伙越来越好奇了——他绝对是个奇才。"

布莱森耸耸肩,说:"正如我所说的,是个奇葩。我们几个没人能做到,绝对的。"

"但是,我还以为你找到什么了呢。"迈克尔的希望落空了。

"我是找到了啊。这也许是超级先进的代码技术,但是咱们也不是笨蛋啊,看看这个。"

他站了起来,走过去面对着墙。他脸贴着墙,好像在听着什么动静,双手在墙面上摸来摸去。

"听到了什么吗?"他回头看着迈克尔,问他。

迈克尔唯一的想法就是他被布莱森打败了——他还以为他会闯过防火墙,带着他们离开这没有尽头的走廊呢。

"听起来像是一个家伙用手磨蹭墙的声音。"

布莱森龇牙咧嘴地笑了,"错了,我的朋友。那是一个神奇的声音。它是中空的。"

"这就神奇了?"莎拉问道。

布莱森又站直了身子,说:"对我有点儿信心好不好,亲。"然后他后退了一步,右脚大力地踢向墙面。只听嘭的一声,什么东西裂开了。他的鞋尖伸进了墙纸里。他把脚抽回来,带出来一大块儿石膏板碎块儿,还有一阵白灰。

他回头看着迈克尔,说:"没有门?那都不是事儿。咱自己做个门呗。"

布莱森在眼花缭乱的代码里发现了些什么,他立即指给同伴们看,并且确信那是个突破口。事实再清楚不过了,他们也都同意进入密道下一段的唯一办法就是穿墙而过。

迈克尔和莎拉也跟着布莱森一起跟墙干起来。他们从布莱森刚才踢一脚的地方开始扒墙,不过这次可没那么温柔了,他们撕下墙纸,扒开墙皮。迈克尔的十指都擦破皮了,但是心里抑制不住地兴奋,他们越干越起劲儿,墙上的洞口越掏越大。

一阵风吹过迈克尔的后背,夹带着那可怕的低语声,但是他根本不理会。他就要从这儿出去了。

很快,他们就扒出了一个大洞,足够他们从洞口钻过去。

"谁先来?"迈克尔问道。洞口那头太黑了,就像挂着黑色的布帘一样。

莎拉用胳膊肘推了推布莱森,说:"布大脚,这可是你发现的。"

"行啊,我来就我来。"他嘟囔着。他弯下腰,两手抓住掏开的洞口,然后走进了黑暗中。他钻过了洞口,然后站了起来,转了一圈。他转身时,迈克尔只能看见他的裤子。

"看见什么了吗?"迈克尔大声喊。

"什么都没有，"他回答，声音有点儿模糊不清，"啥都没有，但是有空气流通。进来吧——咱们手拉手，唱着歌，一起走。"

莎拉也弯腰钻进了洞里，迈克尔随后跟着。布莱森说得没错。空气凉爽，而且里面空无一物。

"这里有点儿阴森啊，"迈克尔说，"谁有手电筒？"

布莱森点了一下耳机，眼前出现了一个电脑屏幕。他调了一下设置，很快就照亮了前面的路。

"你真有才啊，"迈克尔说，他也照着做了。莎拉也是。

"你才知道啊。"布莱森说。

不过问题是即使现在有了一大片亮光，也没发现什么。前面目光所及之处，还是漆黑一片——什么都没有。

"我们就像在月球上一样。"莎拉轻声说。

迈克尔捏了捏她的胳膊肘，说："不过我们能呼吸啊，而且这里没有星星，还有重力。"

"是啊，除了这几点，就跟在月球一样。"她又往前走了几步，看着两个方向，问道："走哪边？"

"前面，"布莱森伸手指着前方，回答说，"代码显示的是前面。"

"我说，"迈克尔说，"这走廊没完了啊，我已经走够了。"有那么一瞬间，他也不确定这个选择对不对，怎么一路上也没遇到阻碍，没人拦着他们。不过似乎他们也只能这么做，没有别的选择。

"那就这么办吧。"莎拉说。

于是，他们走入了黑暗之中。

这里寂静无声,又阴森诡异。他们走在黑色的地板上,耳边萦绕着的只有脚步声、呼吸声还有衣角摩擦的沙沙声。迈克尔回头张望,他们扒开的洞口成了远处一个小小的亮点儿。这个地方的程序设置严密得简直不可思议,因为视角镜像感觉真实,又整齐一致。几乎让人察觉不到什么地方有代码的漏洞——周围景物会有细微的改变,比如颜色变化,但是又不容易发现,光线没照到就错过了。

"他们这么做到底是为什么呢?"布莱森小声说。他们现在都小声说话了,以防黑暗中有人听见他们。

"这就是密道。"迈克尔回答。他越来越深有体会了。"凯恩知道不可能让每个人都离开这个秘密地点。他知道其中高手有黑客技术。所以他把我们玩弄于股掌之间。他让人们破了一个防火墙,还得再破一个,没完没了的防火墙,最后会把人逼疯的,人们就会打退堂鼓,想要回去了。不然就杀了那些人,也能达到目的。我讨厌这位老兄。"

"他可不是老兄,"莎拉说,"他是个疯子。"

迈克尔又改了他的台词,"我讨厌这个疯子。"

他们还在继续走,但是没有什么变化,也没有什么发现。

迈克尔又听到了幽灵的声音,心情又沉重起来。他们停下来了。

"迈克尔,"幽灵般的声音传来,"迈克尔。"

阴风骤起,呼啸盘旋,撕扯着他们的衣襟,吹乱了他们的头发。一阵哀嚎声，弥漫在空气中，比他们在之前在走廊里听到的声音更大。迈克尔脑海里浮现出一个景象，一个男人蜷缩成一团，躺在被汗水浸湿的床上，痛苦地呻吟。

"迈克尔，迈克尔，迈克尔，"声音一次又一次地从四面八方传来，那呻吟还在继续。迈克尔不知所措，声音明显更大了。

"从现在开始，别再跟我提什么鬼屋了，"布莱森说，"他们怎么单单找上你呢？"

一个新的声音划空而至——一个女人的尖叫声，出乎寻常的长久而又尖锐。

"我受不了了！"莎拉捂着耳朵喊起来，"快点儿离开这儿吧！"

迈克尔心想这是个好主意。他拉住她的手，开始往前跑。布莱森跟他并肩而跑——眼前的屏幕反弹起来，脚下的灯光也跳动着。可怕的声音还是越来越响，风力也越来越强。

"迈克尔，迈克尔，迈克尔……"

迈克尔加快了脚步，拽着莎拉跟着他一起往前跑着。这时脚下的地面突然变软了——每走一步，就会陷进去一点儿，最后迈克尔还是绊了一跤，摔倒在正在变软的地上。

"简直难以理喻！"布莱森喊起来——嘈杂的声音里，迈克尔根本听不见他说的什么。他正跪在地上，难以置信地张望四周。

莎拉正站起身来，"我们得继续——"

话还没说完，就被打断了，脚下的地面完全塌陷了，他们一下子陷进了流沙之中，如入无尽深渊。

不一会儿工夫,沙子已经堆到了迈克尔的胸口,这让他几乎无法呼吸,到最后便放弃了挣扎,求生无望,准备等死。他仿佛回到了金门大桥,正和塔尼娅一起落入海里。出乎意料的是,他虽然没有落地,但是后背感觉到了硬硬凉凉的平面。他不再往下沉陷了,而是在往下滑。渐渐地,他下滑的速度越来越慢,脚下的平面变成了楼梯,他翻滚下去,想让自己停下来。

他咕噜噜滚下楼梯,手脚尽力扒住地面,最后终于停住了。下巴磕在了坚硬的台阶边上。他闭上眼睛深呼吸。突然有人一下子压在了他身上。

迈克尔大吼了一声,把憋了一路的火的都发泄了出来,使出全力把压着他的人甩了出去,自己也滚了出去。他定睛一看,甩出去的不是别人,竟然是莎拉。他吓了一大跳,眼看着莎拉翻了个空翻,落在了迈克尔眼前。

"对不起,"他局促不安地咕哝道,"我一时失去控制了。"把人扔下楼梯实在是太不够哥们。

她看着他,做了个鬼脸。她刚要张口说话,但是想想又决定不说话了。迈克尔看见了布莱森,姿势奇怪地躺在地上,电脑屏幕正悬浮在他面前。

迈克尔屈膝抱腿坐在地上。他能想象到等回去以后,身上肯定是青一块紫一块的,还有不少擦伤。他的棺材舱太先进了,物理模拟效果超级逼真,这倒成了对他的体罚。

"这地方真是让人头疼。"布莱森望向远处说。

迈克尔环视四周，什么都没有，只有无尽的黑暗，"是啊，真让人头疼啊，"他也表示同意，"而且我敢肯定凯恩不可能创造出这么复杂的地方。他怎么可能会设计这样的程序呢？连我们三个加一块儿都搞不懂，看不透这个程序，甚至更是没办法篡改。"

"不知道啊，"布莱森回答说，"也许他有高人相助。或者他还有什么我们不知道的秘密。但是这也太疯狂了。我觉得你说得太对了，我们看见的代码缺陷都是他故意想让我们发现的——这样我们就在他的操控下永远陷在这通道里了。我们就是几只被玩弄在股掌间的老鼠。"

莎拉在抽泣着，迈克尔看到她头埋在胸前，肩膀在颤抖。哇，他吃惊不小。情况确实不妙——他已经不记得莎拉什么时候哭过了。他硬着头皮走过去安慰她。他轻手轻脚地走到她身边，伸出手，抚着她的后背。

她抬起头，望着他的眼睛。脸上在留着一道道的泪痕，即使在微弱的灯光下，迈克尔也能看出来她不是在生气——还好不是因为他。

"你还好吗？"他问道，虽然他明知这问题太蠢了，但也确实不知道该说点什么。

"嗯，我想——不好，很不好。"她勉强笑了一下，然后哆哆嗦嗦地挪到了他身边坐着。"到底发生什么事了？"

布莱森给出了答案："刚才我们在一个长长的走廊里，然后呢，进了一个漆黑的屋子，接着呢就陷进了流沙里，后来呢就往下滑，地面变成了楼梯，我们就滚下来了。你以前从来没这么干过，是吧？"

"是没干过，"她有气无力地回答，"你们说的代码的事是对的，还有凯恩。一切都太诡异了。"

迈克尔望着脚下的楼梯，想看看尽头在哪儿。但是，楼梯就像那条走廊一样，一眼望不到边，一直延伸着，直至黑暗中。

他不想说，但是又没别的选择："我们还得继续走下去。我们得走出这里。"

"为什么？"布莱森哭丧着脸问，"越往后情况就会越糟。"

迈克尔耸耸肩，说："是啊。而且我们走完一段路又会进入另一段。不停地走，直到走到神圣之谷。找出凯恩在哪儿。"

"要不就死了回家。"莎拉轻声说。

"要不就死了回家。"迈克尔重复了一遍。他快疯了，他们沉浸在休眠里多年，身经百战，经验丰富，竟然还是破不了这道防火墙。他愈发生气起来，站起身来沿着楼梯走了下去。

走了两个小时，一切都还是原样没变。除了他们滑下来时带落下来的沙子都不见了。楼梯依然没有尽头。一段台阶，接着又是一段台阶。走啊走啊走，周围阴冷漆黑，只有电脑屏幕发出的微弱光线照着脚下的路。他们试着在程序里找捷径，或者出口，结果这反而让他们绕了不少圈子——一切依旧毫无头绪。

最后，他们做了个决定——睡觉。

"咱们的身材跟这台阶的尺寸大小差不多。"他们停了下来，布莱森指着台阶说。

他们躺了下来，没人吱声。迈克尔感觉到前所未有的疲惫。他的身心都需要休息。

但是，奇怪的是，迈克尔并没有睡意。也许是因为浑身是伤，也许是因为紧张不安——一直在担惊受怕地等着接下来会发生什么——迈克尔实在是睡不着觉。他脑子一直在不停地想着事，不知道为什么，他一直在想着一件事，脑子里只有一件事。

他的父母。

他也不知道怎么想起来的。他很想他们。他也担心他们会发现凯恩的这些行径。

突然，迈克尔脑子里蹦出一个想法。这个想法太令人震惊、难以置信以及令人不安了，他直直地坐了起来，喘着粗气。幸好，布莱森和莎拉都睡着了。他不能跟他们说这个问题——他还不能确定答案。

迈克尔闭上眼睛，揉着太阳穴，他只是要闭目养神，而不是在想事。他深呼一口气，凝神静气，开始理清思路。他以倒序的方式回想着最近以来每天发生的事，脑海里浮现着一幕幕曾经发生的情景片段。

一个星期，两个星期，三个星期，一个月，两个月，一天又一天，让时光倒流，回想着他每天经历的事情。他的记忆力比他想象的更强——他回想起了发生的许多事情，许多事件。但是有件很明显很重要的细节，却怎么也回想不起来了。他每天就埋头在学校和维特网里，时光不经意间就匆匆流过了，他怎么这么虚度他的生活呢？

但是无疑，这件事一直深深地困扰着他。

迈克尔记不起来上次见到父母是在什么时候了。

第十五章 僵尸阵

海尔加也一直都没有回来。

没有比这更让迈克尔烦心的——他的父母和保姆都出事了,他一直沉湎于玩乐,以至这么久都没有注意到。他又愧疚又害怕。

他想着有可能会发生什么事——也许 VNS 已经插手进来了,不然就是凯恩和这个死亡教义。所有这一切都彻底地改变了他的生活,这几个星期以来,所有的事都与之相关——不过,他还不知道这些事情是怎么联系在一起的。

但是迈克尔想不起来了。怎么使劲儿想也回忆不起来,他上次跟父母在一起到底是什么时候。他只回想起一些片段——聚会、吃饭、开车兜风——一切都那么历历在目,他确定那时他见过他的父母。但是除此之外,什么也记不起来了。

太奇怪了。他心惊不已。所有这一切都在迈克尔脑海里萦绕着,让他无法不怀疑这些都跟虚拟杀手有所关联。可以确定的是,那怪物对他的脑子动了手脚。

他不知道该如何是好,也理不清个头绪来。最后他又坐回了属于他的那个台阶上,伸伸懒腰,平躺下来。疲惫感顿时袭来,他终于累得睡着了。

布莱森轻轻地推了推迈克尔的肩膀,把他叫醒。迈克尔睡眼惺忪地看着他的哥们。

"哎呦,我说兄弟,"布莱森说,"我们都醒了一个小时了,您了还睡呢。你这呼噜声可真够大的,跟大胖狗熊打鼾似的。"

迈克尔一伸腿坐了起来,打着哈欠,揉着眼睛。刚睁开眼,眼前乌漆麻黑的楼梯一时间歪歪扭扭的,过了一会儿,眼神才看清楚。他们睡觉的时候,什么都没发生。

"昨晚有人做怪梦了吗?"莎拉问,"昨晚我梦见一个穿着兔子装的男的。别问我更多啊。"

迈克尔一夜无梦。但是他又想起了昨晚令人不安的发现。为什么就是想不起上次见到父母的时间呢?他们在哪儿啊?为什么海尔加还没回家呢?老爸老妈走了那么久,怎么就一点儿没察觉到呢?他们走了以后就很少联系,但是这也太奇怪了。不管怎么样,就是有什么事不对劲。

"迈克尔?"莎拉问,"你没事吧?"

他看着莎拉,觉得没法把这些奇怪的事告诉别人。"没事,我很好。就是想再接再厉,接着走下去。还有就是我饿死了,恨不能把布莱森的一条腿给啃了。"

"最好啃之前先刮刮毛儿。"布莱森伸出一条腿,抬到迈克尔眼前。然后又把腿收了回去,说:"我做了个奇怪的梦。在梦里我没见过迈克尔,而且过着幸福而快乐的生活,没人要杀我,也没人要伤害我的脑子。真是太惬意了。"

"这梦不错嘛。"莎拉说。

迈克尔站了起来,伸伸腰,说:"梦想很丰满,现实很骨感啊,哈哈。走吧,下楼梯喽。"

没人反对,他们一个一个地走了下去。

一切都还是一成不变,他们没法估计走了多远。迈克尔数了一会儿台阶,然后又开始读秒,数时间,就是为了让脑子忙活起来,没有空闲想他的父母。他的表不知道什么时候就停了,屏幕上的时钟也不走了。他们越往下走,迈克尔就越觉得受不了。一成不变的环境和千篇一律的动作,逐渐让他焦躁起来,他得费尽全力才能把这焦虑的心情压制下去。有时他们似乎发现了漏洞,但是尝试破解又都失败了,一次又一次地尝试,一次又一次的失败,他们快要疯了。

最终,他们发现了一扇门。

那扇门在楼梯的尽头,周围的空间越来越狭小,到最后成了一条死胡同,尽头是一扇不起眼的木门。迈克尔终于如释重负,这突如其来的一幕,让迈克尔不禁咯咯大笑起来。

"有什么好笑的事吗?"布莱森问,自己也被他传染得忍不住想笑了,"跟我们大伙儿说说呗。"

"没有,没什么好笑的。"迈克尔第一个走上前去,伸出手握住了圆形的黄铜把手,"就是很高兴要回家了。"

布莱森暗自窃笑,迈克尔没有继续跟他聊。他旋转门把,门轻而易举就开了。接着,他迈步而入,看看里面有什么。

人们靠墙而立,沿着走廊,站了长长的两排。虽然他们都睁着双眼,但是眼神无光,好像死人一样。

迈克尔呆呆地站在门口。他能感觉到身后的同伴们,但他们都没有催他往前走。他知道他们也想走出这条密道,但都是实在迈不开腿了。

房顶上裸露着的灯泡,和那鬼屋走廊里的灯泡一模一样,照亮了站立着的两排人。迈克尔宁可回到早已习惯的黑暗之中。那两排人就像石雕塑像一样僵直地站着,每双眼睛都对准了迈克尔和他的同伴们。

迈克尔看着离他最近的几个人。站在他右边的是个女人,皮肤就像月光一样苍白,穿着一身白色的裙子,皱巴巴的,但是很干净。乌黑的眼睛盯着迈克尔看,似乎要开口跟他说话。

站在那女人正对面,迈克尔左边的是一个穿着黑色西装的男人。和那个女人一样面色苍白,一动不动。但是他的右臂正伸出半截,手指伸开。

迈克尔又看看走廊里站着的其他人。他们一个个都跟鬼似的面无血色,肤色惨白,也都一动不动地看着刚进来的人。跟那个男人一样,好多人都以奇怪的姿势僵直不动。仿佛在行动中瞬间被石化了一样。

"你好?"布莱森大声说。声音回荡在整个走廊,话音刚落,面前站着的那些人都微微动了一下。迈克尔的心都快要跳出来了。

"这都是什么啊?"莎拉在他身后小声耳语说,有几个人的身子抽搐了一下。

于是她更轻缓地说:"从代码来看,那密道就在前面。我没法破解,也看不到别的出路。"

"说些我不知道的,"布莱森说,"我也没什么办法。"

迈克尔异常缓慢地转过身,看着他的同伴们。然后用轻得自己都几乎听不见的声音说:"好吧,别说话。动作轻点儿,跟我走。"

他转过身,小心翼翼地往前挪着步子,一点儿一点儿地往前挪动,两边站着的人也慢慢地随着他的脚步转着头,眼睛直直地盯着他。迈克尔也看着他们,战战兢兢地,不知道他们会有什么举动。每经过一个人,他都吓得大气都不敢喘,直到最后越来越喘不上气了。

他一步步往前走着,强迫自己尽可能慢慢地走过他们身边。他能感觉到莎拉和布莱森在他身后,但是他不敢回头看他们。他们从一个老男人身旁经过,那人长着个大鼻子,两只眼睛燃烧着熊熊的火光。另一个男人苍白的脸上大半边都是胎记,就像被人打得挂彩了一样。还有一个女的,张着大大的嘴巴,牙齿雪白,牙龈黑紫。还有一个刚学会走路的孩子,脸上还洋溢着笑容。

迈克尔突然觉得鼻子瘙痒难忍,禁不住打了个喷嚏。于是周围的人又都抽动了一下,他们的胳膊和手都抬高了差不多一寸。他心脏突突直跳,吓得停了下来,看看有什么动静。所有人都静止不动,他又开始往前走,一步一步,异常缓慢。

他们走过了十几个人,突然迈克尔没注意地面不平,一下子摔倒了,肩膀着地。但是他摔倒在地之前,听到了周围传来了动静声,所有人都朝他围过来。

迈克尔翻了个身面朝下趴在地上,双手举起,护住脑袋和脸。但是,一切又停住了。眼前的一幕就像是一幅恐怖电影的海报。几双手齐齐向他伸过来,一个个都面带愤怒。但是,他们都瞬间被冻住了一样,一动不动。一只只九阴白骨爪似的手就悬在他头上,饥渴的眼神俯视着他。但是他们一个都没有动。

迈克尔极力让自己镇定下来,不然那些人就会听见他心脏怦怦的跳动声。他慢慢地深呼了几口气,然后做好准备,手脚并用,一点一点往后挪,尽量动作幅度小点儿。他全身大汗淋漓,衣服都湿透了,汗水顺着脸颊就流下来了。他得目不转睛地看着那些目光锁定在他身上的人们。稍有差池,他们就会攻击过来——他心里很清楚——然后一切就都玩完了。跟他们硬打只会引起更多的骚乱。

他慢慢地从他们眼皮底下溜走,心里越来越暗自庆幸。

最后,迈克尔终于从那些像伞盖僵直伸出的手臂中逃脱出来了。最让他感到不寒而栗的是,虽然那些人脖子以下的身子僵直不动,可是他们的目光却一直跟随着他,走到哪儿就盯到哪儿。他全身寒毛直立,吓得直打激灵。

他小心翼翼地转过身,然后站起来,慢得不能再慢了。他回过头来看看布莱森和莎拉,他们俩还在迈克尔刚在被困住的地方远远地站着呢,身边一群人。幸好,那些人站着的地方,离墙边还有一点儿空隙。他的两个同伴顺着墙边从那些人身边溜过去了。他们终于又在一起了。布莱森神色有点儿异常，面容紧绷，眼神狂乱。迈克尔想问问他是不是还好，但是又想到不能弄出动静来，所以还是放弃了，悄无声息地继续往前走。

他们沿着走廊继续前行，慢慢地，慢得不能再慢了。

三个人像蜗牛一样缓慢地蠕动，一直坚持着保持安静，可真不是件容易的事。这么缓慢的速度快把迈克尔逼疯了，但是看着那些人还原地不动，又觉得心里好过多了。

渐渐地，他们从无数人眼前走过，回头望去，那些人都似乎融合成了一体。他再也分不清哪个是男的，哪个是女的；也看不出是大人还是孩子；更不用说身材胖瘦了。满眼都是苍白的肤色和直愣愣瞪着的眼睛。他强迫自己不再去看他们，而是把注意力转向走廊的深处。

这走廊看似永无止境，实际尽头却近在眼前。迈克尔看到了前方的另一扇门。

迈克尔一看见那扇门，就难以自制地想撒开腿就跑过去。但是他还是忍住了。他继续小心翼翼地往那扇门走过去。

他们一步一步走着，那些双眼睛也一直追随着他们。迈克尔专注于缓慢行进中,身后突然响起奇怪的声音。听起来像是有人在啜泣,迈克尔意识到那人是布莱森,心也随之跌入低谷。那啜泣声如噎在喉。迈克尔看见那些人在他周围抽搐着。

"我脑子里一直想着凯恩还有这破地方不可理喻的代码,"布莱森自言自语地说,声音特大。墙边站着的那些人又动了几下。"真是让人头疼啊。会不会凯恩其实根本就不是个玩家?会不会?嘿!那边的代码有大漏洞!"

最后几个字不是自言自语了,而是大喊大叫。布莱森的喊声划破了沉寂,迈克尔心里激起一阵恐慌。布莱森一把把迈克尔推到一边,朝着那扇门像箭一样地冲过去。迈克尔跟跄着撞上了一具冰冷的身体,那些僵尸又复活了。但是,那些僵尸并没有攻击迈克尔,而是追赶着布莱森。所有的僵尸都朝他奔过去了。布莱森成了众矢之的,迈克尔直愣愣地站着,完全吓呆了,眼睁睁地看着那些穷凶极恶的一群人追杀着他的哥们儿。

迈克尔明白了这到底是怎么回事。在休眠中,不管遇到什么情况,你心里都会清楚自己不是在真实的世界里:即使最糟的情况,也不过就是一"死"——而且有可能"死"得很惨。然后你就会被传送回棺材舱里,你醒了以后,就可以走出棺材舱,洗个澡,从经历的痛苦中恢复过来,然后隔天再回去继续玩儿,周而复始。不管怎样,你都能意识到你是不会真死了的。这是最基本的真理。

但是在密道里,这种意识变得更加模糊。此刻,迈克尔不知该如何是好，内心痛苦地撕扯着。他知道布莱森将要经历的折磨并不是真实的。要是真的话，迈克尔会毫不犹豫冲上前去，救他的哥们儿。要是在维特网普通的游戏里，他也会去救他。毕竟只是个游戏而已，"死"了再玩。但在这里，要是他"死"了，任务就完不成了；他不能冒这个险。

尽管心里是这么想的，但是当听到那激烈的打斗和惨叫声，迈克尔的心里还是很不好受，不忍心听。这次感觉真的不像只是个游戏了。

莎拉悄然来到了迈克尔身边，说："我们得破解——"

他打断了她的话，"我们已经试了一次又一次了。"

"那就再试一次！"她脸都气得通红了。

"好吧。"迈克尔耸耸肩，"你说得对"。

迈克尔闭上眼睛，进入了他们周围的代码世界。他拔拉来拔拉去，在浩瀚的代码海洋里搜寻。他能看见莎拉，也在做着同样的事情。但是，这密道的自我防护比以前更强了。迈克尔倾尽全力，使尽浑身解数想要找到布莱森被攻击的地方的代码，但是还是办不到。

莎拉找的时间更久，但是也无能为力。

"谢谢你帮忙。"她轻声说。

再次睁开眼睛，他们都不忍朝布莱森的方向看去。迈克尔一点儿也不想看到在布莱森身上即将发生的那一幕。但是可怕的声音却挡也挡不住。低沉的咆哮和暴烈的撕扯。狂怒的吼声中，还夹杂着些许兴奋。

当然，最虐心的还是——布莱森的惨叫声。那声音划破空气，飘散到各处，回荡在整个走廊，好像布莱森就在迈克尔身边一样。他们都痛心绝望，又满心恐惧，迈克尔内心在滴血，心头被人狠狠地捅了一刀。他们接受这个任务时，就想到了会有这样的情况发生。但是，不管是真实的，还是虚拟的，此刻布莱森受到的每一分折磨，迈克尔都感同身受，如同发生在自己身上一样。

最终，一切都停止了。迈克尔不用看也知道维特网里虚拟的布莱森咽下了最后一口气，之后便消失了。在遥远的现实世界，他们的伙伴正躺在棺材舱里慢慢苏醒，也许醒来时还在恐惧地尖叫着。

莎拉拉住了迈克尔的手，紧紧握住。他又一次听到了莎拉的哭声。不到半天的时间，她已经哭了两次了。

一切又都回归平静了，迈克尔终于可以好好思考一下布莱森受惊吓之前说过的那些奇怪的话了。他在想是不是在这里被逼到绝境的人都会有这样的想法。

凯恩会不会根本不是个玩家呢？

迈克尔闭上了眼睛，感觉欲哭无泪。布莱森说的到底是什么意思呢？

第十六章 鳞怪枪手

布莱森的身体刚一消失,那群僵尸又都定住了。整个走廊又一次陷入了沉寂。迈克尔和莎拉慢慢地起身,小心翼翼地不敢有什么大的动作。布莱森走了——他不能再回到密道,重新加入他们了。刚才发生的事,会不会对布莱森造成什么创伤,始终是个谜,萦绕在迈克尔心里。他想跟莎拉谈谈布莱森刚才说的话,但是又怕惊动了那群僵尸。

他只能把精力集中在一件事上——走向那扇门。他搜寻代码,看看能不能找到什么方法可以静音——虽然是小事一桩,但是在这么复杂的防火墙面前,这么点儿小事也是几乎没办法做到的。不过,最终,他还是做到了。莎拉也看到了,向他点了点头表示感谢。

他们朝着目标,一步一步地走去,然后遇到了最后一道屏障——那些杀死布莱森的人多得堆成了山。迈克尔紧贴着墙,左躲右闪,绕过那些伸出来的胳膊和腿。虽然他们设置了静音,但是还是让人胆战心惊。他的额头上汗珠直冒。他觉得嗓子火烧火燎的,嘴唇也干了,跟进了沙漠一样。

最后,迈克尔终于远远地躲开了那些僵直不动的人群,莎拉也紧紧跟在后面。他们继续前进，每一步都像是深陷泥沼里一样，艰难跋涉。

终于走到了门前——多漂亮的门啊，迈克尔心想——这门就在他眼前了。和他们刚才经过的那个门一样，这个门也没有上锁。他打开了门，迈了进去，一只手把莎拉拉到了他身后。

迈克尔没有看他们到了什么地方，而是先把门关上了。然后，他转过身来，审视着面前这个新的环境。

这是一片茂密的树林，树木高耸入云。树枝上还挂着薄薄的雾水。一条被人踩出的小路纵贯其中，正迎接着迈克尔和莎拉沿路走向密林深处。小路起点旁边的一棵大橡树下，站着一个男人，脸色苍白，身着一件红色的斗篷，斗篷上的兜帽遮住了他的脸。

"哎呦，你们是小两口啊，"那个陌生人说。

不知怎地，迈克尔听到这话的第一个反应就是转过身，看看那扇门还在不在。是的，还在，嵌在一面灰白色花岗岩墙上。大门紧闭着。他也不知道为什么这么做——就是想回到刚才的走廊，宁愿对着那些不死的僵尸。这片树林有种不祥之兆，那个迎接他们的男人也阴险难测。

他转身面向那个男人。当然，那人此刻还是站在大橡树旁，双手交叉抱在胸前。红色的斗篷在微光下隐隐闪耀。

迈克尔仔细端详着那个陌生男人的脸。他上了些年纪，但是并不显得老态龙钟。皮肤已经满是褶皱。虽已是风烛残年，但是依然精神矍铄。薄薄的嘴唇，直挺的鹰钩鼻，尖尖的下巴。还有他那双眼睛，蓝蓝的，泛着银光，熠熠生辉。

"我们这是在哪儿？"莎拉又问起了老生常谈的问题，"你是谁？"

那男人的声音沙哑刺耳，"你们正站在门登石树林的外边，这是一个充满黑暗和死亡之地。但是，你们无需害怕，年轻的朋友。在这片参天耸立的橡树和松林之中，有一处静谧之地，在那里，你们可以找到食物和庇护之所，可以保护你们免遭谋害和杀戮。"

迈克尔已经见过了无数黑暗和死亡——他当然不想再遭遇这些了。而他真正想要的就是：食物。他的肚子咕咕直叫，他一点儿也不在乎这个人是不是杀人恶魔。只要那人有吃的，他就愿意跟着他，到哪儿都行。

莎拉倒没那么悲观。"你凭什么认为我们会相信你，任你带着我们走呢？我们走到这儿，一直都是靠我们自己——我们为什么得跟着你这位等着我们的人一起走呢？"

"跟着他走才有吃的。"迈克尔靠近她跟前，小声说。

那人张开双手，让他们到他这边休息。身体其他地方却丝毫未动，连斗篷都没动。"我是个爱好和平之人。你们可以相信我，年轻人。来吧，跟我来，带你们看看。"

迈克尔差点儿大笑出来，但是，他又觉得饿了。

"好吧，"他说。莎拉想要反对，但是迈克尔朝她摆摆手，让她别说话——等吃着东西了，再数落他也不迟。"不过，要是你要花招，我们就二话不说，把你杀了，送你回老家。"

那男人笑了，炯亮的眼神里丝毫没有恐惧。"当然可以。"他说。

那陌生男人转身走上了小路，那小路蜿蜒伸展，消失在树林尽头。他刚一迈步,就见一只毛茸茸的小东西爬上了那男人的后背,趴在他的肩膀上。看着像只雪貂或者是鼬鼠。那小东西站立起来,尖尖的鼻子嗅着空气。

"看那个。"迈克尔小声对莎拉说。

他看见她惊讶得眼睛都瞪大了。

"的确是有点儿奇怪,"她轻声说,"有什么理由咱们非得跟这个男人走呢?"

理智压倒了饥饿感。迈克尔开始同意同伴的观点了。然而这时,那男人转过身来,跟他们说话,停止了这场争论。

"你们要是没有我,是永远到不了密道的下一级的。"那男人说,"不管你们破解了多少代码都没有用,你们到不了神圣之谷。"

说完,他就转身继续走,消失在幽暗的树林里。

"快跟上。"迈克尔拽着莎拉的胳膊就走,紧跟上他们的新同伴。

她拉开他拽着的手,但是还是在他身边走着,"感觉我们是羊入虎口啊,我敢打赌,那个人肯定已经杀了不下一百个孩子了。"

他们走进了树林,参天大树高高耸立,枝繁叶茂。树木都紧密相邻,只有一条小路蜿蜒其中,只通向树林深处。这就是数字代码的神奇创造。

"也许他就是个NPC。"迈克尔一边说,一边伸着脖子四处看。树林里唯一的光源来自树木本身,疤痕累累的树干发闪着诡异的蓝光。他们在树林里越走越深,茂盛的枝叶伸展到了小路旁边,像是随时要把这些新来的人一把抓走似的。

"那你为什么还说要把他送回老家呢?"莎拉问。

"就是随口那么一说。"他回答。他真的不想说话。

那陌生男人步伐稳健,走在他们前面差不多五六米,他那奇怪的宠物还端端地蹲在他的肩膀上。空气凉爽清新,闻起来有点儿潮湿的味道,还有泥土的芬芳——让人感觉轻松愉悦。但是最后还会闻到一股腐烂的恶臭味儿。耳边只有蟋蟀的鸣叫,还有不时传来的猫头鹰的叫声。

"我看我们真是别无选择了,"莎拉喃喃自语,"看不出有异常的代码。"

"你还没死心呢?"迈克尔说。

"我就是这么一说,"她耸耸肩说。他们又静静地走了一段路,然后莎拉又说话了,"我们得谈谈布莱森说过的话。似乎他真的看出点儿什么了,但是他为什么那么反常呢?他在代码里发现什么了?"

迈克尔自己也理不出个头绪。"他的话太奇怪了。会不会凯恩根本不是个玩家?那是什么意思?"

莎拉哑然失笑,"我们都是互相问问题。可是我们需要答案啊。"

"是啊,"迈克尔把伸出来的树枝拨到一边,说,"密道里的代码真是太复杂了,让布莱森伤透了脑筋。我能理解为什么他不相信凯恩会设计这些代码。因为这是人所不可能做到的。"

"所以他觉得凯恩不是真实存在的人?"莎拉说,"这一切都是一个团伙以凯恩的名义干的?"

"可能吧,"迈克尔耸耸肩,回答道,"接着再想想。每隔一段时间就看看代码。我们会搞清楚的。"

"好吧，那就……保持警惕，擦亮双眼。"

"保持警惕？"他重复了一遍，满含挖苦的语气，"擦亮双眼？没搞错吧？"

"怎么了？"

他哈哈大笑，"说得跟福尔摩斯一样。你还要拿出放大镜来吗？有烟斗吗？"

莎拉也笑了，"等会儿我救了你的小命了，你就知道得好好谢谢我了。"

"放心吧。我会把眼睛瞪得大大的，耳朵竖得高高的。鼻子呢？鼻子怎么办？"

"闭——嘴。"她加快步伐，走到他前面。

迈克尔看了向导一眼——那个男人闲庭信步地走着，肩上的小鼬鼠一步一颠，但是还是保持着原有的姿势。然后，迈克尔的注意力又转到了小路两旁的树林。

发着蓝光的树木高大粗壮，直入苍穹。它们散发出的微光——弥漫在黑夜中——让迈克尔觉得他和莎拉正漂浮在深不见底的大海之中。他压抑得喘不过气，不由深吸了几口气，提醒自己正走在户外。

他们沿小路走着，路经一棵巨树，比树林里其他的树都要大。迈克尔经过巨树时，便自然而然地多看了几眼，很好奇那巨树后面会藏着什么。于是他走向了树林里的巨树，没走几步，就看到一双发着黄色亮光的眼睛直直地瞪着他。他吓得跳了起来，一个趔趄差点儿摔倒，他连忙又回到了小路上，继续走，更不敢回头看。他脑海里又闪现出虚拟杀手的样子。

那双眼睛一直盯着他，但是眼睛的主人却留在原地不动，不久，小路出现了个转弯，一棵棵的树挡住了那只动物的视线。

那不是动物,而是怪物,是魔鬼。

迈克尔一时分心,撞到了莎拉身上,他赶忙转身让开。

"你怎么了?"她问道。

他只说了三个字:"对不起。"他刚才被那双鬼一样的眼睛吓得不轻,真想马上就到那个陌生人的家,哪怕跟那只像老鼠一样毛茸茸的东西共处一室也不在乎。

那树林还在继续向深处延伸。

迈克尔又看到了三双发光的黄眼睛,不过,和第一次见到的情况一样,那些怪物都原地不动,只是眼睛一直盯着他。但是他每次都被吓得够呛,于是不自觉地越走越快。

"怎么突然间走这么快?"他正当发现第四双黄眼睛时,莎拉问他。

"在那边总是时不时地有发光的黄眼睛出现。"他回答道,声音里都透着恐惧,"像是虚拟杀手的眼睛,但是比他们的眼睛更小,不是完全一样。"

"哦,所以你的意思是让我也看看?"

"对,是这样。"迈克尔露齿一笑。

她刚要转身看看,突然那个戴着兜帽的男人就停下来了。

"一看到这个,就会让我热泪盈眶。"那个老男人说。

他的眼睛流露出欣喜若狂的光芒——正如他所说的——脸上挂着两行热泪,泪水闪着银光,在鬼影憧憧的树林里显得更加诡异。迈克尔转过头,看看是什么东西让男人这么激动。

前面的小路两旁各有一棵树，两棵树的树枝互相紧紧地缠绕在一起，悬拱于小路上方。拱形的中间挂了一个木牌，上面有手写的黄字，在黑夜里泛着荧光：

门登石避难所

主人：斯雷克

首席督导

欢迎各位

"主人：斯雷克？"迈克尔不解地问，"你是什么的主人？"

那男人突然转身，用坚定的眼神看着迈克尔，"我是来帮你的，年轻人。至少也表现出点儿敬意，或者……"他话没说完就停了，眼神投向了莎拉，又看向了迈克尔，"算了，没什么。来吧，一起吃晚饭吧。我的朋友们会给我们准备可口的晚饭的。我们可以在篝火旁坐下来歇一歇，边吃边喝边聊。我会告诉你们怎么才能到达神圣之谷。从这儿开始，你们会发现一切都很简单。真的再简单不过了。"

迈克尔脑子里打了好几个问号，有一肚子问题要问，可那个男人又继续走路了，朝着那个拱门走去。迈克尔给莎拉递了个眼色，示意她要小心警惕。然后俩人跟上了他。不管怎么样，那个男人回答他们的问题了。

那挂着牌子的地方并不是树林的尽头，不过却清理出了一块儿空地，当他们走过拱门，面前不再是茂密的树林，而只有零星的几棵树。皓月当空，皎洁的月光洒在密林中的这片空地

上，投射出一道道狭长的月影。前方三十米处，就是门登石避难所，一座低矮狭长的建筑。全是由木头建成，弯弯扭扭的，差点儿要倒。某处挂着一个大大的牌子，上面写着：欢迎光临。迈克尔猜想那个地方可能就是入口的大门。里面空荡荡，黑漆漆的，只有星星点点的火光闪烁。

迈克尔还以为那男人会有"到家了，还是家里好啊"一类的话，没想到，他什么话也没说，直接走向了火光映衬下的大门。迈克尔赶紧快步跟上。他们到了这里以后，他觉得安心一点儿了，也可能他是饿得放松戒备了。

"你提到了你的朋友们，"莎拉对那个男人说，"有多少人住在这儿？你们这些人是修道士还是什么？"

那男人肩膀上的鼬鼠嗅着空气，而那个男人咯咯直笑，笑得让人直发毛，"修道士？我想你倒是可以这么叫他们。"说完又哈哈大笑起来。

迈克尔看了莎拉一眼。她一点儿也不喜欢这儿，从她的眼神里就能看出来，不管怎样，都是他的错。

他转身对斯雷克说："什么意思？他们是谁？"

"你们很快就会知道的，"那男人回答，然后又开心地补充一句，"但愿你们都饿了。"

最后一句话又一次让迈克尔向那个男人缴械投降。为了在维特网里能吃上点儿东西，他什么都愿意做。

"我们到了。"斯雷克停在了门口说。迈克尔探头往里看，又看周围，但是什么也没看出来。只有火光摇曳的倒影。

但是，里面有声音。急匆匆在地板上跑来跑去的脚步声，锅碗瓢盆叮叮当当的响声，还有奇怪的哼哼唧唧的嘈杂声，但是明显不是人发出的声音。

斯雷克面对着迈克尔和莎拉，面带关切地说："请不要害怕。他们是我的朋友。"

说完，他就走进了避难所。

迈克尔和莎拉都犹豫不前，都等着对方先走。最后，莎拉伸手推了迈克尔的胳膊一下。

"我跟在你后面。"她扮了个鬼脸说。她才懒得去掩饰心里的恐惧。

"心眼真好，谢谢啊。"

"别客气。"

迈克尔知道随时都可能有事发生。密道的设置就是为了不让他们靠近神圣之谷，而不是帮助他们找到那里。但是，要是没搞清楚他们面对的是什么，他们根本没法逃跑，也没办法搜查代码。他们只能往前走了。

他试探性地走了一步，然后停在了门口，抓着门框，瞧瞧里面有什么。

一张又矮又长的桌子，从屋子这头一直延伸到那头。桌子上摆放着一盘盘丰盛的美味佳肴——看起来可真是诱人啊。但是，他的注意力很快又转移到那些忙忙碌碌的家伙身上——与主人斯雷克不同，他们都不是人类。

一只浑身长癞的癞皮狗——从背后看足有一米多高——嘴里叼着一个杯子，从迈克尔眼皮底下跑了过去。迈克尔的右边，有一只大黑熊，胸口的毛都秃了，正弯腰从厨房的料理台拿起了一个纸杯蛋糕的烤盘。一只熊——拿着纸杯蛋糕的——烤盘，迈克尔不得不安慰自己，没事，没什么可惊讶的——在维特网里，一切皆有可能。

还有一只老虎，用后腿直立走路，前爪还抱着一个大罐子。一只鹅一边扑棱着翅膀，一边用嘴摆盘子，把桌上的盘子都摆成一排一排的。还有一只狐狸，拽着一个大盘子，里面盛着一只巨大的感恩节火鸡。一只狮子用锋利的大门牙叼着一个带把的面包篮子。一只猫站在桌子上，用刀把烤鸡切成块儿。

太邪门了，迈克尔脑子里蹦出的第一个想法就是：为什么那些动物要烹食它们的同类呢？即使火鸡和肉鸡跟它们不在同一个社会等级，那也说不通啊。

莎拉站在迈克尔后面，头抵着他的肩膀，将一切尽收眼底。"你还有食欲吗？"她问。

"我觉得如果我们不想着那只狗会舔我们的盘子，就还好。"他有种突然想笑的冲动。他原先还害怕避难所里有什么可怕的东西呢，结果到这儿却发现自己进入了孩子们的童话世界。就差它们干活的时候一起唱歌了，那样的话就太完美了。

主人斯雷克坐在了桌子的首位，那只大黑熊刚刚弯腰在他腿上放了一张餐巾。那个男人很滑稽地谢谢大黑熊，那大黑熊就走了，去干别的活儿了。

"坐吧，"斯雷克大声说，就像国王准许大臣落座一样，"这里有好多你们吃不到的美食，即使在休眠里，也很难吃到这么好吃的东西。"

迈克尔被饥饿感打败了。莎拉想要拉住他的胳膊，但是，被他躲过了，他走过去坐在了斯雷克的旁边。他刚一落座，一只松鼠就给他递上了一道热气腾腾的菜，放在他眼前。那双亮晶晶的小眼睛仰望着迈克尔，看了一眼就匆忙跑开了。

莎拉也加入了进来，坐在迈克尔对面。她的表情渐渐地由厌恶转化成了欲望。饭菜的味道闻起来太香了。

"请拉着我的手,一起做谢恩祷告。感谢我们祖先的神灵,感谢人类和动物。"主人斯雷克伸出了他的手,他的客人也握住了他的手。

斯雷克闭上了眼睛,开始祷告:"在我们之前就到来的人啊,我们请求你们在今天看顾我们。请赐给我们食物和饮料。两位客人今天光临寒舍,我们为这两位进入黑暗树林的人提供一切所需。神啊,请保佑他们。请赐给他们力量、勇气和希望,让他们打败攻击他们的魔鬼,在密道中走得更远。阿门。"

斯雷克放开了他们的手,睁开眼睛,开始用餐——他拿起了一个火鸡腿,像只恶狗一样地啃起来。油脂顺着下巴流下来,嘴里塞满了肉块儿。

迈克尔都不敢看,只得别过头去。他满脑子想的都是祷告时的话,他有问题要问。

"您刚才说到了魔鬼,"他说着还夹起了一口食物,这样他就不用看着主人的吃相了,"这个……是平常的祷告吗?"

斯雷克低声轻笑,"哦,不是的,孩子。当然不是。我的每句话,每个字都是发自内心对我们的祖先说的。我希望在魔鬼把你们撕成碎片之前,你们能拜倒在他们的脚下。"

迈克尔差点儿没被肉块儿噎着。他直接吞了下去,清清嗓子,说:"可以给我们说说那些魔鬼吗?"

"哦,我的孩子。"那男人用袖子抹了抹嘴,说,"他们不值得你们害怕。外面的人正在开始学习一些东西,而你——你们两个——也都需要知道。不过,我知道你们都擅长编译代码,我相信你们的水平跟你们的朋友不相上下,布莱森,是吗?"

迈克尔脖子上的汗毛都立起来了。

莎拉手里紧紧攥着叉子,"你想说什么?"她用威胁的语气说。

"拜托，"斯雷克平静地回说，"别那么怀有敌意嘛。没有必要嘛。这么多年的游戏生涯里，我的敌人已经够多了。我是个……玩家高手，你们知道的。直到我不知怎地找到了这里，到了密道。我根本逃不出这个该死的地方。现在，我也认命了。于是我又扮演了一个新的游戏角色。帮助那些像你们这样的人。劝你们赶紧离开，永远别再回来。"

迈克尔看着这个男人，充满了好奇。

不过，莎拉先开口了，"等等……你是玩家？不只是NPC？"

斯雷克给了她一个难过的表情，"很遗憾，你自己都说不出两者有什么不同，真是遗憾啊。我是最棒的，也许以后也是。"

迈克尔忍不住了，闭上了眼睛扫描代码，还是照样难读。他研究那个坐在桌子旁边的男人，查找那些他根本看不懂的程序线索。他捕获了那个陌生男人的历史碎片，找出了几份新闻报道，发现了那男人数字名片上的奇怪之处。突然迈克尔灵光一闪，再次睁开了眼睛。

"天哪……"他自言自语地说，"你是鳞怪枪手。调换了几份文件就成了斯雷克。"这个揭露出的真相让他感到震惊，也同时让他感到害怕。"你在这儿干什么？为什么从维特网上消失了？也离开了公众的视线？"

莎拉在他们之间看来看去，"你说的是真的？"

主人斯雷克打着哈欠，抓着脑袋说："又失败了，就像当年一样啊。我知道现在的我已经不复当年的光彩了。但是，我现在这样挺好的，真的。困在这里，逃不出密道，但是我已经认命了。如果可以，谁不想活得更好。我是人啊，迈克尔、莎拉。我是人，却在一个非人的世界生活。这个程序本身已经给出答案了。你们两个这么聪明的人早就该看出来了。这密道也应该给你们教训了。"

他话音停下了，迈克尔在飞速地思考着，就像脑子里有无数齿轮一齐在转动着。

"你们也应该见过，"斯雷克继续说，"你们见过凯恩，也遇到过很多NPC，还接触过无数的游戏玩家。程序里的代码漏洞很细微，不易发现，但是只要你们知道应该看哪儿，就会轻而易举地找到。"他又停顿了一下，"我想你们的朋友可能最后发现了真相，但是这真相让他难以驾驭。就是这个原因，让他产生了恐慌，迷失了自我。"

迈克尔终于想到了答案，不过，又是莎拉先说出来了。

"凯恩根本就不是人类。人类不可能设计出这么复杂的程序。他是个……"

迈克尔替她说出了最后的答案。

"NPC。"

第十七章 恶魔庄园

主人斯雷克回去吃饭了，留下了还处在震惊中的迈克尔和莎拉，他们还在沉思着这个爆炸性的事实，他们追逐的那个人根本就不是人类。迈克尔已经彻底忘了魔鬼的事了。

凯恩。一个NPC。太不可思议了。简直让人难以相信。一个程序竟然把整个世界都愚弄了——连VNS也被耍了——还认为它是个游戏玩家？它怎么会还有自我意识呢？怎么可能呢？他想想就觉得心里像压了一块石头一样沉重。难道人工智能技术已经有了这么大的飞跃了？还是有人在背后操控凯恩？

这时，他又想起了那个声音。

迈克尔，干得好。

"你们不吃饭吗？"斯雷克手里的动作，他刚切了一块肉，用叉子插着，放到了嘴边，"我朋友忙活了大半天，我可不希望让他们白费辛苦。这会伤他们心的。"

"可是……"迈克尔话到嘴边又停住了。

他得考虑好了再说。他真的不知道该怎么看这个男人——那个在维特网里曾经叱咤风云的英雄人物，现在成了凯恩防火墙里的傀儡。看着莎拉眉头紧皱、一言不发的样子，看来她也是这么想的。迈克尔肚子还在咕咕叫着，于是他又动筷子了，拿起了一大块面包，然后叉起了一块儿鸡肉。他还是搞不懂，为什么鸡的命运就是被扔进烤箱里，而别的动物就能悠闲地跑来跑去。

主人斯雷克出人意料地解答了迈克尔心里的疑惑，他就像是迈克尔肚子里的蛔虫，能猜到他在想什么。"我的那些朋友们心里都很清楚，终有一天他们也会被做成美味的食物，被供上餐桌。他们把这当成一种荣耀，因为他们走完了幸福的一生。"

迈克尔被这番话惹恼了："你很清楚这一切都不是真实的，对吧？"

"谁知道真实的定义是什么呢，"斯雷克一边继续吃着，一边平静地回答，"在休眠里被困在一个地方久了，一切就都变成真实的了。快吃饭吧。"

他们静静地吃着饭，谁也没有说话。不吃饭哪有力气呢，还有好多事等着他们呢——想到这里，迈克尔又开口了。

"所以有魔鬼存在。还有凯恩是 NPC。还有什么我们需要知道的吗？"话里满是讽刺的语气。

主人斯雷克嚼完嘴里的东西，喝了点儿饮料，然后又拿袖子擦了擦嘴，红色的斗篷沾上了污渍，"该知道的信息我都已经告诉你们了，你再想想就知道了。但愿你的记忆力够好，孩子。"

"孩子？"

"老是重复我的话可不好啊，孩子。我建议你改掉这个坏毛病。"

迈克尔听了那男人的话点了点头，突然低下身段。那老男人正怒火中烧，他看得怔怔的。但是迈克尔不知道斯雷克计划怎样威胁他们——除非那些动物一切都听他的指令。要是被大黑熊抱着啃上几口可真不是闹着玩儿的。

"你没有别的话要跟我们说了吗？"莎拉问，她刚才一直很安静。

斯雷克站了起来，脱下了他的斗篷，然后伸手递了出去。那只大熊发出了一阵吼声，然后走过去接住了红斗篷，搭在了自己的胳膊上，然后就走开了。迈克尔有点儿小失望，那只熊也没有鞠躬，也没像地道的英国管家那样说一口纯正的伦敦腔。

"咱们去客厅坐坐吧，"斯雷克说，"好好歇歇，放松放松，我刚才答应过你们的。"

他也没等他们回答，就径直走向了屋子另一端的大门，离开了。迈克尔给莎拉递了个眼色，然后低头大口喝完了杯子里的水。他们紧跟上那男人，迈克尔确信他的同伴跟他有着同样的想法。独自留在这儿，跟这些马戏团的动物在一起可不是什么好事。

他们坐在宽大的沙发上，面对着壁炉里摇曳的火光，"你们俩对深渊有什么了解吗？"斯雷克问。

迈克尔向前探身，好奇心一下子被激起，"你是说生命之血深渊？"

"生命之血深渊，"那男人被惹火了，"你以为就只有这一个程序会升级吗？"

迈克尔没听明白男人说的什么意思。

"升级到深渊?"莎拉问。

斯雷克点点头,目光依然停留在燃烧的火堆上。迈克尔看见他眼中映出了跳跃的火苗。"是的,还有呢?自维特网始建之时,就已经有了深渊,只有几个程序能到这么深的水平。生命之血是唯一的一个对外公开的,而且还名不符实。"

"那还有什么呢?"迈克尔问。

"那就得靠你自己找了。但是其中的一个就是神圣之谷。"斯雷克站了起来,走向壁炉边,用火钳拨了拨火堆,让火燃得更旺一些,"这个程序是凯恩创造的,隐藏在深渊里。密道通过它连接到维特网的更上一层。你们走到这儿已经很幸运了,要能继续走下去的话就更幸运了。"他停下来,看向迈克尔和莎拉,"我问你们,你们有没有想过这条路是怎么创造出来的?为什么强大的 VNS 需要你们来带领他们走这条路?"

迈克尔想知道更多,但是他不知道怎么回答。"那……为什么你要告诉我们这些?谜语和线索之类的东西对我们可没什么帮助。"

"不是线索,孩子!"那男人差点儿喊起来。他走回来,坐到了沙发上。"我只是在聊天打发时间,等魔鬼出来。但是,也可能是我太累了。这只会让我们都想睡觉。"

"魔鬼什么时候出来?"莎拉问。

斯雷克站了起来,又凝视着火光,像入了魔一样,"他们想要杀人,想要把人撕成碎片,就出来了。晚安,各位。那只熊会带你们回客房休息的。"他又深深地凝望了一眼火光,就转身走了,关上了身后的木门,消失在夜色中。

迈克尔也累极了,现在能做的也只有睡觉了。"那句话他又说了一遍。"

"哪句话?"莎拉问。

"把人撕碎。他没学过怎么讲睡前故事吗?"迈克尔郁闷地想,也许那只熊会讲点儿轻松快乐的故事吧。

斯雷克说让那只熊管家带迈克尔回房睡觉,迈克尔到那儿一看,原来给了他一个破旧摇晃的沙发。又硬又不舒服,一动就嘎吱嘎吱响,不过总比睡地上好。他盖上了一条粗糙扎人的羊毛毯子,一直盖到了下巴,然后闭上了眼睛。旁边的桌子上点着一根蜡烛,他闭着眼睛也能感觉到烛光在闪动。

突然一阵疼痛来袭。

他的头像是被撕裂了一样,突然剧痛难忍,人一下子滚下了沙发,双手紧捂着太阳穴。虽然闭着眼睛,眼前却闪出一道刺眼的强光,伴随着一阵尖利刺耳的响声,震动脑膜。他痛苦地哀嚎,他感觉到莎拉在他的身边,抓着他的肩膀,使劲儿摇晃着,问他怎么了。迈克尔剧烈地挣扎,想让她走,害怕会做出什么事伤害她。

他的脑海里闪现出一些画面——他的父母,他们的身影在他眼前摇晃,然后像一阵烟雾一样又消散了;接着,海尔加又出现了,表情因害怕而狰狞;随后,她也消失了;下一个是布莱森,一双眼睛满是愤怒地瞪着他,然后也不见了。

疼痛还没有停止,他知道再这样下去就会疼得晕过去了,甚至可能会死。他勉强着站了起来。睁开眼睛,看到了莎拉站在那里,惊恐地看着他。蜡烛还在燃烧,现在看来,就像阳光一样耀眼,迈克尔不得不别开眼睛。他站都站不稳,伸出胳膊让自己保持平稳——他头晕眼花，整个世界都在飞速旋转。连房间也在转动，他觉得自己随时会被滚到房顶的木椽子上。

沙发向外伸展，越伸越长，越伸越长，最后几乎跟房间一边大了。莎拉的脸也变形了，充满恐惧的脸越变越大，越变越大，像是哈哈镜里的鬼脸一样。地板也开始扭曲变形，像橡胶做的似的弯曲。一群僵尸撕扯布莱森的声音又萦绕在耳边。

他双手捂住耳朵，紧紧抱住头，想要把一切都屏蔽在外。潜意识里似乎看到了黑蓝酒吧里的虚拟杀手。他们曾经就是这么折磨他的。他们弄坏了他的脑子。不管是在休眠里还是现实中，他的身心都受到了伤害。

疼痛一刻不停地啃噬着他，周围的世界变得越来越怪异和陌生。一只只胳膊从坚硬的墙壁里伸出，一颗颗跳动的心脏盘旋在空中，鲜血像喷泉一样从地上喷涌而出，一个小女孩坐在摇椅上，腿上放着一只要死不活的宠物。一幅幅画面交织着，是为那个未见的末世编写出的悲痛的挽歌。

随后，一切都停止了。

房间安静了下来，一切都回到了疼痛开始前的样子。刚才还头痛欲裂，现在疼痛却一下子消失了。

迈克尔跌跌撞撞地爬回到沙发上，衣服都被汗水浸湿了。莎拉就在他跟前，握着他的手，目光关切。

"又疼了？"她问。

迈克尔就像跑了十公里越野一样，有气无力地说："我想我快要死了。"

主人斯雷克还没醒来。不过，就算他醒了，也不会过去看看他的客人是不是还好。莎拉挨着迈克尔坐了下来，双手抱着他。他们谁都没有说话，迈克尔很感谢她没有强迫他，让他说出刚才看到了什么。他感到很幸运有这么好的朋友。

最后，他们都睡着了。迈克尔没有做梦，睡得很沉，没有惊恐，也没有害怕，睡得像死了一样。

几个小时不知不觉就过去了，主人斯雷克把他们摇醒。这个男人又穿回了那件红色的斗篷，弯着腰看着迈克尔和莎拉，整个脸都被阴影遮住了。

"已经天亮了吗？"迈克尔问。

"门登石避难所里从来就没有天亮，"斯雷克回答，"这是上天的诅咒，也是恩赐，不过，没时间解释这个了。魔鬼快来了。"

主人斯雷克的话吓得迈克尔和莎拉一下子站起来了。

"什么意思?"迈克尔问他。

"魔鬼在哪儿?"莎拉也追问。

"魔鬼一直跟随着你们,"斯雷克回答,声音听起来比见面时更加沙哑,"你们到现在还不明白吗?它们会永远跟着你们,逃也逃不掉的。而且你们永远也猜不出它们是怎么现身的。一定要小心啊,孩子们。现在,快跟我来吧,快点儿。"

"我们要去哪儿?"莎拉锲而不舍地问。

斯雷克闭口不答,径自穿过房间,打开门,进入了走廊。迈克尔抓住莎拉的手,他们跟着那个男人步入了黑暗之中。迈克尔隐约看见斯雷克正走向楼梯,他连忙拉着莎拉一起追了上去。

他们一行三人走下了楼梯,斯雷克把他们领到了就餐区,就是睡觉前他们吃饭的地方。

"请坐吧,"主人斯雷克指了指木椅子,说,"我去请我的朋友们来。"

迈克尔弄得一头雾水,不知道怎么回事。虽然他的头不疼了,但是还是心有余悸——那种痛苦的感觉,还有那些幻觉都还盘旋在他的脑海中。而现在他已经做好准备迎接与魔鬼的战斗了吗?斯雷克说他们一直在这儿,是什么意思?迈克尔摇了摇头,坐在了椅子上。他面容紧绷,因为听到了爪子摩擦地板的声音。也许这次他们可以做些什么,先发制人。

莎拉坐在他旁边，说："我们得好好想想——他说所有的信息都已经告诉我们了。他说那些话你都还记得吗？我觉得他饭前的祷告很可能暗藏深意。"

"是啊，"迈克尔也同意。但是他怎么也想不起来斯雷克祷告时说什么了，一个字也想不起来了。"但是我只记得关于鳞怪枪手和凯恩的事了。"

"嗯，我明白。"

迈克尔趴在桌子上，双手支着脑袋，闭上了眼睛，搜索周围的代码。"没找到任何能帮咱脱险过关的东西。"

"我也试了好几次了。"莎拉用手指敲着桌子，"他祷告时说过什么跪倒在我们的祖先脚下。我敢肯定这是个线索。"

迈克尔一边听着，一边缓缓地点头，"有可能。太奇怪了，密道这里的代码这么封闭。"他气得想把桌子砸了。

斯雷克出现在了门口，突然打断了他们的谈话。然而，他不是一个人。那些他们见过的动物一个一个地跟着他进来。那些飞禽走兽，或飞或爬，或走或跑，都鱼贯而入，足足有十来只动物。随之而来的，还有树林的气息——有泥土的味道，还有腐烂发霉的臭味。

整个房间挤满了动物，他们都挨着个地靠墙而站，眼睛都目不转睛地盯着坐在椅子上的两位客人。四周鸦雀无声，安静得让人直发毛，时不时地传来叽叽喳喳或者哼哼嘟嘟的叫声。在迈克尔看来，那些动物看起来个个都想把他吃了，当成盘中的早餐。

"这是怎么回事？"迈克尔发现斯雷克在悄悄低声说着什么，于是惊讶地问。他清了清喉咙，用大一点儿的声音说："怎么我感觉好像要被当成供品，献祭给那些在天之灵的动物呢？"

斯雷克不慌不忙地走过来，站在迈克尔坐着的椅子后面。迈克尔扬起头看着那个男人深藏在红斗篷下的脸。

"那是因为，"那个男人说，"这是千真万确的。"

迈克尔噌地站了起来，正要一把掀起椅子扔向身后。但是还没来得及扔，那男人说的一句话，让迈克尔心血逆流。

"恶魔们，上吧。"

主人斯雷克说得没错——恶魔从一开始就在他们身边，就是那些动物。

迈克尔第一个注意到的是那只大黑熊。它张开了血盆大口，发出了震耳欲聋的吼声。接着，它的毛皮都剥落了，就像被火烧过的木屑一样。那隐藏在毛皮下面的，是一张骇人的满是伤疤的脸，眼睛也难以置信地变成了闪亮的黄色，就跟它在树林里见到的眼睛一样。

随后，那只熊身体的其他部位也都剥去伪装，显露出了原形。肌肉膨出，后背拱起，肩胛骨也突出来了，爪子也张开了——几个小时以前还伺候他的那个熊管家，此刻已经完全变了模样，喉咙里发出隆隆的声音。但是，它却没动，还在背靠着墙站着。

迈克尔被这变身的一幕吓呆了。此时，其余的动物也跟那只熊一样，正在变身。毛皮褪去，现出可怕的原形，变成了各种各样没有皮的恶魔。

"你不是来帮我们的吗？"莎拉对眼前发生的一切却无动于

衷的斯雷克说,"我们该怎么办?"

"我现在就是在帮你们啊,"斯雷克说,声音显出异常的开心,"在恶魔面前,你们的灵魂会永远被改变。你们在维特网里的生命终结,就会被送回现实世界。这样你们就脱险了,不会像我这样,被困在这里。愿先灵与你们同在,我的女儿,我的儿子。"

迈克尔看向大门,两个恶魔挡住了出去的路。无论如何,他和莎拉都得闯过这一关。他抓住莎拉的手,管不了那么多了,事不宜迟——只有一条路可走了。

迈克尔扑过去,顺着斗篷抓住了斯雷克,胳膊紧紧卡住了斯雷克的脖子。斯雷克被勒得直咳嗽。恶魔们都做出了同一个反应——嘶吼着,向他走来。他们被激怒了。

"退后,"迈克尔大声喊,但愿那些怪物能听懂他的话,"再往前一步,我就拧断他的脖子。"

第十八章 先灵脚下

迈克尔只有在密道里活下来才能有机会找到凯恩。他绝不能让这些恶魔杀死他，毁了他找到凯恩的唯一机会。

"你这个白痴，"那个男人脖子被掐着，艰难地从嘴里吐出这几个字，"你根本不知道你们——"

迈克尔把他的脖子掐得更紧了，打断了他的话，"闭嘴。"

那些庞然的怪物停住脚步，不再接近他们了。他们站在那里，围住了整个房间，肩膀隆起，蓄势待发，眼里露出凶恶的眼神，随时准备攻击。

"迈克尔，"莎拉小声说。她似乎在考虑要跟他怎么说。"千万……"她提高了嗓门，"千万要记住，杀他的时候要一击毙命，速战速决，干净利落地把他搞定。"

迈克尔回头做了个鬼脸，"遵命。"

迈克尔向后退，拽着斯雷克一同退向大门，那家伙挣扎着不走，但是也挣不过迈克尔。

"别以为我不敢！"迈克尔冲着那些恶魔大喊，"你们放我们走，我就放了他——不然，就杀了他。"

虽然长着一副怪物模样，却能听懂人的话，真是够荒诞的。

房间里回荡着一声低吼,是从那群面目可憎的怪物里面发出的。迈克尔每退一步,它们就前进一步。

他回头看了一眼大门,看见那两只把着门的怪物已经让出了出去的路。心里燃起了一小簇希望的火苗——到现在为止,策略还算有效。

"不许跟过来。"迈克尔走到门口,警告那些怪物。斯雷克使劲儿挣扎着想要摆脱迈克尔的挟制,但是迈克尔把他勒得更紧了,斯雷克不得不束手投降。

迈克尔走出大门,踏入了无尽的黑暗之中,莎拉跟在他身旁。他们刚走出房子,迈克尔转头看向了莎拉。

"让他老实交代。"他说。

莎拉点点头,"你说你知道怎么去神圣之谷,是吧?那我们该怎么做?密道是从这儿继续吗?"

"我什么都不会说的,"斯雷克费力地说,"怨不得我,是你们自找的。别想从我这儿套出半个字。"

恶魔们聚集在门口,通体闪耀着红光,密密麻麻地紧挨在一起,直直地盯着他们三人。那一双双黄色的眼睛,燃烧着愤怒的火焰,迈克尔同时也从它们的眼睛里看到了疑惑的目光。

"快说!"迈克尔喊着,"快说,不然就把你打回老家!"他一边喊着一边摇晃着斯雷克,听到了轻微的窒息的声音。

但是斯雷克什么也没说。迈克尔心里开始恐慌起来。自己只是吓唬吓唬——斯雷克要是死了对他们有什么好处呢?

迈克尔也不知道还能怎么做了。他把斯雷克拖到离房子更远的地方。那家伙死沉死沉的,迈克尔全身都酸疼了。莎拉待在他身旁,紧张不安地盯着那些怪物,又看着斯雷克和迈克尔。

"我们该怎么办?"她小声说。

迈克尔没有回答,观察着周围,寻找线索。在这个破烂的危房远处,他发现了另外一个大门,上面挂着一个大大的牌子,写着:"先祖灵堂。"凭着直觉,他转身走向了那里。斯雷克说过要拜倒在先灵脚下。

那老男人奋力扭动挣扎着。迈克尔停住了,想要制服住斯雷克,抬头看去,发现十几米之外,那些恶魔已经开始走出门口。一个接着一个地走进夜色,月影照射在它们剥了皮的身上,眼睛黄光闪烁。咆哮声,低吼声,尖叫声,响彻空中。

"快说!"迈克尔又一次摇晃着那个被他制服的男人,冲他大喊。那人黯淡无光的眼神看着他,目光坚定。那男人宁愿去死,他什么也不会告诉迈克尔,迈克尔自己也清楚。

"迈克尔。"莎拉轻声耳语说。

他抬眼望去,那些恶魔正朝他们追过来,步伐更快了。其中一个还尖叫起来,刺耳的叫声划破天际——迈克尔听到了附近玻璃的破碎声。

他又低下头,看了斯雷克一眼,斯雷克也看着他。最终,迈克尔放弃了。他放了斯雷克,那男人瘫倒在地上——谁看得出这就是那个伟大的鳞怪枪手呢。

喘了几口大气,斯雷克一翻身站了起来,"杀了他们!"他尖声大叫,"把他们撕成碎片!"

莎拉抓住迈克尔的胳膊,两个人拔腿就跑,冲向灵堂。

恶魔们异口同声地咆哮起来,追赶他们。

门是开着的。

迈克尔砰地把门关上,"找东西把门挡住。"

莎拉已经四处搜寻了,正拽着一张桌子。他跑过去帮她,从后面推着桌子。桌腿摩擦木地板,发出了刺耳的响声,但是他们丝毫没有停下,把桌子横在门口,抵着大门。没过一会儿,那些怪物在外面开始撞门。

迈克尔后退了几步,看看四周还有什么东西可用。灵堂很小,也很普通——中间是通道,通向祭坛。通道两边各有几排座位。此外,还有几尊人物雕像,老老少少,大小不一,都是用白色大理石雕成,站在高台上。他们的眼睛似乎都在看着迈克尔——先祖——先灵。

一个发现让迈克尔大惊失色,那就是四周的墙上有几扇镶着彩色玻璃的窗户——恶魔们根本不需要破门而入。

"祭坛,"莎拉对他说,神情异常的镇定,"那个祭坛,快跟我来!"她径直穿过了座椅中间的通道,迈克尔连忙快步跟上。

"他说过跪下。然后呢?"

她还没来得及回答,所有的窗户都同一时间爆裂开来,那些恶魔们鱼贯而入,边尖叫着、怒吼着。

迈克尔和莎拉拼尽全力冲向祭坛。

恶魔们朝着窗户汹涌而来,玻璃开始碎裂,但是那些怪物丝毫没有放慢速度。迈克尔注视着祭坛,只有几步之遥了。

"快点儿啊!"莎拉大喊。

屋子里充斥着各种声音,各种动静。几秒之内,那群怪物将会破窗而入,向他们扑过来。他们来到祭坛,紧握双手,跪了下来。迈克尔感觉到他跪在了软软的垫子上,所以膝盖没有想象中的那么疼。

但是什么事情也没有发生。

他应该想到的——光跪下来还是不够的。

他们得搜寻代码,才能从这儿出去。

一个长着翅膀的怪物冲了进来,从背后击倒了迈克尔,把莎拉也连带着撞倒在地上。面目狰狞的怪物扑棱着翅膀,盘旋在他们的胸前,迈克尔看到的那只鹅怪,他从没想过会把鹅和怪物两个词放在一起用。那只鹅怪张开了血腥的大嘴,发出了令人不寒而栗的尖叫声。尖叫声在整个灵堂回荡着,窗边的玻璃都震碎了。

迈克尔弓起身子,狠狠地踹到了那只怪物的身上,那怪物砰的一声撞在了座位上，然后摔落在地。

一只巨大的爪子抓上了迈克尔的肩膀，把他从地上抓起，然后转过他的身子，让他面对着这个梦魇一般的恶魔。血盆大口张开，露出了匕首一样锋利的牙齿。莎拉在他旁边，正在跟攻击她的另一只怪物搏斗。

怪物抓着迈克尔，把他向自己拉近，鼻子都快碰上了。那怪物的味道太难闻了，夹杂着变质的食物还有垃圾堆以及尸体腐烂的恶臭。这股恶臭扑面而来，熏得迈克尔差点儿背过气去。

是那只熊。那么高，又那么壮，肯定是那只熊。

迈克尔看向了那怪物的眼睛，吓得他一动不动——除了心脏还在跳动，不过跳得也实在是太快了，都快要跳出嗓子眼了。

他惊慌无措，完全不知道该怎么办。

这时，从右侧突然传来一股力道，把迈克尔和怪物都袭倒在地，抓着他的爪子松开了，迈克尔逃出了它的魔爪。他转了个身，一看是莎拉——她用尽全力挥拳重击了那只熊怪。他快速看了一眼莎拉站着的地方，发现不知怎么弄的，她把那只袭击她的怪物打死了。

迈克尔转过身，面对着那只熊，深知要是不借助外力的话，他们根本打不过那只熊。他闭上了眼睛，专注于搜索代码，暂时忽略身边暗流涌动的杀气。他强迫自己不要管这些，专心致志地想着自己，想着自己在维特网里曾经扮演过的角色，曾经做过的事情。他第一个找到的是游戏《巫师拉斯普钦之境》的火轮盘，他一把把那个东西抢了过来，带到了此时的灵堂。他要是当时脑子想太多，一犹豫就会什么也拿不着——就得凭直觉。于是，他眼前突然出现了一个个熊熊燃烧着的盘子一样的东西，在他身边盘旋着。他二话没说就把那些火轮盘一齐扔向了那只大熊。

那只大熊痛苦地哀嚎着，身上好几处都被烧着了。莎拉手忙脚乱地爬了过来，站在了迈克尔身旁。受伤的大熊低声嘶吼着，在地上直打滚，最后滚到了墙边，站了起来。迈克尔慢慢转身，环视了一圈——那些怪物们正从四面八方向他们逼近。

他知道祭坛位置上有代码上的漏洞，那祭坛就在离他们不远处。他回头看了一眼，看见祭坛上站着一只小怪物——是一只松鼠，或者可能是趴在斯雷克肩膀上的那只鼬鼠。那东西朝着他们龇牙咧嘴，露出了小小的尖牙。

迈克尔和莎拉肩并肩地站在一起，双手紧握，慢步走向祭坛。那些恶魔们的包围圈又缩紧了。

"你负责搜索代码，"迈克尔小声说，"找到漏洞。我用更多的火轮盘对付它们。"他说是这么说，其实他自己也不知道能坚持多久。

"好的，"莎拉回答，"领着我吧。"她闭上了眼睛，紧攥着手心。迈克尔向后退了一步，然后又召唤出另一排火轮盘，朝各个方向扔了出去。

恶魔们疼得嗷嗷直叫，迈克尔奋不顾身地扔着火轮盘。他拉住莎拉，转过身，俯冲向祭坛底座。他们落地之后，又滑出了几米，停在了祭坛没有垫子的地方。莎拉还是紧闭着眼睛，专注地继续做她的任务，搜索周围的代码。迈克尔紧握着她的手，领着她往前走。这时，那只祭坛上的小恶魔尖叫着，俯冲向莎拉——爪子挠她的脸，揪她的头发，还咬她的耳朵。但是莎拉没有反应。迈克尔走过去，一把抓住了那只小怪物，用尽全力狠狠地扔了出去。

"我找到了！"莎拉大喊着，眼睛一下子睁开了，"我知道应该怎么办了！"

但是周围全是恶魔，到处都是——一个抓住了迈克尔的肩膀,另一个拽住了他的腿,一个揪住了莎拉的头发——他听见了怪物揪她头发时,莎拉的尖叫声。迈克尔奋力挣扎,却不小心松开了控制火轮盘的代码。于是,满眼都是怪物,从四面八方涌来,又抓又挠又咬。这场面太可怕了,迈克尔几乎要放弃挣扎了,差点儿就决定让它们杀死算了,一切都结束吧——回到现实,接受这个最后的结果,认命了。

但是内心的小宇宙突然爆发了。他大吼一声,振聋发聩,激情澎湃。在怒吼声中,迈克尔打跑了那些怪物。在这千钧一发的一刻,他看到了那些黄色眼睛中,惶恐惧怕的眼神,这让他勇气倍增。

他打倒了一只缠住莎拉的大怪物。莎拉受了伤,脸上血迹斑斑。他把她抱起来,抱着她走过了垫子和祭坛,到了立着先祖雕像的高台上。

无需多言,迈克尔闭上了眼睛,接入代码,他感觉到了莎拉已经在那里了。她设置好了一切,把所有代码都展示在他面前。在浩瀚如海的数字、字母和符号里,他看到了那个极小的微如细丝的逃出代码——两个人都同时进入了那里。

恶魔们尾随而至,在代码中的形象也跟肉眼见到的一样,凶恶恐怖。一只爪子在迈克尔的后背上,划出了一个大道子。一只四条腿的恶魔——不是狗就是狐狸,跳上了祭坛,长声嘶吼。迈克尔感觉他被拉着,快要被拉出去了,但是他铆足了劲儿,稳住自己,定住不动。再坚持一下,就一下。他输入了最后一串代码,突然传来了一声爆炸声。

然后,一切都停止了。

第十九章 莎拉之「死」

他们身处的整个世界消失不见了,星移斗转,转眼间,迈克尔和莎拉发现他们置身在一个光线暗淡的山洞里。四周的墙壁是用黑石砌成的。

"我的天啊,"迈克尔叹息着说。他站了起来,摸索到了离他最近的墙壁,靠在了墙上。"行行好吧,这辈子再也别让我看见动物了,特别是能变身恶魔的动物。"

"老天保佑吧。"莎拉正坐在对面的石墩上,迈克尔不忍心看她——她脸色苍白,鲜血淋漓。"让我们看见树林,或者走廊,再不行冰川也行啊。"

"我现在只想看见吉士汉堡。"他饿得肚子咕咕直叫。

"别折磨我了。"

沿着长长的山洞隧道,他又往山洞深处看去。里面有橘色的光闪耀,给人温馨舒适的感觉。迈克尔脑海里浮现出一幅画面——一群小矮人住在那里,品着香茶,喝着美味的肉汤。

"我们到底是怎么逃出来的?"莎拉问。

"多亏了你,"迈克尔回答,"多亏了你处乱不惊,而且找到了脱险的办法。"

莎拉沉默了一阵,好像在想着什么。"太难了,你知道的。有些地方,他们让我们随意进入代码,而有的地方又防备森严。"

"别这么谦虚,你真的干得很棒。"

莎拉没有回应,似乎又在思考。

迈克尔对着她做了一个夸张的惊讶表情,"说真的,你什么时候变成超级英雄了?就像蝙蝠侠遇上了绿巨人。"

"这是夸我呢还是损我?你真是有把夸人变成损人的天赋。"

"我尽力了。"

莎拉笑了,"快点儿吧,赶紧开始新的探险——接着把一群废物点心揍扁,一切都做个了结。"

迈克尔叹了口气。尽管受到怪物攻击前,他们吃了点儿东西,也睡了几个小时,但是此时的他早已精疲力尽了。他早就饿得不行了,差点儿想把地上的那些碎石块当成甜点吃了。

"别想了,"莎拉警告说,"继续往前走吧。"

"好吧,"迈克尔知道她说得没错,闲着就更累更饿了,得让自己忙起来。

但是他没有立刻就走。她刚才说——密道故意在各处留下明显的代码漏洞——这倒让他想起了什么。好像跟他听到过好几次的那个诡异的声音有关,那声音提到了他的名字,告诉他做得很好。它为什么这么说?什么意思?似乎是跟他们做的事情对着干。VNS派他们进入休眠中,找到密道和神圣之谷,目的就是好带领VNS找到凯恩,阻止凯恩的罪恶行径——凯恩似乎应该是藏起来了。

那岂不是把密道变成防火墙了吗?是凯恩设置的,为的是阻挡别人进来?

但是……

"被猫咬了舌头了?"莎拉说。

迈克尔揉了揉酸胀的眼睛,"什么?"

"被猫咬了舌头了?"

"什么意思?"

"啊?你没听过吗?"

迈克尔伸了伸胳膊,想要振作精神,"我当然听过,但是这话只有老人会说。"

"随你怎么说,怎么这么安静?"

"在想一些事情,密道的事,凯恩,还有其他的。"

"我刚才不是告诉你别想了吗?"莎拉说,"我现在郑重地再说一遍。"

迈克尔笑着点点头,但是更加心神不宁了。密道还没算上呢,要是它的目的是阻挡他们,那为什么还指示给他们代码上的漏洞呢?而且从刚开始就有。迈克尔一直挣扎在生死线上,这些想法以前根本没想过。

密道,他终于明白了,那根本就不是防火墙,只是个测试。

迈克尔又叹了口气,尽管又累又饿,他还是硬撑着站了起来。接着,他指向了甬道深处,看来那是唯一的一条路了。"你猜那儿有什么?"

"火山岩。"

她想都没想就说出来了，让迈克尔很吃惊，"真的吗？"

"是的。我想那是个火山——黑石就是冷却了的岩浆。"

"也就是说炽热的熔岩随时会沿着甬道像河水一样喷涌而来了？"

"说得没错。"

听上去形势越来越好了啊，迈克尔心想。"哈。那我们就看看吧。别等了——咱俩就像白痴一样走进去吧。"

莎拉疲惫地笑了。

"话说回来，你脸色可不好。"迈克尔说。

莎拉看向迈克尔，然后又笑了，"你比我也好不到哪去。"

"别担心。你还是那么漂亮，就是有点儿吓人。"真是太不会说话了，但是迈克尔说的是心里话。

"谢谢，迈克尔。"

毕竟，他们一同经历了那么多，他们之间有一种特别的关系，他在其他任何人身上都体验不到这种感觉。"等这一切都结束了，"他终于开口了，"真想在现实中见上一面。我发誓，我真人要比现在帅多了。"

"我倒是可能会更丑一点儿。"她哈哈大笑，这才是他们都想听到的声音。

"我不在乎。我发誓，真的不在乎。我们在休眠里度过了这么多难忘的时光。我知道你的内心很美，这就够了。"他这辈子还从来没说过这么肉麻的话。

"真的很感人，迈克尔。"

他脸红了，"另外，我敢打赌你很性感。"

"随你怎么说吧。"她翻了翻白眼，不过眼睛始终看着迈克尔，"就这么说定了——等我们一完成了任务——就出去好好玩一天。"

"说定了。"

她扭动身子,吃力地站了起来,疼得直哎呦。迈克尔真是深有体会,他前一天也是这样,疼得直叫唤。

"我们可否一同去山洞探险呢?"他用滑稽的英国口音问道。

"起驾。"她眼里闪着笑意,回答说。迈克尔心里感觉好多了。

他们一同走向了火山,一瘸一拐的,就像两位患了关节炎的老人。

莎拉伸出手,拉起了迈克尔的手。又重复了一遍:

"起驾。"

迈克尔感觉甬道的墙壁看上去像是人工砌成的。又黑又亮,像是人工雕刻而成的。来自山洞深处的柔光,照射在墙壁上,仿佛随时都会融化一般。

迈克尔和莎拉转过了甬道的第一个转弯,见到了明亮的橘色光芒。一阵暖风扑面而来,吹动了迈克尔的衣角和头发,感觉好舒服啊——他差点儿想就地躺下睡上一觉。

他们谁也没说话,继续走。迈克尔始终目不转睛地看着那暖光,慢慢地靠近。那光亮闪耀夺目,犹如清凉夜晚中燃起的篝火,但是一想到这光亮的来源,迈克尔就觉得有点儿害怕。要是这光真的是来自火山内部,可就没那么浪漫了。

甬道突然变宽了,空间也更开阔了。山洞的顶部也伸展开来，距离头顶至少有十几米。再往前走，空间就更大了——一个岩洞呈现在眼前，炽烈的橘色光芒更强了。温度上升，空气也更加湿浊了。

很快，他们到了一个小水坑，里面都是冒着泡的岩浆。迈克尔看着这炽烈的景象入了迷，突然回想起来在地理课上学到过——他们可能正站在冷却了的火山岩层上，岩层下面就是大量的炽烈滚动的火山岩浆。迈克尔眼前突然出现一个景象：地面裂开，炽热的岩浆从地下喷涌而出，把他们烧成灰烬，他吓得不住地颤抖。

"想下去游个泳吗？"他弱弱地问了一句。

莎拉松开了他的手，拍了拍他的肩膀，"不了，谢谢。你在前面走。"她的脸上都是汗珠，闪闪发亮。

"真热啊。"他说。

"是啊，还会更热的。快走吧——在这儿找不到任何食物，花费的时间越长，我们身体就越虚弱。"

"情况会更糟，是吧？"

她点了点头，"是的，会更糟。但是没有别的路可走，代码很明确地显示了这一点。"

他们又开始接着走，走向火山更深处。

迈克尔和莎拉走到了甬道尽头，他们停下来，张望着。这里是一个巨大的开阔的岩洞，到处是大大小小的水坑，里面满是冒着泡的岩浆。

眼前这景象，让迈克尔想起了老虎的虎皮。冒着热气的岩浆像河水一样翻涌，像一条条的缎带。冷却的黑石间隔其中，更令人惊讶的是从墙壁裂缝里溢出的岩浆，就像瀑布一样倾泻而下，川流不息地落入下面的岩浆河里，喷溅出点点火花，发出嘶嘶的声响。岩浆河里烈焰滚滚，贯穿了整个岩洞——而迈克尔和莎拉必须要从这里跨过去。

空气中热浪滚滚，扑面而来。

"比我想象的还要糟。"迈克尔嘟囔道。

莎拉闭上了眼睛，然后指向了远处，"那里还有一个甬道，密道就在那个方向。除了这个，我没找到其他的路。你呢？"

他自己又搜索了一遍代码，然后叹了口气，"没有。看来那就是我们要去的地方。"

"我们最好快点儿，不然会脱水而死的。我猜这附近应该有饮水喷泉。"

"那就快走吧，"迈克尔催促道。他得行动起来，不然在这儿站得都快崩溃了。

通道有一个小斜坡，斜坡下就是岩洞的地表。他们利用身在高处的优势，观察最佳的路径，一边观察地形，一边快速浏览程序设置。冷却的岩石形成了一个迷宫，其中还夹杂着无数喷涌而出的火柱，还有纵横交错的岩浆河。代码指示给他们，他们需要去的地方就在其中。迈克尔开始带路，他小心翼翼地看一步走一步，在一片碎石和泥土中，走下了斜坡。地面还算平整，一股股热浪袭来，弄得迈克尔喘不过气来，而且耳边听到的都是呼呼的轰鸣声。

"你准备好了吗？"他朝着莎拉喊道。她的脸上呼呼流汗，衣服也都浸湿了。迈克尔也知道他自己浑身湿漉漉的了。

她点点头，看上去疲惫得说不出话来。他此刻真希望他们已经接近密道的终点了。他恨死凯恩了,还有韦伯特工以及 VNS。

迈克尔也朝她点点头。

然后,他开始跨越熔岩河了,莎拉紧跟在他后面。

他觉得自己就像身在一个巨大的烤箱里,被慢慢地炙烤着。

他们跨过了一道一米多宽的熔岩河,来到了岩洞的中心。这倒是不算太难,不过来自岩浆的热浪,还有害怕被翻滚的岩浆烧死的恐惧,让迈克尔心脏怦怦地跳得很快。他想加快脚步,而且眼疾脚快,但是恐慌却在内心开始滋长。尽管山洞很大,但是他却感觉像是得了幽闭恐惧症。

一步一步地艰难行进,他们终于跨过了天然的石桥。迈克尔的眼睛热得直冒火。到了桥下,他决定往右边走,走之字形通过被岩浆环绕的黑石迷宫。如果走不通,他们还可以原路折回,但是他相信自己的直觉,还可以借助快速搜索周围的代码。

他们沿着狭长的黑石路走着。迈克尔感觉到鞋都热得发烫了——太热了,他担心鞋底会融化掉。他们走到了头,站在了一个完全被橘色的岩浆围绕的圆形小岛上。

他想往左边走,但是莎拉抓住了他的胳膊,拉住了他。

"看着好像应该有条路,"前方是一块块的大黑石排成的路,就像公园里的小溪上的踏脚石,莎拉指着黑石路,大声说,"你看——在另一边还有一座桥,一路通向墙壁。咱们可以沿着边儿走,然后爬上那个洞口,离开这里。"

迈克尔观察了一阵地形，觉得她说得很对。如果按他刚才的方向走，他们就会最后遇到一个巨大的沟壑，他们得助跑一段才能跳过去。

"就这么办吧。这次你来带路，如何？"

他眨了眨眼睛，表示在开玩笑，但是莎拉当真了，跳上了第一块儿黑石。她双臂挥动了几下，才晃晃悠悠站稳了，吓得迈克尔心脏都快跳出来了。

"当心啊！"他朝莎拉喊道。

"就是吓唬吓唬你。"她又喊了回来。

"真是的，这可不是闹着玩的！"

莎拉刚一站稳，又跳上了下一块儿黑石，迈克尔在后面跟着她，跳上了第一块儿石头。

"慢点儿，别着急！"他喊着。

"放心吧。"她回答。

她跨过了一个又一个石块，也不等迈克尔。迈克尔紧跟着她，害怕她一不小心掉进岩浆里了。他尾随着莎拉，跳过了一块又一块的黑石，很快安全到达了对岸的长长的黑石壁旁。

莎拉抱住他，给了他一个大大的拥抱，让他惊讶不已。

"吓死我了，"她在他耳边轻声说，"哦，天啊，真是吓死我了。"

他双臂紧紧搂住莎拉的肩膀，"是啊，你真是有点儿莽撞了，你觉得呢？"尽管身处熊熊燃烧的火山口，可是他陶醉在莎拉热情的拥抱中，真希望永远这样抱着，不要停下来。

"与其每一步都战战兢兢的，不如豁出去了，什么也不想。"

"是啊，我猜你就是这么想的。"

她松开了胳膊，看着他。眼睛泪光莹莹，泪水滚落而出，流过脸颊，顺着下巴滴落下来，沾湿了衣襟。

"你还好吗？"他问。

她点点头，又拥抱了一下迈克尔。"快走吧，去下一个甬道，凉快凉快。"

"但愿吧。"

他们跑过了石桥，跟踩石块相比，可安全多了。到了桥对面，有一个石土块堆成的斜坡，一直延伸到岩洞的石壁。他们爬了上去，尽可能远离岩浆，然后沿着边缘，朝着甬道的洞口走去，莎拉走在迈克尔前面。

他们刚走了五六米远，意外发生了——

迈克尔刚松了口气，回想着与莎拉一起经历的那些时光——他们说过的话，牵着的手，还有激情的拥抱。他一直沉浸在回忆中，压根没有想到会出事。

——他们正在跨过斜坡下面的一个大岩浆坑，突然听到一阵嘈杂的抽气声，还混杂着低吼声，听着就像火炉子变活了一样。迈克尔快速朝出声音的方向看去，刚好看见炽热的岩浆从池子里喷涌而出，一个巨大的橘色的火柱，像死神一般直冲向莎拉。

火柱击中了莎拉，她应声倒下，同时发出了凄厉的惨叫声——迈克尔从来没听到过这样凄惨的叫声。

迈克尔内心感到无比的恐惧，甚至忘记了他是置身在维特网里，忘记了他的身体此刻正躺在家中的棺材舱里。他忘记了

"死亡"意味着莎拉会被传送回她自己的棺材舱里,忘记了如果不被摇醒,她此刻正安详地躺在棺材舱里睡着。

他此刻只看到了他的朋友正在经历无比的痛苦。岩浆迅速烧着了莎拉的衣服还有皮肤,烧焦的肌肉和骨骼,血淋淋地呈现在他眼前。惨叫声渐渐变成了气若游丝的呻吟,整个人都瘫成了一堆。迈克尔看得心都碎了。

一切都发生得太快太突然了。

他真想立刻飞奔到她身边,但是不行,他知道他不能冒这个险,他还不能"死"——岩浆喷出的火柱已经退了下去,沿着原路落回了岩浆池里。

然而,莎拉还没有"死"。她躺在地上,蜷成一团,不住地颤抖着。迈克尔小心翼翼地靠近她身边,看着她的脸。她睁开了眼睛,迈克尔看到了她眼里流露出的痛苦。

"莎拉,"他轻声说,思索着应该怎么说,"莎拉,我好难过。"

她挣扎着想要说话,却喘息着说不出话来。迈克尔紧靠过去,贴耳听着。

"迈——"她刚说个字就开始剧烈地咳嗽起来。莎拉就要离他而去了,他真的痛恨这样的感觉,看着她那么痛苦的样子,实在不忍心,他真想让她早点儿结束这痛苦,快点儿离开这里,回到现实里醒来。因为她所遭受到的每一份折磨和痛苦都完全跟真实的一样。

"莎拉,对不起。我不应该让你带路的。早知道……"

"别,"她勉强挤出几个字,"别瞎说。"然后又剧烈地咳嗽起来,整个身体都在摇晃。

"我受不了了,"迈克尔对她说,"莎拉,我实在受不了了。我只想跟你一起回去,也许我应该跳进岩浆里。"

"不可以!"她叫了起来,迈克尔愣住了,"你要坚持完成!"

他沉默了几秒。但是,他知道她说得没错。"好吧。我会的。我向你保证。"

"找到……神圣……之谷,"她大口喘息着说,"我……"

"别说了,莎拉。"迈克尔心疼地说。他希望她回家去,平平安安地活着。"回去吧。我发誓,会尽快走到最后,完成任务的。记住我们的约定。回去以后一定要见上一面。在阳光下,在现实中。别担心,一切都会好的。"

"说……定了。"迈克尔觉得差不多了。她要走了。但是,她又说了最后一句:"迈克尔。"

声音如此清晰,又饱含深情。迈克尔心里百转千回,心如刀绞。

终于,她咽下了最后一口气,几秒钟后,消失了。她的本人在现实世界中正在苏醒。留下了迈克尔一个人孤零零地徘徊在维特网的深处,几乎没有人知道的地方,几乎没有尽头的秘径里——长路漫漫没有尽头,危机重重也没有尽头。

只剩下他自己了。

他只有孤身奋战了。

第二十章 生死门

迈克尔强迫自己什么都不要想。他没有时间伤心难过,也没有时间自哀自怜。他跟莎拉保证一定要走到底,他一定要一心想着这个承诺,兑现这个承诺。可以聊以自慰的是,莎拉没有真的"死"去,虽然一想到她临"死"前的那痛苦的一幕,就会让他心痛万分。

所以他必须坚持下去,让这痛苦赶快结束。

又是一条长长的甬道,被岩浆河水划分成一段一段的区域。迈克尔小心翼翼地跳过了这些区域。他朝着一个坑坑洼洼的地方走去,那里有岩浆从岩洞顶上的缝隙中零星地掉落。他时跑时停,边跑边猜测岩浆掉落的时机和方向,完全凭直觉。他飞快地跑着,有惊无险地躲过了一次又一次掉落的岩浆,没有被烧到。过了没一会儿,他刚跑过去,一整面的甬道坍塌下来,炽热的岩浆如潮水一般,溅着火花和热气,从他身后喷涌而来。他跑着,拼命地跑,脚边就是地狱般的岩浆。但是,最后,岩浆逐渐冷却,他终于可以放慢脚步了。

还有无数更长的甬道和更大的洞穴迷宫等着他。到处都是岩浆。温度高得可怕,甚至还在继续升高。迈克尔的全身都大汗淋漓。嗓子感到前所未有的干热——像到了沙漠或者月球一样。现在哪怕是最脏的河水，最恶心的沼泽水，甚至是从污水处理厂流出的污水，他也愿意喝。他真是渴极了，但是沙漠一样水源也没找到，慢慢地，他的体力已经到了极限，肚子饿得咕咕叫。

但是他还是坚持继续走着，走着，朝着代码指示给他的方向走去。

脑子里只想着代码和程序。

几个小时过去了。走了一段又一段，总也没有尽头。他真想就地倒下，不再动了，直到热得脱水而"死"，回到现实中，从棺材舱里醒来。

他正走在另一条无尽的甬道里，一不小心被一块儿低矮的岩石撞到了头。他大叫一声一屁股蹲在了地上，身体扭来扭去，好躲避周围的障碍。撞这一下倒是把他撞清醒了。他惊讶地发现黑石甬道变窄了。一下子缩小了好多，并排只能挤进两个人。亮光也明显更暗了，只是迈克尔还能看见。

再往前走一点儿，他就只能趴着走了。

他的幽闭症又犯了，心里开始恐慌。迈克尔已经疲惫的脑子又被一连串的问题缠住了——难道是做错了什么？漏掉了一条甬道没走？没看见大门？没注意到有传送门？迈克尔双手抱着腿蜷成了一团，前后摇晃着，闭上眼睛，让自己冷静下来。

他渐渐地平静了下来，身体放开，尽管地上都是坚硬硌人的石块,最后他睡着了。

他一觉醒来,身上又酸又疼。迈克尔看了看前面的甬道,就知道自己还得沿着这个方向继续走下去。他在火山口的时候,每走一段路,就搜索一下代码,看看有没有别的路可走。直到现在,代码都指明只有一条路。这程序被设置成了一条单行路。现在,他绝不能放弃。

肚子又咕咕叫了,他饿得都没力气了。但是,饿还好点儿,最难受的是嗓子,又干又燥,就像在沙漠里,大太阳下被烤着一样。

水啊。只要给他一碗水,让他干什么都行。

他哼一声,全身趴在地上,沿着粗糙的岩石表面往前爬,时不时抬起头,搜索前面路的代码。他爬着爬着,发现甬道更窄了。

不管怎么样,他还是继续前进。

最后,隧道顶部都低到了他的后背了,迈克尔不得不趴得再低一点。没过一会儿,他就必须得身体贴着地面,双臂向前,用手扒地,用脚蹬地往前蹭了。就像士兵在训练营地爬过铁丝网一样。两边的墙壁也缩进了,没一会儿,他胳膊都没地儿杵着了。

随后,他被卡住了。

刚才是幽闭恐惧症，吓得够呛，现在又是该死的被卡住了，心急火燎。他大喝一声，奋力往前拱。但是他被严严实实地夹在当中，出也出不去，退也退不来。他的喊声又反弹回来，黑石岩壁还在缩紧，压得他喘不上气来。他想闭上眼睛，分析代码，但是根本无法集中精神，不得不放弃了。

迈克尔又踹又扭，用手指甲刨地。

他费力地向前挪了一点儿，又再加了把力，用脚蹬地，用手指扒地，缩着身子，于是又向前蹭了一寸，就这样，一寸、两寸、三寸……缓缓前进。

突然眼前出现了一道蓝光，就像天空一样湛蓝。他确定刚才没有这个——难道是出口吗？没有风声，也没有虫鸣鸟叫，没有白色的云朵。只有一片湛蓝，一种难以言喻的颜色。

他高兴得叫了起来，把一切都抛到脑后，一心向洞口爬去。那是个传送门，肯定是。

他气喘吁吁地奋力扭着，用手指扒拉满是灰尘的石块儿。慢慢地他可以活动开了。鲜亮的蓝色越来越近了。

还有五米，还有三米。

终于到了，迈克尔脑子里几乎一片空白。他刚才是连想都没想，完全不顾一切地拼命朝着那片蓝色前进，根本不管会发生什么。

他伸出手，碰了一下传送门，发现那门像石块沉入大海一样，正在消失，突然门里面有什么东西抓住了迈克尔的手，把他拉进了门里,于是他的身体飞了起来,终于离开了那座火山。

迈克尔落在了一块金属地面上,脸正趴在冰冷坚硬的地面上。他来到的这个新的地方,闪耀着耀眼的白光,他整个人都沐浴在光辉中。他深深地吸了一口气,翻了个身,仰面躺在地板上,眯起眼睛观察着这个陌生的地方,想要弄清楚自己到了什么地方。除了白光环绕,什么也没有。不对,在他的右边,透过白光,有一个模糊的影子,是个人的影子。

"我——这是在哪儿?"迈克尔用沙哑的声音问。

回答他的是一个机器人的声音,低沉又很机械,"你在一个十字路口,迈克尔。你已经到了临界点,从这儿开始你将走上一条不归路,只能进不能出。"

迈克尔揉揉眼睛,看得更仔细一点儿。跟他说话的那个东西根本就不是人类——虽然有着人类的身形——它有头、肩膀和四肢。但是这东西通体都是银色金属制成的。外表光滑,没有焊接的缝隙,也没有铆钉螺丝一类的东西。它的脸上没有眼睛、鼻子,也没有嘴,就是光秃秃的一个闪着绿光的大圆盘。那机器人面对着迈克尔,一动不动地站着。

迈克尔又环视了一下屋子的四周,但是,除了白光,什么也没有。一个空空如也的房间里,只有一个机器人。

迈克尔脑子里只有一个问题,"你有水吗?"他盘腿坐在了地上,面对着这个陌生的家伙。

"有。"那东西机械地回答,"你的身体现在会重新充满能量和活力。"

迈克尔眼前的隔空出现了一个盘子,然后盘子又落到地上不见了。迈克尔睁大了眼睛看着,等盘子再次出现时,里面多了很多食物,还有一个大杯子,停在了迈克尔胸前。

"吃吧。"机器人命令说,还是一动不动,"在危险来临之前,你有五分钟时间。"

迈克尔又饿又渴,差点儿就要死了——他饥渴难耐,根本没听见机器人话里暗含的威胁。他现在只想着眼前的食物,一大块儿牛排,还有青豆和胡萝卜,另外还有一大块儿面包和一杯水。

迈克尔十指开动了。他先猛灌了大半杯水,开怀畅饮的感觉真是太爽了。然后他用两个手指捏起了牛排大咬了一口。他一边嚼着牛排,一边又往嘴里塞了几块胡萝卜和青豆。然后又咬口牛排,就着蔬菜。吃噎着了,就喝点儿水。就这样又是肉又是菜,狼吞虎咽地吃着。

他觉得这辈子从来没吃过这么好吃的东西。

他风卷残云般地吃完了所有的东西,杯子也见底了。迈克尔用袖子一抹嘴,然后抬起头看着机器人那张大绿盘子脸。

"吃饱了,谢谢你。"尽管吃得太快太急了,胃有点儿不太舒服。

那银色的家伙退后了几步,躲在墙角里休息去了。同时,盛着食物的盘子降到地上不见了。迈克尔注意力又回到了机器人身上。

那机器人又说话了,"你在十字路口,不归路的界点。到目前为止,你的死亡会终结你在密道里的探索,让你无法走到密道的终点。但是,这不会终结你本人的生命。你的同伴们此刻已经平平安安地回到了各自的家里。"

"呃⋯⋯"迈克尔开口了,"我很高兴,他们都没事。我很快也会回去找他们。"

机器人对他的话充耳不闻,继续说:"你从此再也不能以为'死亡'是最后的终结,还可以回到现实这个借口聊以自慰了。余下的旅程,包括你被获准进入的神圣之谷,属于圣域,你在游戏里的生命会完全与你的生身性命联系在一起。"

迈克尔听了,感觉犹如晴天霹雳。那家伙到底说的什么啊?

"开始吧。"机器人说。简单的两个词吓得迈克尔噌的一下跳了起来,身体瞬间充满能量,却又没有地方释放。

屋子里传来了嗡嗡声,接着又响起了机器的轰鸣声。迈克尔惊恐地抬头,看见好几只机械手臂从白色的天花板降下,手臂末端还有各种各样的工具仪器。铰链式的银色爪子第一个向他伸来——他想跑但是那玩意儿速度太快了。两只爪子抓住了他的双臂,紧紧一抱,把他提了起来。又来了两只爪子攥住了他的双腿,然后把他两腿分开,于是他上半身立着,双腿成一字型分开。他想挣脱出来,但是它们劲儿太大了——连动都不能动。

无数手臂一涌而来。一个在迈克尔的脖子上绑了条带子,另一个按住他的额头,让他往前看,不许动。胸口也被绑起来了,紧得要命。不一会儿,迈克尔就被吊在了半空,动弹不得。

"你们干什么?"他大声喊着,"到底怎么回事?"

机器人没有回答,也没有动。迈克尔立刻闭上眼睛,扫描代码，但是都是一片持续不断移动着的外文，完全无法接入。右边传来嗡嗡声，听起来像是齿轮旋转的声音，就在他耳边，但是他头动不了，所以看不见是什么。他能感觉到那东西离他很近，余光根本瞥不到那东西的轮廓。随后，最大的噪声开始了，就像是用钻头钻着什么东西，声音刺耳，呼呼作响，而且不断地在加速。

"你们在干吗？"迈克尔又大喊起来。

突然头的侧边疼了起来。他疼得大叫起来，有东西钻进了他的肉里，钻开了个口子。他觉得钻心一般地疼，疼得无法呼吸，他大喘了口气，又一次嚎叫起来。

疼得受不了了！这时，机器人又站到了他面前，绿色的盾牌近在咫尺。

"你的芯片已经被毁了，"它说，"如果失败了，你就真的没命了。"

第二十一章 神圣之谷

那些紧紧抓着他，把他固定住的机械手臂，突然一下子就松开了。他摔倒在地，瘫成一团，那些金属手臂又原路缩回了天花板里，机械声呼呼作响。一眨眼，那些手臂就都不见了，房间又安静了下来。他又一次单独面对着那个银色的怪物。

头疼得要命。他本能地抬起手摸自己头上的伤口。他摸完张开手一看，手上全是血。他感觉刚才就像有人拿着锋利的刀子在他脑子里捅他，把他的脑子掏空了似的——他的芯片被拿走了。

"为什么要拿走我的芯片？"他问机器人。只有迈克尔自己才能够拿出自己的芯片。因为只有他自己知道芯片密码。"你怎么会知道我的密码？"

"现在只有一次机会了。等着受死吧。"机器人冰冷的声音，让迈克尔浑身发冷。"没人知道你的密码，但是凯恩有办法获取你的密码。"

"告诉凯恩，我一定要杀了他，"迈克尔说，心中一团怒火在熊熊燃烧，"我会找到他，把他的密码一个一个地连根删除。我会把他每一点滴虚假的人工智能都抽出来，扔到马桶里，然后把它冲到遗忘之境里。告诉他这是我说的。"

"没必要命令我转达,"银色的可怕怪物回答,"凯恩什么都能听到。"

说话间,房间里的白光增强了,把一切都灼成了白色。迈克尔被照得睁不开眼睛,握紧双拳挡着光线。有节奏的蜂鸣声变成了苍蝇般的嗡嗡声,然后变成了尖声的颤音。

迈克尔的骨头都在颤动,太阳穴的伤口一跳一跳地疼。他感觉到鲜血汩汩地流出,渗入了头发里。

白光越来越亮,声音也越来越强,让人难以忍受,就像是一堵无形的墙向他压来。他无助地想要嘶吼,绝望地乞求有人来救他——他喊破了喉咙,也无济于事,那喊声淹没在满屋震耳欲聋的噪声中。

随后,一切回归于黑暗和寂静。他的呼吸声回响在耳边,身上满是汗水。直觉告诉他不要动,闭着眼睛,祈求厄运远离,不要来纠缠他。芯片被夺走了——而且以极其残忍可怕的非法手段——这让他感到异常的恐惧,比他想象的还要可怕。

他不想死。在遇到这个机器人以前,他也遇到过险境,但是,不管怎么样,他都清楚"死"了不过就是意味着会再被唤醒,走出棺材舱,倒在床上大睡一觉。他唯一的伤害可能是心理上的——经过几个疗程的治疗就可以慢慢恢复过来。如有必要的话,他可以找VNS解决这个问题。

但是现在,可是来真的了。要是没有了芯片——没有了安全屏障以及与棺材舱的连接——他如果死了的话，大脑的一切功能和活动也就停止了。这是整个维特网运行系统的一部分，也同样连接着一部分的心脏功能。如若不然，维特网就不会成为现在的这个样子——能极其逼真地模拟现实，几乎能以假乱真。芯片是整个程序系统的核心。

然而，他的芯片已经没有了。

他真是不敢想象。如果有条毯子的话，他就会蒙住自己的脑袋，像个孩子一样大哭一场。

他躺在地上，足有好几分钟，突然他感觉到有红光在闪烁。慢慢地，他睁开眼睛，看到一个红色霓虹灯牌子挂在了一扇门上，血色的红光闪耀出几个字。

上面写着"神圣之谷"。

他惊讶得差点儿要跳起来，但是理智战胜了冲动。他起初还原地不动，蜷成一团，但是渐渐地，他小心翼翼地伸开腿，平躺在地上。他观察了一下四周，看看有没有什么潜伏的危险。但是，四周一片漆黑，只是在那扇门对面，还有一扇门，门上也挂了一个霓虹灯牌。

牌子上闪烁着绿色的字，"密道出口"。

迈克尔坐了起来，双手抱着膝盖。他能看见的只有两扇门和两个牌子，看不出有墙壁、屋顶和地板，像是一个虚无的空间，他正漂浮在这个空间里。

"神圣之谷"

"密道出口"

有两个选择。他站起身,来来回回看着这两个选择。经历了那么多艰辛,他很清楚自己的选择——就是他刚进入这个地方就一直在找寻的。继续走下去——他要完成任务,阻止 VNS 说的威胁整个世界的事情发生。迈克尔身上有标记,要是他穿过通往神圣之谷的大门,找到了凯恩,VNS 的特工们会闯进来救他的。

有点儿不对劲儿——一时觉得不对劲儿。他还不知道全部的真相。密道不像是个防火墙——而是一个测验,就像他以前怀疑的一样。他有一种强烈的感觉,他做的正合凯恩的心意,这跟 VNS 一点儿关系也没有,打开神圣之谷的大门,迎接他的将会是最后的……什么呢?他也不知道。

而且,他现在已经命悬一线了。

布莱森已经回家了。莎拉也回去了。迈克尔的家人……

他的家人——他的爸爸和妈妈,还有海尔加——他都忘了。他们怎么了?他都不知道将要面对的是什么,怎么继续走下去呢?

但是内心又坚定起来。他现在怎么能临阵退缩呢?他的家人都受到了威胁,还有他的朋友们。而且他跟莎拉保证过了,更不用说他还要完成截获失控的切线码的任务。

到了该做出选择的时候了,答案只有一个。

他向前走着,以前所未有的稳健步伐和坚定信念,走向了一扇大门,上面写着"神圣之谷"。他打开门,走了进去。

第二十二章 终极 NPC

大门另一端的世界一片漆黑，无声，无味，也无风，什么都没有，有的只是黑暗。但是迈克尔没有迟疑。他走进去，关上了身后的门。

空气立刻就变了，好像刚才感官被夺走了，现在又回来了。一阵风扫过，卷起了沙砾似的东西，刺痛了他的眼睛。气温快速变暖了，然后又逐渐变热了。他用袖子擦着眼睛，感到有光照射。他再睁眼一看，顿时愣住了。

他正站在一片沙漠之中。

大门消失了，眼前是一望无际金色的沙丘，还有一道道被风吹过形成的沙丘纹路，美得令人叹为观止。翻滚般的沙尘随风卷起漫天巨浪，飞扬在被炎炎烈日炙烤着的空气中，那画面有如电影里老式的蒸汽火车飘出的浓烟。土地荒芜贫瘠，举目望去，寸草不生——不见一点儿绿色，只有绵延千里的沙砾。

但是，除此之外，还有别的。

附近有一个楼梯间储藏室大小的破旧小屋，是用发灰色的破木头盖的，边上用零星的生锈的钉子钉住。还有一个松松垮垮的门，合页都快掉了，风一吹就来回摇晃，还嘎吱嘎吱作响。这残破凋零的小屋却没有显得跟周围的环境格格不入，因为放眼望去，四周什么都没有。

迈克尔走向门口，心里又悔得肝疼，早知如此，还不如刚才就选择打道回府了，回家多好。

迈克尔在沙漠中行进，走向那间小屋，阳光暴烈地直射在他身上。他意识都模糊了，但是他还是尽力让自己思维清醒一点儿——是他自己做出的决定，现在他只能遵从自己的选择了。心里的一个声音告诉他，就快过去了，不管怎么样，就快结束了。他只是希望这结束不是指死亡。

他一边走着，一边汗如雨下，他觉得太阳就在他的脑后。他感觉他的头发顷刻间就会噌地冒出火来。他的衬衫就像洗完刚出水似的。他一步一步走近那间小屋，希望小屋里不只有一个破水桶那么简陋。但愿能在那里找到点儿有用的信息或者答案。

他刚要伸手开门，突然听到一个男人跟他说话。

"我要是你就不那么做。"

迈克尔吓得突然转身，看见一个人，浑身上下衣衫褴褛——身上裹着一片破破烂烂的布，从头裹到脚，眼睛上还戴着一副深色的太阳镜。

"不好意思，你说什么？"迈克尔问，心想这人不会是凯恩吧。

"虽说这沙漠里的风太大了，"那男人说，隔着破布，声音有点儿模糊不清，"但是你听见我说话了，我也听见你了。"

迈克尔确实听见了，"你认为我不应该走进屋里去吗？为什么？"

"原因有很多。但是我告诉你一点——走过那扇门，你的生活就永远改变了。"

迈克尔思考着该怎么说："呃……那不是好事吗？"

"任何事都不是绝对的。"那男人一动不动地说，"一把刀子，对于被绑着的人来说是救命的稻草，而对于被锁链锁着的人来说，是夺命的武器。"

"真是鞭辟入里啊。"迈克尔心想这家伙是不是拿他寻开心呢。

"愿意的话，拿着这个吧。"

"你是从哪儿来的？"

"你在维特网里，不是吗？"那男人问，还是一动不动，"我从来处来。"

"那请告诉我为什么我不能跨过这扇门？"

那男人没有回答，风刮得更猛烈了。一团沙子刮到了迈克尔的脸上，沙子进了他嘴里。他呛了一下，咳嗽不止，把沙子吐出来了。然后，他又重复了一遍他的问题。男人这次回答了，但他的话吓了迈克尔一激灵。

"因为如果你不进去，你就不会头疼了。"

轮到迈克尔不说话了——他完全惊呆了，直直地站在原地，面无表情地看着那个男人——也许没有比让他头疼消失更好的了。

"别穿过那扇门，"那陌生人说，"跟我走吧，一起到一个没有人烟的地方，与世无争，这是你最好的归宿。"

迈克尔终于出声了，"怎么去？"

那男人摇摇头。迈克尔注意到这是那个男人第一次动了动。"我不能再说了，我已经说够多的了。但是我对你的承诺是真的，跟我走，远离凯恩，别管什么死亡教义。你将会在一个极乐世界愉快地度过余生。好好想想吧。"

那男人的话让迈克尔有点儿疑惑，"死亡教义是什么？"他问道。然后他用拇指指向身后的小屋，"要是我进去了会怎么样？"

他迫不及待地提出问题，因为他突然有种欲望——一股强烈的欲望——想要听从那个男人的建议，想要跟他走。密道已经耗尽了迈克尔所有的精力和意志，把他的整个人和整颗心都掏空了。不知道为什么，他相信那男人的承诺是真的，事情超出了迈克尔了解和理解的范围——他应该跟那个男人走，永远不需要知道真相，过着快快乐乐、无忧无虑的生活。

但是这是个污点，就像清澈透亮如水晶的湖面上，漂浮着一点油光一样，油腻腻、脏兮兮的，玷污了整片湖水。

"别再犹豫了，"那男人说，"跟我来，迈克尔，现在就走。

只要你一句话，我们就会从这沙漠消失，到一个像家一样温馨的地方，就等你一句话。"

迈克尔很想，真的很想。他想跟这个男人走，不去费劲地找什么真相。真相是什么？有谁知道呢？迈克尔想走了，不想知道凯恩的任何事了。

但是他不能这么做。直觉告诉他，一旦选择走了，就再也不能回去了，不能回到朋友和家人身边了。

"对不起，先生，"他说，"我要进屋。"

迈克尔转过身。那陌生人并没有跟他争执。大风撕扯着迈克尔的衣服，风沙肆虐着他的皮肤，怀着一丝遗憾的心情，他伸出手，拧开了门把手。他打开了门，踏进了阴冷潮湿又臭气难闻的小屋。

门砰的一声关上了，一切又进入了黑暗中。迈克尔知道他走进了一个传送门——小屋之外，沙漠已经消失了，他已经被传送了。他心里有点儿不安，不确定光线是不是还会重新出现。过了一会儿，又有了亮光，一切都变得温暖又舒服了。

他站在了一个低压压的石洞里，甬道的墙壁上挂着一个个的火把。沿路还挂着一幅幅壁毯画，描绘的都是中世纪战争的景象，他曾经玩过这样的游戏。他左看看右看看，考虑着走哪边。两边看着都差不多，他正犹豫不定时，听到左边传来了微弱的声音。像是古老的大殿里，几个将死之人最后的呻吟。看了一眼代码，其实什么也没有。

迈克尔决定跟着那个声音走。

他一直走在阴影里——沿着通道转弯。越往前走，声音越大，而且有一个声音比别的声音都大。有种特别可怕的熟悉感，就像几年来一直做着同样的噩梦，又重新出现的感觉。

是凯恩！迈克尔敢肯定。他永远也忘不了这个声音。

他无法听清楚他的话——石洞里有回音，而且还有别人的声音夹杂在里面，更听不清楚了——听着好像是在开会。

走道渐渐越来越亮了，迈克尔放慢了脚步，扶着墙一点一点向前走。向右一转，前面就是大厅了，他小心翼翼地猫着腰，看到大厅直通向阳台，可以俯瞰一大片景色，闪烁着点点亮光。凯恩的声音嗡嗡地从下面传来，迈克尔听到他的声音就怒火中烧。

就是这里，他明白了，他走到了最后，形势即将变化了。

迈克尔蹲了下来，爬到阳台，顺着栏杆偷偷看着。

一个驼背的老头儿站在一个像是临时搭建的布道台上，他刚沉默了一会儿，像是在倾听台下人的说话。一群三十多岁的男男女女坐在下面的弯弯曲曲的长椅上，面对着老头儿。大多数人一有不同意见或者被老头儿的话激怒了，就按捺不住，骚动不止。老头儿穿了一件绿色的长袍，腰间别了一把短剑。迈克尔简直不敢相信那个威胁整个维特网的终极 NPC，就是眼前这个站在人群前、干瘪瘦弱的老头儿。但只是听到他的声音，迈克尔才确定就是他。

他就是凯恩。

而且，毫无疑问，他知道迈克尔已经来了。

凯恩伸出瘦弱的双手，台下的人都安静了。只有大壁炉里燃烧的火堆发出的噼里啪啦的声音。迈克尔的呼吸屏到了嗓子眼，差点儿憋不住咳嗽出来。

凯恩又开始讲话了,"这间屋子里的巨大能量是无法形容的——几年前,这力量还是无法想象的。我们不能白白浪费我们辛苦建立起来的一切,我们所成就的一切。我们要独立!我们要自主!"他停顿了一下,"该到了由我们来领导的时候了。"那些 NPC 群里响起了一阵不温不火的掌声。迈克尔想更多了解他们,但此时他的视线无法从屋子前面的那个雕像离开。他被派来要找的东西就是这个。人群又安静下来,凯恩又开始讲话了,几乎是在耳语。

"我们已经准备好变成人类了。"

第二十三章　VNS 大战 NPC

迈克尔大惊失色。

有件事韦伯特工他们从没告诉过他，那就是他们到底怎么跟踪他，还有什么时候、从哪儿闯入程序。迈克尔感觉彻底的无助和绝望，他尽可能靠近栏杆，继续观察下面的情况。更让他吃惊的是，他看到那个男人——不，是那个 NPC——正直直地盯着他。

迈克尔差点儿要站起身拔腿就跑，还没来得及动，凯恩的震耳魔音就传来了。

"迈克尔！"

就像是个命令——迈克尔瞬间就定住了。他不知道还能怎么办，只有等着。毕竟，这就是他来这儿的目的。

"我一直等着你呢，"凯恩用他瘦骨嶙峋的手指着迈克尔说，"一直耐心地等着，就为了等到你。有些事情你得知道，年轻人。我的这些朋友们都可以为此见证。"

VNS 那帮人在哪儿呢？迈克尔心里嘀咕。到底在哪儿了啊？他完全想不出该怎么回应那个 NPC，干脆就保持沉默。

"圣死之道，"凯恩说，"到了该实现的时候了，迈克尔。我们每个人都选好了自己的人类宿主。很快我们就要实现我们的理想了。真是易如反掌。NPC 也应该拥有自己的人生。这就是我们新的人生的开始。我们的外壳已经准备好了——身躯已经备好，静待我们进入，大脑都已经清空，正等着我们为它注入新的生命。更好的生命。另外，通过将 NPC 的人工智能输入到人类的身体中，我们下一阶段的进化发展即将开始。"

迈克尔觉得快要疯了。大脑替换？下载 NPC 程序并且输入到人体？他的血管都快凝住了。

"你在这个时候的作用可比你想象的大得多。"凯恩说。他笑了，露出了一口远古人一样歪歪斜斜的牙齿。

正在此时，迈克尔全身突然刺骨一样的疼痛。

他大叫一声，倒在地上。整个世界都在痛苦地挣扎中。

意识即将模糊之前，他听到了凯恩冰冷的声音响起，如同冰河开裂的声音。

"把他带过来。我想跟他谈谈。"

迈克尔死撑着不睁开眼睛，拒绝再看见伴随着疼痛一同出现的那些可怕的画面。不管发生了什么，他都不要再看见。他疼得都瘫痪了，动不了了。

他听到了脚步声，靴子踏着石板地面的声音。还有叫喊声，空旷的回声，还有金属的声音。

头还在疼，疼得快要爆开了。迈克尔双手紧抱着胳膊，挣扎着要站起来。又一轮疼痛来袭，从头向下延伸到脖子，一直到全身。他感觉头重脚轻，好像是在被人拖着走。

他还是闭着眼不睁开，还在继续忍受着疼痛的折磨。

沿着长长的走廊，闭着眼也能感受到沿路上火把的光芒。迈克尔知道自己在呜咽哭泣，他感觉到了泪水滑落脸颊，但是他不在乎。他甚至不在乎自己被发现，被带走了。没工夫理会那么多了——因为太疼了。

正在这时，疼痛停止了——跟以前一样一下子就停了——内心突然升起一股不祥的感觉，似乎危险就要来临。

他睁开了眼睛。

两个男人——都穿着盔甲，头发黏成一绺一绺的——这俩人就是拖着他的人，还有两个长相差不多的在前面带路。他们把他拖到了一扇大木门前，两边各有一根火把，火光在黑夜里闪烁。

其中一个人走上前去，拉起了一个把手，大门缓缓开启了，金属合页发出了嘎吱嘎吱的刺耳声音，回荡在空气中。迈克尔知道不能就这样任由他们摆布，任人宰割。他得有所行动才行，得做点儿什么好保住自己的小命。他等不了 VNS 来救他了。

迈克尔心里默数了三下，然后用尽全力，奋力挣脱，摆脱他们的挟制。他倒在地上，在他们还没反应过来之前，趁机逃走。他从那几个人身边溜走，跳起来，拔腿就跑。这里肯定有个门或者岔路什么的，他刚才没有注意到。那几个士兵在后面叫喊着，紧追上来——身上的盔甲叮呤当啷地响，沉重的脚步声紧跟在他后面。

迈克尔拼命地跑，一边搜寻着出路。要是找不到的话，他就决定回到阳台，从阳台跳下去，跳到走廊里——阳台不算太高,而且如果跳到凯恩讲话时台下的观众里,可能也会减缓下落时的惯性。

他拐到角落里,突然一个爆炸,震得房子直晃,爆炸的冲击波把他震了出去,摔在了鹅卵石地上,落地之后,下巴和胳膊肘蹭着地,滑出去一大段。被震碎的大块儿石墙和屋顶纷纷砸了下来,落在他周围,尘土满天飞。迈克尔呛得直咳嗽,挣扎着想要站起来。这时,一个景象吸引了他的视线,墙上出现了一个巨大的裂缝。

一个女人走了出来,穿着深蓝色的制服——头上戴着一个深色的反光头盔。双手举着一种武器,一个简直就像是科幻游戏里才会出现的东西——银光闪闪的扳机和短小精悍的枪管。那女人看着迈克尔——虽然隔着头盔看不到,但是至少他感觉是在看着他——然后,跨过了落下来的一块儿墙面,瞄准了他后面的什么东西。

迈克尔回头去看,正好看到一道耀眼的蓝光,那道光击中了追在他后面的几个士兵们。他们的身体一瞬间就化成了火焰灰飞烟灭了。

接着那个女人蹲在他身旁,说:

"谢谢你带我们进来了,孩子。现在,我们来接手了,你可以走了。"

迈克尔没有任何争辩。显然,那女人是 VNS 派来的。

他费力地站了起来,跑向墙里的洞口。远处传来了爆炸声,还夹杂着低沉的隆隆声、尖叫声,还有激光武器发射时的电子金属声。整个房子都笼罩在灰尘和烟雾中。

迈克尔跳过了一堆破碎的石块儿,从一片残骸中跑过,到了另一个走廊。一时心血来潮,他走向了左边。整个城堡震撼摇晃,把迈克尔震出去,甩到墙上,又落到地上。

他站起来继续走。走廊突然中断了,只通向右边,他沿着走廊继续走,顺着长长的圆形斜坡往下走。一群士兵从对面的方向朝着他走过来,他立刻蹲下身,爬到一堆碎石堆后面躲了起来。那些士兵们刚走过去,几个VNS的特工就追了上来,手里都举着武器。他们开枪射击,把几个士兵都烧成了灰烬。

没人注意到迈克尔。

他又站了起来,一边咳嗽着一边跑。

大厅通向一个巨大的陈列室,中间有一堆篝火熊熊燃烧;墙上陈列着各种盔甲、利剑和战斧。迈克尔看见房间尽头有个出口,他走了过去。走到一半的时候,脚下的地面突然倾斜,把他摆倒。他刚要站起来,整个房子立刻炸开了,巨大的石块儿纷纷砸下来——飞散的石块砸在他头上。他一头仰面栽倒在地上,看到又有石块儿冲着他的脸飞过来,他头一歪正好躲开了。然后,整个世界开始陷落了。

迈克尔手脚并用往前爬,尽量躲避开像雨点儿一样掉落下来的石头。石块儿砸在地上,飞溅开来,划伤了他的脸,肺里吸进了大量的灰尘,但是他还是继续爬着。他走到了出口,又站了起来,冲到另一个长长的走廊。这个地方相对更稳固一点儿,但是爆炸一波接一波,尘土不断掉落。远处雷声阵阵。他又碰到了另一群逃跑的士兵,他背靠着墙,看着他们走了过去。

士兵们也看到了他,但是没有停下脚步。

又走了十几米,三个VNS特工跟他擦身而过。其中一个跑过身边时,冲他赞许地点了点头。迈克尔不明白为什么没人叫他停下来——双方的人都没有。似乎是凯恩的人都希望他死,而 VNS 的人想保护他这个带领他们进来的小子。

但是他们都不怎么理会他。

他继续走——沿着下行通道走。时而左转,时而向右,走过了一个走廊,又一个走廊,一直在跑着。到处都是爆炸声和喊叫声。到处都是士兵和特工。尘土和碎石满天飞。还有激光枪的射击声和惨叫声。空气中弥漫着来自激光枪的臭氧味儿和身体烧焦的味道。在一片混乱当中,迈克尔穿行其中,没人阻拦他,也没人攻击他。又走过一个走廊,来到了一个空旷的楼梯间,向下延伸,直通向另一个像洞穴一样的大厅。他三步并两步,大跨步跑下楼梯,来到楼梯尽头,看到那里有一对巨大的拱形木门,大门已经敞开,大门深处,一片漆黑。

大厅内,四处都是士兵和特工相互交战——凯恩似乎召唤出了武器,供给他的手下,打击闯入者。细小的箭头夹带着巨大的能量光波直射出去,能量如同一面无形的墙爆发,摧毁一片敌人。疼痛的凄厉尖叫声和吼声震耳欲聋。迈克尔从这当中穿了过去,翻腾跳跃,左躲右闪,避开各种进攻。

他跑到了巨大的拱形门出口,冲进了黑暗之中。

月光洒下,难以计数的 VNS 特工的头盔,被月光映照得熠熠闪光。他们站成一排,就像摆好的棋子一样,准备开始向迈克尔身后的城墙进攻。他向前走近,特工们从中间分开,让出一条通道，让他过去。情形有点儿奇怪，有点儿不合常理。特工们在墙外蓄势以待，而墙内则激战正酣。凯恩和他的手下们——那些人工智能，休眠世界中强大的势力——被特工们的突然闯入完全吓呆了。

这有点儿不对劲儿。凯恩似乎早就预见到了事情的发生。但是迈克尔不知道该怎么应付。

他继续跑着，把那些特工甩在身后，穿过一片林中的空地，跑向了树木参天的密林。他只是想找个地方藏起来。他想倒在大橡树的脚下，静下心来好好思考，理清思路。

他停在了树林的边界线，转过身深深地看了一眼激战中的城堡。激光的光束不断冲击着城墙的大石块儿。火光冲天，人们纷纷倒下。特工们继续像暴风雨一样在城堡里面横扫，但是还是有什么地方不对劲儿。

深吸了一口气，迈克尔转过身，远离杀戮的喧嚣，小心翼翼地走进了树林，走啊走啊，终于找到了期待中的大树——粗壮的树干比他腰还粗五六倍呢。他背靠着墙，背对着城堡，坐了下来，闭上了眼睛。

他真的是累极了，不知不觉就睡着了。

也不知道时间过去了多久，二十分钟，或者一个小时，也可能两个小时。他脑海中的那些事情都太离奇，匪夷所思了，思绪一团乱。回想这几天来种种疯狂的经历，他陷入了癫狂迷乱中。

没过一会儿,他又从沉睡中醒来了。

有人抓住了他的衣领,一把把他拉起来,力道大得出奇。迈克尔的身子忽地一下被提到了半空。然后他被拖着走过了松叶覆盖的林地。迈克尔双脚使劲儿踢着,想要让自己能站起来,挣扎着要解脱出来,但是都没有用。

他被拖着从无数棵大树旁经过,拖着他的人根本没有放缓脚步的打算。迈克尔已经没有力气了,没劲儿挣扎了——他只能任凭被人拖着,直到停止。

他感觉至少被拖了有一公里。他全身酸疼,他闭着眼睛,祈祷着一切快点儿结束。

最终,他丝毫没有心理准备,就被人扔到了地上。迈克尔蜷成了一团,大口喘着气,然后又咳嗽起来。听到有门嘎吱开启的声音,木地板上传来了脚步声,还有人低声交谈的声音,迈克尔听不清说的什么。他转头看向声音传来的方向,看见一间小小的石屋,一个巨人站在门口,背对着他。

那个男人转身看向迈克尔,他的脸隐藏在阴影中,踏着重重的脚步,走向迈克尔躺着的地方。他还没来得及说话,那男人就把他一把提了起来,拽着他走向小屋。他们走到了门口,他把迈克尔一把推了进去,迈克尔没站稳,踉踉跄跄要摔倒在地。他着地之前,那男人抓住了他后背的衬衣,又把他拉了回来。然后又把迈克尔砰的一下扔到了一把椅子上,面对着红砖砌成壁炉里熊熊燃烧的火焰。

迈克尔陷入了恐慌,大脑都无法运转。但是,他立刻又发现了炉火旁的另外一把椅子,一位老人坐在那里,双腿交叠,双臂抱着胸。满是皱纹的脸上,出现了一丝笑容,眼睛却犀利地瞪着他。

是凯恩。

"你做到了,迈克尔,"那个 NPC 说,"真不敢相信,你竟然做到了。"

第二十四章 最佳代言人

迈克尔没有回应，也没办法回应。他脑子里正在把进入密道以来，所有线索和经历都交织串联在一起，想要理出个头绪，把事情弄清楚。但是却怎么理也理不清。他在树林里被拖着走的时候受了伤，在那棵大树下小睡片刻也没能完全消除他的疲惫。他唯一能做的只有盯着瘦小枯干的凯恩看，琢磨着他要说什么，还有等着他解释一切。

虽然心里急切地想知道真相，但是他还是故作镇定地盯着这个 NPC，目不转睛。

"你根本想象不到自己卷入了多大的漩涡当中，"凯恩说，"我所做的一切都是为了引导像你这样的人来到这里。你是众多的入选者之一，但是你是第一个最终到达这里的。每一步路，你都认真研究过。你的机智、聪慧和勇气，都通过了考验。"

迈克尔终于开口说话了，"什么考验？也就是说你利用了我，侵入了更多的程序？"

"不是，"凯恩大笑着，咯咯的笑声让迈克尔紧绷的神经稍稍放松了一些。"我要考验的远不只是你的黑客技术。那样的话，这辈子你也就是这样了。你只有亲身体验过了，才能理解我所做的是多么伟大的事情。这一切几乎无法用语言来表达。"

真是怪了，但是迈克尔觉得凯恩对待他就像势均力敌的对手一样。他原以为他是个疯子——

看看他设置的密道就足以说明这一点了——但是，他却看起来很理智，神智相当健全。"VNS 已经来了。一切都结束了。"

凯恩摇摇头，"别这么早就下结论，迈克尔。"

迈克尔张开嘴刚要说话，就被凯恩的一句话阻止了。

"安静！"凯恩喊道，同时一下子就靠了过来。他靠得太近了，整张脸遮住了迈克尔的视线，他的眼神充满凶狠和狂热。这才是他本来的面目——是维特网里最危险的分子。

凯恩坐回到椅子上，又镇定了下来。"你不知道，好戏还在后面呢，还没上演呢。"

"这一切都是为了什么？"迈克尔胆怯地问，"你为什么要考验我？"

"你自己会找出答案的，"凯恩说，"之后，凭借你的……令人钦佩的勇气、智慧以及代码技术，你将会成为我最得力的助手，我要用我的铁腕征服整个世界。"

"帮助你做什么？"迈克尔问，"你真的认为我会帮你？"

凯恩郑重其事地点点头，好像这问题实在是问得多余。"绝对会的。走到这里，你已经帮了我了。你别无选择。"

"我来这里是为了阻止你的!"迈克尔改成喊的了,"是为了把 VNS 带来好消灭你的。"

凯恩似乎被他的话逗乐了。他的沉默让迈克尔觉得十分恼火——迈克尔耳边只听到了火堆燃烧时噼里啪啦的声音,这让他觉得更生气了。

"说话啊!"迈克尔喊叫着,站了起来,"告诉我到底怎么回事?"

笑容仿佛刻在了凯恩的脸上,"我告诉你了——你只有亲身经历了,才会明白。很快就要来了,马上。你根本无力阻止,迈克尔。"

"我应该黑进你的代码看看,"迈克尔回答,"我可以做到。我会把你关闭了,让你永远不会再出现。"

"你恰恰再一次证明了为什么我认为你是最合适的,孩子。你确实是最佳人选。你还想知道些什么吗?"

迈克尔怒不可遏——他拒绝回答。

凯恩耸了耸瘦弱的肩膀,然后接着说,"你的父母,迈克尔。他们都……不在了。我把他们消灭了,永远从这世上消失了。你再也见不到他们了。你那可怜的海尔加也是一样,都不在了,迈克尔。"

迈克尔的双手在颤抖,热血在翻涌,耳边一阵急促的声音。

凯恩笑得牙齿都露出来了,"他们都死了。"

迈克尔觉得心如刀绞,心都要碎了。按凯恩最后说的,他

们都死了。

他跑上前去,一把抓住了凯恩的衣领,把他拽离开椅子,扔到了地上。椅子向后飞去,撞到了石砖壁炉上,弹进了火里,溅得火星四射。凯恩仰面躺在地上,看着迈克尔,脸上始终挂着笑容。接着,迈克尔发现那 NPC 在颤抖——凯恩正在嘲笑着他。

迈克尔心中的恨意瞬间爆发出来。

他跳到凯恩的胸前,把他牢牢按在地上。NPC 还在大笑不止。迈克尔挥拳打去,但是却停在了半空——他不能这么做。他不能挥拳打向一个如此羸弱的老人,不管是虚拟的还是真实的。

凯恩看着迈克尔,微笑着,露出了一口黑黄稀松的牙齿,"我喜欢你这性情,"他说,"我喜欢你在不断地证明着我的判断是对的。"

不管他说的是什么脾气秉性,都已经被耗尽了。迈克尔从 NPC 的身上起来,怒气冲冲地看着他,大口喘着粗气。凯恩把双手放在脑后,双脚交叠,好像躺在地上,仰望天空,欣赏着漫天的焰火。

"别白费工夫了,"迈克尔说,"我会让 VNS 来好好关照你的。如果他们不愿意,我就找别人来收拾你。我不奉陪了。"

迈克尔转过身,走向大门。

"又一次证明我的判断了,"NPC 在他身后说,"太聪明了,在盛怒中,很快就能控制住自己。继续加油,迈克尔。从这里出去,完成这个世界赋予你的新的任务,新的角色。你很快就会明白的。"

迈克尔不愿回头看他。他穿过大门,把门嘭的一声关上了。

迈克尔想到的第一件事就是,他需要找个 VNS 特工,请教他怎么才能回到现实,苏醒过来。如果在树林中游荡,找到一个传送门,离开这里——不知道还会有什么危险,确实不是什么好主意。他得走向城堡,但愿好人取胜了。

即使在黑夜里,通向小屋的路也很容易辨认。如果没有意外的话,他能够凭感觉找到。他沿着那个方向走,心想不知道凯恩会不会跟在他后面——突然袭击他。

VNS 的人,他们是迈克尔唯一的选择。

他由走改成小跑,沿着当初他被拖着走时形成的小路走着。

迈克尔走到了树林的边界,他听到了打斗的声音,火光照亮了他脚下的小路,但是他的脑子里却是一片黑暗。他希望 VNS 能迅速地取得胜利——他离开的时候,形势也确实是这样。但是,如果事情还没有结束的话,战势也有可能会逆转。

眼前是最后一排树了,他跑到了最大的一棵树旁边,蹲藏在树后,观察一下情况。

一片混乱,满目疮痍的混乱。

城堡几乎已经成了残垣断壁,整片的城墙已经断裂成了碎石块儿。到处有火焰在燃烧——火光熊熊,火星四溅。尸体横七竖八地倒在碎裂的石头上,VNS 和 NPC 的数量几乎相等。一些尸体正在消失,迈克尔眼睁睁地看着。

迈克尔不知道该怎么办。他怎么可能在这场混战中存活下来?

尽管想着偷偷溜回树林里,他还是跑向前去,朝着几米外离他最近的一个 VNS 特工。那是一个女人,好像是刚刚干掉了凯恩的一个手下。

"嗨!"迈克尔大声说,"喂!我要跟你谈谈!"

她转身面向他,举起了枪。迈克尔立即举起双手,跪了下来。

"我是为你们效力的!我的名字叫迈克尔。我是被你们的人派到这儿的!"

那女人没有放下手里的激光枪,但是也没有开火。她走近迈克尔,始终保持戒备。

"耍什么花招?"她走近了一点儿,问道。激战的声音还在空中回响,他们所听到的只有叫喊声和爆炸声。

"花招?没有花招。"迈克尔不得不继续喊,不知道她到底能不能听见。心脏怦怦直跳。"韦伯特工……是她派我来的。让我进入神圣之谷。阻止死亡教义的计划。"

那个特工隔着保护镜看着迈克尔,迈克尔真恨自己看不见她的眼睛。

"你真的不明白,是吗?"她说,"真是服了你了。"

他没法回答。她是对的——他没弄明白。但是他不知道自己没弄明白什么。

一阵骚动吸引了他的注意。越过在他前面的 VNS 特工,战场另一头,迈克尔看到有人从城堡入口处跑过去,疯狂地想要躲避……什么东西。

他看见了那个东西，顿时明白了。在黑暗中，很难辨认出来——

虚拟杀手——有好几十个，正跳过碎石，攻击一切移动着的物体。

那个特工刚一转身，迈克尔立刻起身，看到了发生的这一幕。那女人吓得直哆嗦，她放下了枪，然后朝着树林拼命地跑去。

迈克尔的脑子飞速地运转着，脑海中闪出无数个想法。最大的问题是他跑不过那些怪物。黑色的巨大怪物，以不可思议的速度，直朝着他猛冲过来。于是，他站在那里，等着，想着还有没有什么方法可以躲过这一劫。他闭上了眼睛，搜索代码，但是找不到任何办法。

当然，一切发生之后，凯恩绝不会坐等着，眼看着迈克尔现在就死了。他的芯片已经被拿走了。事实就是这样。但是为什么呢？他这么做目的是什么？

他睁开了眼睛。一只怪物放慢了脚步，跨过了一个石堆，来到他眼前。黑色的血盆大口张开，露出了一个仿佛无底的黑洞，就像在黑蓝酒吧那次遇到的一样，差点儿把迈克尔的灵魂吸走。僵持了一会儿，他始终都没动，不知道在这紧急关头，如果他不动的话，会有什么事情发生，就让命运决定吧。但是一看到那怪物冲过来，他又站不住了。他弯下腰，捡起了刚才那个 VNS 特工扔下的武器，抬头看到第一个虚拟杀手就在视线不远处。

他摸索着找扳机，枪口对准了那只怪物。那怪物一跃而起，发出了震天动地的嘶吼声，那声音迈克尔再熟悉不过了。迈克尔开枪射击，光束发出，击中怪物的那一瞬间，迈克尔被震得一个趔趄，那怪物身上燃起了火，变成了一个燃烧着的火球，然后彻底化为了乌有，什么也没剩，只有一地的灰烬。

还有几只怪物紧随其后。好几十只。迈克尔挺身站稳，开足火力，左右扫射了一通，激光触及到的怪物都统统被消灭了。每只怪物被击中后，都随着一声爆炸就消失了，但是还有更多的怪物接踵而来。一支庞大的怪物军团，嘶吼着朝他围拢过来，一个个黑色的身影，渐渐聚合成一片黑暗笼罩过来。迈克尔扣紧扳机，额头汗珠直冒，他要把那怪物一个一个地都干掉。但是，一个死了，又有好几个扑了过来，越来越近了。

他瞄准了，然后射击，光束击倒了一只靠近过来的怪物。更多的怪物靠了过来……

最后武器没有弹药了。

眨眼间，三个虚拟杀手就冲上来，把迈克尔扑倒在地上。

他们压住迈克尔，让他无法呼吸——他挣扎着，不让那些怪物的血盆大口咬上他的脸。他们巨大的爪子把迈克尔的胳膊和腿都牢牢定在地上，不能动弹。两只怪物压在迈克尔胸口上。他们继续厉声嘶吼着，差点儿穿透迈克尔的耳膜。他知道现在所有的抵抗都没有用。他停住不动了，离他最近的一只怪物张开了大口，他惊恐万分地看着——迈克尔听见了那张大口张开时，下巴嘎吱嘎吱的响声，就像合页生了锈的门被打开了一样。那怪物慢慢地靠向他的脸，它的无数弟兄姐妹也靠拢过来，围成了一圈黑影。它们都聚拢在一起，遮住了城堡里烈焰冲天的火光。

那张血盆大口靠近了过来。

迈克尔突然灵机一动。他清楚地知道自己并不是在现实世界，周围出现的一切都是假象，都是人类创造出来的程序。他知道这些，并且已经深深印刻在自己的脑子里。就像休眠里的其他游戏一样，这里肯定也有出去的路，也有操作代码的方法——也许他不应该这么早就放弃的。攻击他的那些怪物并不是真的，虽然他们可以摧毁他的代码。这突然冒出来的想法肯定派得上用场。

虚拟杀手在迈克尔面前闭上了大口，他眼前一片黑暗。但是，他非但没有恐慌，反而更镇定了。生平头一次，他有能力掌控局势了。掩盖真相的那层窗户纸就要被捅破了，他还差一点儿就悟透了。然后他把全部注意力都放在了创造出周遭世界的程序代码上。

迈克尔站了起来，集中全部的精力，以一种他从未尝试过的方式接入代码——不是操纵代码而是清除代码。

一道能量圆环从他身上迸发出来，一阵像打雷一样的隆隆声响彻天空，震得天摇地动。虚拟杀手们一个个被吹走，透过阳光，吹散在风中。它们像风车一样翻滚旋转，一边转着一边嚎叫着。迈克尔站在那里，勘察着周围的情况。那能量光环几乎肉眼就能看到——他没费力气就让它显现出来了，那光环继续扩大，形成了一个巨大的力场，所及之处，万物尽毁。整个城堡爆发出一片尘雾，像龙卷风一样直冲云霄。迈克尔只能震惊错愕地看着这一切。

周围的一切都开始改变了。虽然他自己没什么感觉，但是却站在原地，身子在发抖。草地、尸体还有枪和剑都在摇晃，仿佛地面像琴弦一样在震动。然后，它们开始裂开，在空气漩涡中，一层一层地分解。好像每样物体——甚至包括地面——都变成了沙子一样的颗粒，随风卷走。迈克尔转过身，看到浓密的树林中的参天大树，也是一样的情况，树干已经分解了大半，顷刻间就消失了。

整个世界分崩离析，都变成了微小的颗粒，都被迈克尔周围旋转的巨大能量圈席卷。他站在原地，前后打量着。他隐约知道他马上就要接近真相了，他曾经也预感到过。他虽然有点儿害怕，但是更多的还是好奇。旋转着，加速地旋转，卷席着一切，这就是他现在看到的一切，这就是他所处的世界。整个世界只有一种颜色，一种阴暗同时又明亮的颜色。耳边只有一个声音，一个巨大的湍涌的噪声，如同大海巨浪翻涌的声音。还有一种类似塑料烧焦的味道。

迈克尔的头又疼起来了。

难以置信，但是比以前疼得更厉害了。他跪倒在地，痛苦地大声哀嚎。他叫喊着闭上了眼睛，双手捂上太阳穴，摸到了头上的伤口。那是芯片被夺走时留下来的伤口。伤口阵阵作痛，就像被人拿着大砍刀，一下下地砍着他的脑袋。他疼得恶心想吐，疼痛越来越剧烈了。

他睁开眼睛，发现自己已经疼得泪流满面，他绝望地找寻着可以解救他的什么东西或者什么人。但是，天地已经混沌全无——只有旋转着的光圈，而且速度越来越快，一片模糊，看得人眼晕。迈克尔浮在光圈中心，跪倒在看不见的地上。

一个支离破碎的世界，在他身边旋转。

脑子里的疼痛深入骨髓。

痛苦的惨叫已经声嘶力竭。

他就要死了。他不知道是怎样的死法，但是他心里清楚，他是真的命不久矣了。

他费尽九牛二虎之力，终于说出了几个字，向那个唯一能听到他的话的人祈求。

"凯恩，求求你，求你停手吧。"

他听到了有人在说话，但是却听不清那人说了什么。随后，他也被卷进了漩涡里，疼痛突然消失了，如同以往一样。

第二十五章 苏醒

迈克尔恍惚间听到了那熟悉的空气凝结剂和气流发散出去的声音，感觉到了银色的金属丝从他皮肤上拔出。他的呼吸平稳均匀，身体没有任何损伤和疼痛。他睁开眼睛，看到了亮光从棺材舱里面发出来。

都结束了。他终于回来了，安然无恙地活着回来了。

他还活着，没有死。他没有动，只是躺在那里，脑子里回想起过去的一幕一幕，从跟着那个叫塔尼娅的女孩从桥上跳下去那天开始，一直到后来的种种经历——密道，可怕的头痛，与凯恩的对抗，还有他说过的种种奇怪的话，以及神圣之谷里结束战斗的离奇方式。

一切都理不出个头绪，完全没办法把这些事情都联系在一起，而且到现在，迈克尔也还是对死亡教义所知甚少，和一个月前所了解的一样。但是，他已经尽力了，但愿 VNS 得到了他们想要的。迈克尔的任务已经结束了。

他松了一口气，撑住棺材舱的盖子，把门打开，小心地把舱门撂在地上。房间一片黑暗——他休眠的时间太久了，他完全不清楚，在现实世界里，现在是什么时候，几月几号。他爬出了长方形的棺材舱，挺身站好，双手举起，伸了个懒腰，也不在乎他现在是裸着的，还没穿衣服。

尽管夜幕笼罩，光线却比以前更亮，他的头脑清醒，身体强壮，连空气也更清爽了，他都不记得曾经什么时候有过这么好的心情了。

然后，他想起了他的父母——凯恩说过把他们清除了——恐惧又从心底蹿起。

他走向房间的电灯开关，突然撞倒了什么东西，一下子摔倒在硬硬的木地板上。他咒骂着，捂着磕着地上的膝盖——这不可能啊。他的整个房间都是铺着地毯的啊。他跌跌撞撞地找到了墙，这件家具不是放在这儿的啊，这儿原来没有家具的。家具上面有盏灯，他站起来，打开了灯。

灯光一开，迈克尔吓了一跳。四周没一样东西是原来熟悉的，他站在了一个陌生人的房间。墙被刷成了深绿色，床上铺着皱巴巴的床单，梳妆台上摆着个火车模型，墙上画着各种神兽——独角兽、巨龙还有狮鹫兽。他刚才躺着的棺材舱——静静地放在一个角落里。

眼前的景象让他目瞪口呆。脑子里想不到一个合理的解释——难道有人把他调换了？可是没有拔掉他身上的连接装置，也能调换地方，把他唤醒吗？这怎么可能？难道是 VNS 暗中做的？是为了保护他安全苏醒吗？

房间里有一扇窗户，直对着城市的街道，华灯初上，犹如天上的点点繁星。他跑到窗边，透过玻璃向外看去，大街上完全是一幅陌生的异国景象。周围全都是高楼林立，到处是摩天大楼。他的房间离地面差不多至少有五十层楼那么高，还可以看见夜幕下的车辆疾驰而过。

玻璃上反射出的怪异映像吸引住了他的目光，内心深处激起了一阵恐慌。恐惧感越来越强烈。他从窗户转过身来，发了疯似的寻找浴室，似乎明白了发生了什么事情。他穿过卧室，跑到大厅，跌跌撞撞地穿过黑暗的走廊。他发现了他要找的东西，悄悄走了进去，打开了灯。

迈克尔从镜子里看，镜子上有一道长长的白色亮光。

镜子里的是一个完全陌生的人。

迈克尔被镜子里的人吓了一跳，一下子跌到身后的墙上，然后滑落在地。双手摸着自己的脸，通过触摸想象着自己的样子——完全是陌生的。

他又踉踉跄跄地站了起来，再一次照了一下镜子，仔细端详着这个他从来没见过的人，他的头发、脸庞，还有身躯。再看着他的……眼睛，眼睛不是自己的，脸也不是他的脸。他呼吸急促，心里憋着的怒火马上就要爆发了；皮肤上全是汗珠，还感觉到脖子上的青筋在搏动，听到了心脏在跳动。

他凝视着镜子里的陌生人。仿佛那镜子就是通向另一个房间的窗户——他找不到任何合理的解释。那镜子里的人也在精确地模仿着他的每一个动作。

迈克尔成了……另外一个人。

就像是地球停止了转动，月球变成了尘埃，太阳耗尽了热量，泛着微光。这世界一团乱，变得不可理喻。他的整个人生顷刻间坍塌了。他能做的只有凝视着眼前的这个人——这个完完全全的陌生人。他知道这个人会一直纠缠着他，日日夜夜浮现在他脑子里，就像一个幻觉。

然后他想起了他在神圣之谷昏过去之前听到的那个声音。就在一瞬间，迈克尔忽然明白了那个声音跟他说了什么。

看看你的留言。

迈克尔赶紧回到那个陌生的房间，扑倒在床上，戴上了耳机。蓝色的屏幕跳出，浮现在他眼前，屏幕上除了几个标准图标以外，什么也没有。所有东西似乎都被清除了。而在留言板上显示他有一封未读信件，就像发现了外星人或者发现了治愈癌症的方法那样的兴奋，他赶紧伸出手一按，打开了信件。

亲爱的迈克尔：

你是第一个将"死亡教义"的旨意变成现实的人。只有一个原因可以解释，而且很简单：你曾经是一个NPC，一个由人类创造并由人类使用的程序。而现在，你已经变成人类了。你的智慧、你的思维，还有你的生活经历都已经附在了某个人类的身上，而这个人我们认为已经没有生存的价值了。虚拟杀手就是由此原因被我亲手创造出来的，他们毁灭维特网上虚拟的玩家，让他们的大脑停止运转，实际上是腾空他们的大脑——好给你们留下自由的空间。

这个计划我已经筹划了很久。我在维特网上所做的一切，都是为了发现那些能够找到我的人。找到那些有伟大的天赋和智慧，机智又狡猾，而且勇敢无畏的NPC，并且在现实中也能生存，即找到具备各种条件能成为人类的合适人选，而这一天终于到来了。

你还只是个开始，迈克尔——伟大的进化过程中迈出的第一步。祝贺你！你从此不用再担心会经历衰败的过程，也就是

说你不会再有头疼的症状了。这是个天大的好消息吧。

我们很快会再联系的。我需要你的协助。

凯恩

这是个令人震惊的时刻,一切都解释清楚了。

迈克尔是人类创造出的人工智能,一个 NPC,一个电脑程序。他整个人生中经历的每一件事都是假的,而现在他终于明白了。他的"家",他的……"苏醒"一直都是在生命之血深渊里——他每天从窗外看到的那些牌子并不是广告,而是标签。是位置图标。

生命之血深渊为他编造了虚假的生活。每次当他躺进棺材舱里进入到休眠中,实际上是从深渊进入到了人类正常使用的维特网里——他所有童年时的回忆都是虚构捏造的。他什么都不是,只是一个电脑程序而已。

而头疼,还有奇怪的幻觉——就像凯恩说的,是他正在经历衰退,这跟在黑蓝酒吧遭到虚拟杀手的攻击一点儿关系也没有。一个 NPC 存在了一定的时期后肯定会衰败和分解,这就解释了为什么他的父母和海尔加都莫名其妙地就消失了。一直都有蛛丝马迹可循——他生活中的一部分从程序里消失了,而他却一直都没有察觉到,至少一开始的时候没有。他回想起当他意识到父母已经走了好几个星期时,那种失落颓败的心情,直到那天,他才开始察觉到事情有些奇怪。

迈克尔不是真的。他是假的，这一切让他很难受，就像被人灌了一大口毒药。他不想再活下去了，他不应该活着——他是个 NPC。

但是，凯恩给了他生命。是夺走了一个人类的生命，把他替换给了迈克尔。密道曾经是个考验——他希望能够通过，但是实际上他并没有通过。迈克尔什么都不是，只是 NPC 中的一个小白鼠，不知怎地有了自我意识。而现在，他被赋予了希望和使命，要一次次地协助凯恩复制他的经历——也许是占有和征服整个人类——一切都天衣无缝。他明白了为什么 VNS 想要找到凯恩了。

那他的父母、布莱森、莎拉还有海尔加呢？他生命里出现的那些人有真实的吗？如果有的话，他能找到他们吗？

他心里感到了一股绝望。

迈克尔关掉了屏幕，头靠在墙上，闭上了眼睛。他第一个想到的是塔尼娅，她跳下了大桥，结束了自己的生命。如果他现在真的成为人类了——有血有肉——那么他也能做同样的事。也许这样就能打乱凯恩的计划——至少能减缓他的计划，也许他们需要迈克尔作为模板，用来复制他们的行动。

但是，即使他想到了，走塔尼娅的老路也不是办法。

正确的路只有一个——活着。

门铃响了。

迈克尔拖着陌生的身体，走过陌生的房间。他很紧张，心

跳得很快。不知道还有谁住在这里,也不知道谁会来,站在门外的是谁。但是,他知道,他必须得去开门。

他打开了门,站在门口的是韦伯特工,乌黑的头发,长长的腿,还有充满异域风情的眼睛。她的表情显示了她此时复杂的心情。仿佛上次在 VNS 秘密总部见到她已是上辈子的事了——事实也的确如此。直到现在,他也不知道韦伯特工是真人还是假的。而现在,她来了。

"你一定有一大箩筐的问题要问吧?"她说,声音紧绷。

"有两大箩筐呢。"这是他能想到的最好的回答。

"我们的见面是真实的,"韦伯说,"我们的交易——你的任务——也是真实的。我们都被那个 NPC 骗了,被凯恩耍了。"

"你知道我是个 NPC,是吗?"

她点点头,"我们当然知道。我们知道他当时正在集结大量的 NPC 到他的老巢,但不知道用什么办法测试他们。这就是我们为什么把你拉进来。在生命之血深渊跟你见面,并且诱导你,我很抱歉!"

迈克尔觉得心被打了一拳,但是,他还是要问下一个问题,"那布莱森呢?莎拉呢?他们是……"

"是的,他们是真的人类,迈克尔。但他们不知道你不是人类,你自己可以跟他们去解释。"

迈克尔放声大笑。他不知道为什么,但是就是想笑。

"所以,"他终于开口说话了,"下一步让我做什么呢?我确定凯恩知道你在这儿。"

"我只想让你看见我,知道我是真实存在的,知道 VNS 是下决心要抓到凯恩,阻止他的计划。我现在得走了,我们还会联系的。同时,希望你好好扮演好人类的角色。除此之外,没有别的选择。"

说完，韦伯特工就转身走了，高跟鞋敲打着地面。迈克尔看着她的背影，直到看不见人，然后关上了门，走向了厨房。

他饿了。

经典童书公司 Scholastic 继《哈利·波特》后强力推荐

阿尔卡特拉兹系列（共四卷）

阿尔卡特拉兹·史麦卓，小名史亚克，十三岁生日那天，他意外收获了不知身在何处的父亲寄来的礼物——一袋沙子——逆天的是，这么一文不值的东东，还被图书馆员当宝贝偷走了。奇怪的事情接连发生，带着魔法眼镜的史理文爷爷、预见危机就摔倒的表兄唱、背着水晶宝剑的美少女骑士纷纷走进他的生活，让他看到了一个意想不到的真实世界——貌似平淡无奇的图书馆里隐藏着极大的阴谋……懂得那袋沙子的价值后，他将勇闯充满危险的市图书馆，从黑暗眼镜侠手里夺回自己的宝贝……

［美］布兰登·桑德森 著
刘红 邹蜜 等 译
重庆出版社
单册定价 25.00

---

21 世纪之勇者传说——俄罗斯特工 VS 美国海军陆战精英

《战地 3 特工迪马》

2014 年，俄罗斯前特工迪马·马雅可夫斯基再次被情报部门召回，接受一项不可能完成的任务——前往发生特大地震的伊朗，从人民解放抵抗组织与政府军的内战炮火中，在美国海军陆战队之前，抢回车臣军火商卡法罗夫，及神秘大杀器——两枚便携式核弹。

一场核灾难迫在眉睫。

最顽强的俄罗斯特工遭遇装备最精良的美国海军陆战队——相互一比高下？还是携手作战？将左右更多人的命运，也包括他们自己——成为英雄，还是炮灰……

［英］安迪·麦克纳布 著
冯蔚骁 译
重庆出版社
定价 28.00 元
ISBN 978-7-229-06773-1

星云奖、雨果奖得主 金·斯坦利·罗宾森 鼎力推荐

《玻璃杀手·杰克》

太空科幻版福尔摩斯侦探小说！

本书中包含三个谜案：太空版监狱风云、密室杀人案、不可思议的一枪。在"太空监狱风云"谜案中，一群重刑犯被囚禁于狭小的太空监狱中，在丛林法则之下，勾心斗角，弱肉强食……最终，唯有才智过人的杰克逃出生天。逃出太空监狱的杰克以家庭教师的身份作掩护，逃避太空警督的追捕；为了考核自己的学生，他策划了一起密室杀人案。学生戴安娜破解了悬案，但也因此暴露了杰克的身份。杰克在逃亡途中，动用了自己最终极的武器，再次导演了一起法律上无从追责的谋杀案……

[英] 亚当·罗伯茨 著
王小亮 译
重庆出版社
定价：31.00 元
ISBN 978-7-229-08615-2

最畅销、最完美的单机欧美RPG游戏《上古卷轴》官方小说

电影《星际穿越》原著作者的又一畅销神作

《上古卷轴 地狱之城》
《上古卷轴 灵魂之主》

故事发生在游戏《上古卷轴4 湮灭》数十年后。帝都塔姆瑞尔城再次面临覆灭的危险——宰相希尔拉姆暗通湮灭魔头乌寒颠覆政权——乌寒驾驶浮空城毁灭周边城邦，自己则在帝都密谋政变。美女安娜格被乌寒的爪牙抓到安博瑞尔，幸运的是，她的创意让她成了乌寒最喜欢的厨师长——为了逃脱囚禁，她带信向王子求救。为了拯救美女，王子阿特雷布斯大胆涉险，幸得黑暗精灵苏尔搭救才保住小命。于是，王子与苏尔搭档赶往晨风寻找"暗影"宝剑，阻击乌寒和他驾驶的地狱之城……

[美] 格雷格·凯斯 著
程栎 王梓涵 译
重庆出版社
单册估价：31.00
出版时间：2015 年 5 月